MEISTER DER SÜNDE

GÖTTER VON VEGAS
BUCH EINS

SIENNA SNOW

GÖTTER VON VEGAS

BUCH 1

MEISTER DER SÜNDE

VON SIENNA SNOW

Ins Deutsche übertragen von Michael Krug

Penny

»PENNY, du musst jemanden finden, der deine wilde Seite aus
dir herauskitzelt, die du so sehr unterdrückst.«

Ich starrte meinen jüngeren Bruder Adrian an, als hätte er
den Verstand verloren.

»Sieh mich nicht so an. Ich mein's ernst. Du bist
siebenundzwanzig und lebst wie eine achtzigjährige Jungfer.«

»Ja, du hast recht. Spielt ja keine Rolle, dass ich sechzig
Stunden die Woche arbeite, um uns die liebe Mami vom Leib
zu halten. Ich fange jetzt gleich mal an, auf den Tischen zu
tanzen.«

Egal, wie sehr ich es wollte, ich konnte es mir auf keinen
Fall leisten, mich gehen zu lassen. Nicht, wenn ich dafür
sorgen wollte, dass Adrians Zukunft gesichert blieb. Meine
Leidenschaften, meine Begierden und mein wahres Wesen

würden hinter den Mauern der durch und durch nüchternen Persephone Kipos eingeschlossen bleiben. Jede Abweichung von der steifen jungen Frau, die ich nach außen hin spielte, konnte dazu führen, dass ich von meiner Stiefmutter aus der Firma gedrängt würde, die ich so verzweifelt retten wollte.

»Penny, ich geb einen Scheiß auf die Firma oder darauf, was Ma denkt. Außerdem gehören mir in weniger als zwei Monaten meine Anteile uneingeschränkt. Dann haben du und ich zusammen die Mehrheit, und die Frau, die mich geboren hat, kann wieder den Poolboy vögeln.«

Ich biss mir auf die Innenseite der Wange und bemühte mich, den Mund über meinen Gedanken zur Lage seines Erbteils zu halten. Wenn es nach Dara Trevor Kipos ginge, würde sie die Kontrolle über die Anteile oder das Unternehmen nie aus der Hand geben. Falls ich mit meinem Verdacht richtig lag, hatte sie die Anteile, die sie derzeit besaß, unter dubiosen Umständen erworben.

Schon als Siebenjährige hatte ich gewusst, dass meiner Stiefmutter allein am Geld und Status meines Vaters etwas lag. Sie hatte sich an ihn, Jacob Kipos, einen einsamen Witwer, herangemacht und ihn irgendwie davon überzeugt, ich bräuchte eine Mutter. In Wirklichkeit war das Letzte, was sie je wollte, eine Mutter für mich oder das Kind zu sein, das sie nur empfangen hatte, um Papa in die Ehe zu drängen.

Es hatte weitere fünf Jahre gedauert, bis er Daras Manipulation durchschaut und die Scheidung eingereicht hatte. Keine drei Tage später hatte ihn ein betrunkener Fahrer von der Straße abgedrängt. Sein Wagen war gegen einen Baum gerast, und er war auf der Stelle tot gewesen.

Und so hatte Dara die Verantwortung für zwei

Minderjährige und ein milliardenschweres Import-Export-Unternehmen im Bereich Gartenbau erlangt.

Schon praktisch, wie sich die Dinge zu ihren Gunsten entwickelt hatten.

Für mich bestand kein Zweifel daran, dass sie bei Papas Tod die Hand im Spiel gehabt hatte, nur konnte ich es nicht beweisen. Und bis Adrian seine Anteile uneingeschränkt gehörten, würde ich meinem Verdacht nicht weiter nachgehen und stattdessen die pflichtbewusste, aber schwache Kipos-Erbin spielen.

»Ein Vorschlag: Sobald du einundzwanzig wirst, haue ich so richtig auf den Putz und feiere, als hätten wir 1999.«

Er verdrehte die Augen. »Ich werde eher fünfzig, bevor du irgendwas tust, das gegen Mutters Regeln verstößt. Hast du vergessen, dass ich haarklein weiß, womit du deine Freizeit verbringst? Übrigens, hast du dich schon entschieden, ob du expandieren oder es klein halten willst?«

Mir quollen beinah die Augen aus den Höhlen, als ich hastig den Raum absuchte, um mich zu vergewissern, dass sich keiner von Daras als Reinigungspersonal getarnten Spionen in der Nähe aufhielt. Abgesehen von Adrian und einer Handvoll vertrauenswürdigen Leuten wusste niemand etwas darüber, womit ich mich neben Kipos International beschäftigte.

Das Haus, das Papa für meine Mutter gekauft hatte, war nicht mehr die sichere Zuflucht wie vor Daras Erscheinen auf der Bildfläche. Ja, die Hälfte davon gehörte mir. Aber Dara hatte Zugang, weil Adrian die andere Hälfte geerbt hatte.

Und sie hatte im Haus etliche Spitzel platziert, die sich als Mitarbeiter tarnten. Adrian und ich hatten schon früh gelernt, sämtliche Gespräche über persönliche Angelegenheiten nicht an Orten zu führen, die Dara ungehindert betreten konnte.

Durch ein Abhörgerät hatte sie den Namen des Jungen erfahren, in den ich als Teenager verknallt gewesen war. Die Information hatte sie benutzt, um mich vor seiner Familie bloßzustellen, bevor sie zu mir meinte, ich könnte niemals attraktiv für einen solchen Jungen sein. Erst einige Wochen nach dem Vorfall entdeckte ich die Wanze beim Aufräumen meines Zimmers. Von dem Tag an hatte ich darauf geachtet, nie wieder im Haus Gespräche zu führen, die Dara nicht hören sollte.

Sogar die Eigentumswohnung, die Kipos mir im Rahmen meines Vergütungspakets als Führungskraft bereitstellte, nutzte ich nur zum Schlafen. Alle persönlichen und geschäftlichen Unterlagen und Gegenstände verwahrte ich sicher in einer Lagerhalle, die ich in der Nähe des Hauses meiner Cousine Henna gemietet hatte.

»Pass auf, was du hier drin sagst. Ich will nicht, dass dir irgendetwas auf den Kopf fällt. Dara hat wahrscheinlich wieder alles verwanzt.«

»Oh, das hat sie.«

»Was?«, entfuhr es mir.

Mist. Wenn Dara auch nur ahnte, dass ich Interessen außerhalb von Kipos International hatte, würde sie alles daran setzen, sie zu zerstören.

»Keine Sorge. Um etwaige Probleme hab ich mich gekümmert. Was ich gefunden habe, ist jetzt sicher im Poolhaus verwahrt, zusammen mit Aufzeichnungen über ihr Treiben mit ihrem letzten Lustknaben.«

»Du hättest mir fast einen Herzinfarkt beschert.« Ich ließ

den Kopf auf die Rückenlehne der Couch zurückfallen und atmete erleichtert aus.

»Deine privaten Aktivitäten sind sicher.« Ein Grinsen spielte um seine Lippen. Er griff nach der Limonade, die auf dem Couchtisch neben einem großen Tablett mit Chicken Nuggets stand. »Niemand wird je erfahren, dass du ein zugeknöpfter Freak bist und lieber Sex mit Holunderblütensirup als mit einem echten Mann hättest.«

»Na toll, jetzt machst du auch noch auf Komiker.«

»Penny. Ich bin kein Idiot.« Seine Stimme wurde gereizt. »Ich bin schlauer, als du glaubst. Es ist alles unter Kontrolle. Niemand kann in diesen Raum herein. Außerdem kann niemand das Haus betreten, ohne dass ich davon erfahre oder etwaige Abhörgeräte blockiere.«

»Woher um alles in der Welt kannst du wissen, wie ...« Kurz verstummte ich, bevor ich fragte: »In was zum Teufel bist du verwickelt?«

»Weißt du eigentlich, dass du nur dann fluchst, wenn du besorgt bist?«

»Adrian«, sagte ich in warnendem Ton.

»Du hast mich doch als Jugendlichen zu diesen Programmierkursen geschickt.«

»Zwing mich nicht, dich umzubringen.« Unwillkürlich verkrampfte ich die Kieferpartie.

Dann ging mir ein Licht auf. Wie sonst hätte er mir die Finanzdaten verschiedener Firmen für einige meiner Angebote besorgen können? Anfangs hatte ich nicht darüber nachgedacht. Aber in letzter Zeit hatte ich mich schon gefragt, wie ein knapp Einundzwanzigjähriger an vertrauliche Informationen über Unternehmen gelangen konnte, die nur der innere Kreis der Führungsriege einer Firma kennt.

»Du bist ein Hacker. Oh mein Gott, ich wusste ja, den Sohn von Technikguru Cristo David als Mitbewohner zu haben, war zu schön, um wahr zu sein.« Ich verschränkte die Arme vor der Brust und funkelte meinen Bruder an. Er war klüger, als gut für ihn war.

»Oh, Scheiße, jetzt wippst du wieder mit dem Bein. Es ist nicht so schlimm, wie du denkst.« Kapitulierend hob er die Hände. »Ich schwöre, es gibt keinen Grund, sich Sorgen zu machen. Fast alles, was ich je gemacht habe, war sauber.«

»Adrian, lass dich in nichts verwickeln, das dich in Schwierigkeiten bringen könnte. Ich hab schon genug Mist auf den Schultern. Die Möglichkeit, dass du verhaftet werden könntest, brauche ich wirklich nicht zusätzlich.«

»Zu spät.« Er steckte sich ein Chicken Nugget in den Mund. »Das College ist dazu da, neue Freundschaften zu schließen und Bekanntschaften zu machen. Einige werden mir helfen, indem sie mir die richtigen Türen öffnen, andere werden mir das Rüstzeug geben, um Kipos International zu leiten, bis ich jemanden finde, der den Job für mich übernimmt.«

»Und dazu gehört Hacken? Ich lasse nicht zu, dass du dir die Zukunft versaust. Hörst du?«

»Wenn Informationen auf ungesicherten Servern herumliegen, sind sie nicht vertraulich.«

»Ich schwör dir, du kannst einen vor lauter Verzweiflung echt zum Alkohol treiben.« Ich atmete mehrmals tief durch und hoffte, mich ausreichend zu beruhigen, um meinen kleinen Bruder nicht zu erwürgen. »Mit wem hast du dich eingelassen?«

Er reagierte, indem er sich ein weiteres Nugget vom Tisch vor uns schnappte und einen Bissen von dem panierten weißen Fleisch nahm.

Ich bedachte ihn mit der finsteren Miene, vor der er sich früher, als wir jünger waren, immer versteckt hatte.

Herausfordernd begegnete er meinem Blick. Erst nach mehreren Sekunden seufzte er und schaute weg. »Du hast den Vernichtungsblick echt zur Kunstform erhoben.«

Ich behielt meine irritierte Haltung bei. Dara mochte egal sein, was aus Adrian wurde, aber ich hatte vor, alles in meiner Macht Stehende zu tun, um seinen Erfolg sicherzustellen. Er war alles, was ich noch hatte. Ich würde geradewegs durch die Hölle marschieren, um ihn zu beschützen.

»Wenn du's unbedingt wissen musst, es sind die Brüder Lykaios.«

Mein Herz setzte einen Schlag aus, und ein Anflug von Unbehagen senkte sich auf meine Schultern.

»Das kann nur ein Scherz sein. Hast du eine Ahnung, was passiert, wenn Dara das rausfindet?« Ich stand auf und begann, rastlos auf und ab zu laufen. »Was immer du mit ihnen vereinbart hast, es muss einen Weg geben, dich aus dem Deal herauszuholen.«

»Jetzt beruhig dich. Ist ja nicht so, als wären sie die Mafia. Hagen, Pierce und Zack wissen wahrscheinlich mehr darüber, wie man ein milliardenschweres Unternehmen führt, als jeder sonst, den wir kennen. Verdammt, jeder von denen ist ein Meister auf seinem Gebiet. Du wärst erstaunt, wie viel ich im letzten Jahr gelernt habe. Sie nehmen kein Blatt vor den

Mund, wenn ich Mist baue, aber sie erkennen es auch an, wenn ich etwas Neues auf den Tisch bringe.«

»Im letzten Jahr?« Meine Stimme wurde schrill, als ich mir den Nasenrücken kniff. »Warum erfahre ich erst jetzt davon?«

»Weil ich wusste, dass du so reagieren würdest. Egal, was Ma denken will, sie sind legitime Geschäftsleute, die erfolgreich im Leben sind. Du hast mir doch immer eingebläut, nicht alles unbesehen zu glauben.«

Ich wusste besser als die meisten, dass die Brüder Lykaios in Wirklichkeit überhaupt nicht dem Bild entsprachen, das sie der Welt vermittelten. Verdammt, ich war mit ihnen aufgewachsen.

Rhea Lykaios war die beste Freundin meiner Mutter Karina gewesen. Beide waren Erbinnen aus Patras, einer großen griechischen Stadt an den Ausläufern des Panachaiko-Gebirges mit Blick auf den Golf von Patras. Meine Mutter war die Tochter eines indischen Schifffahrtsmagnaten, der von Indien nach Griechenland gezogen war. Und Rhea war die Tochter eines internationalen Gewürzhändlers. Die beiden Frauen hatten sich bei einem Schulausflug kennengelernt und schnell angefreundet. Die gegenseitige Sympathie hatte sich spontan eingestellt, wie Mama es beschrieben hatte.

Schließlich hatten sie beide griechische Geschäftsleute geheiratet, die nach Las Vegas zogen. Fast jeden Feiertag, an den ich mich erinnern konnte, hatte Mama mit der Familie Lykaios begangen. Für kurze Zeit hatte ich sogar geglaubt, die Lykaios-Jungs wären meine Brüder.

Nein, das stimmte nicht.

Pierce und Zack, beide nur wenige Jahre älter als ich, waren wie meine Brüder gewesen. Und waren es in gewisser Weise immer noch. Hagen hingegen ... Hagen war eine andere Geschichte. Der älteste Bruder war von jeher der Bursche gewesen, vor dem Mütter ihre Töchter warnten. Ein Rebell, ständig in Schwierigkeiten und kompromisslos. Er hatte mich immer fasziniert – vor allem seine intensiven, hypnotisierenden Augen. Sie schienen in die Tiefen meiner Seele blicken zu können.

Er war der einzige Mann, der mich je dazu gebracht hatte, mir Dinge zu wünschen, die der prüden, sittsamen Persephone Kipos im Traum nicht einfallen würden. Gut, dass ich dem entwachsen war.

Lügnerin.

Mittlerweile faszinierte er mich nur noch mehr. Er verkörperte den dunklen, gefährlichen Typ, von dem sich vernünftige Frauen fernhalten sollten, dem sie aber nicht widerstehen konnten. Er hatte die Finger im Großteil des Nachtlebens von Las Vegas, von den besten Restaurants über Tanzlokale bis hin zu Shows. Allerdings kursierten Gerüchte, er hätte auch Verbindungen in die Unterwelt der Stadt. Aber tief im Innersten wusste ich, dass er nicht war, wofür ihn alle hielten.

Die Erlebnisse meiner Kindheit hatten sich verflüchtigt, sobald Dara auf der Bildfläche erschienen war. Bei Besuchen wurde nicht mehr wie früher herumgetollt, gespielt und Unfug getrieben. Es gab nur noch förmliche Veranstaltungen, verpackt in Etikette und Ordnung. Einige Jahre lang hatte Dara die »alten Traditionen« hochgehalten, wie sie es gern nannte. Dann jedoch, als ich elf Jahre alt wurde, hatte sich etwas ereignet, das zu einem heftigen Streit zwischen Rhea und Dara führte. Erinnern konnte ich mich nur an die Wut in Daras Gesicht und ihre Anweisung, dass wir uns nicht länger mit der Familie Lykaios abgeben würden.

»Penny, hörst du mir eigentlich zu? Trotz der Gerüchte sind sie im Großen und Ganzen anständige Kerle.«

»Das weiß ich. Immerhin bin ich mit ihnen aufgewachsen. Mir bereitet nur Sorgen, was Dara tun wird, wenn sie erfährt, dass du für sie arbeitest. Ich brauche mein Kipos-Erbe nicht. Meine Mama hat mir genug Geld hinterlassen, um ein Leben lang geradezu unverschämte Ausgaben zu finanzieren. Du bist es, um den ich mich sorge.«

»Tja, dann hör auf damit. Ich schaffe es auch ohne das Erbe.«

Die Überzeugung, mit der er sprach, ließ mich den Mund zuklappen.

Adrian schwieg einen Moment, als versuchte er, die Gedanken zu sammeln, bevor er sagte: »Die Firma ist nicht mein Traum. War sie nie. Und ich weiß, dass es dir genauso geht.«

Einerseits wollte ich widersprechen, andererseits wollte ich ihn nicht belügen. Es gab tatsächlich andere Dinge, denen ich mich im Leben widmen wollte und sogar bereits widmete. Und sie hatten nicht das Geringste mit dem Vermächtnis von Kipos International zu tun. Allein für den Gedanken überkam mich ein Anflug von Schuldgefühlen. Die Firma war alles, was wir von Papa noch hatten.

»Ich weiß, was dir durch den Kopf geht, und du musst dich davon lösen. Papa würde nicht wollen, dass wir an etwas festhalten, das uns unglücklich macht.«

»Und was willst du damit sagen? Ich lasse Dara nicht gewinnen. Sie hat unserer Familie schon so viel genommen.«

»Ich habe einen Plan für uns, sobald ich meine Anteile habe.« Ein verruchtes Lächeln umspielte Adrians Lippen. »Und die Arbeit für die Brüder Lykaios ist eine Möglichkeit, ihn umzusetzen. Ich bitte dich nur darum, mir zu vertrauen.«

Ich starrte meinen umwerfenden Bruder an, mit seinen bestechend himmelblauen Augen, seinem Aussehen eines Dressmans und einer so viel älteren Seele, als ein Zwanzigjähriger sie haben sollte. Er würde nicht mit Pierce, Zack und vor allem Hagen zusammenarbeiten, ohne die Konsequenzen abgewogen oder die Lage aus jedem erdenklichen Blickwinkel analysiert zu haben. Mich würde nicht überraschen, wenn er mit seinen Fähigkeiten ein noch bedeutenderes Imperium als das seiner Mentoren erschüfe.

Adrian stand auf und setzte sich neben mich auf die Couch. Er schob meine Füße runter und bettete den Kopf auf meinen Schoß wie schon früher als Kleinkind. Ohne nachzudenken, fing ich an, mit seinem Haar zu spielen.

»Vertraust du mir, Penny? Lass ausnahmsweise mal mich einen Teil der Last übernehmen.«

Ich liebte diesen Jungen ... diesen *Mann* so sehr. Er erinnerte mich unheimlich an Papa.

Tränen brannten mir in den Augen.

Ganz gleich, wie sehr ich es wollte, ich konnte ihn nicht in einen schützenden Kokon packen.

Mit einem Seufzen gab ich zurück: »Ich vertraue dir. Du bist der Einzige, dem ich je vertraut habe.«

»Gut.« Er setzte sich auf, fasste in seine Gesäßtasche, zog

eine Karte heraus und reichte sie mir. »Ich wusste, du würdest offen für Vernunft sein. Sei morgen um elf Uhr dreißig dort.«

Als ich einen Blick auf die Karte warf, setzte mein Herz einen Schlag aus. Es handelte sich um die Adresse von Hagens neuem Restaurant. Es würde nächste Woche eröffnen und sollte angeblich der luxuriöseste, opulenteste Gourmettempel in Las Vegas werden.

»Warum treffe ich mich mit Hagen?«

»Weil er sich bereiterklärt hat, dir zu helfen. Dabei, Antworten auf die Fragen zu bekommen, vor denen du dich fürchtest. Während ich meinen Teil erledige, findest du die Wahrheit über Papa heraus.«

2

___

Hagen

»Ist deine aalglatte Skrupellosigkeit angeboren, oder hast du sie dir bei der Arbeit angeeignet?«

»Da redet der Richtige«, sagte ich zu meinem jüngeren Bruder Zacharias, hob mir das Whiskeyglas an die Lippen und beobachtete die Proben der Tanztruppe für die Eröffnung meines neuen Restaurants und Nachtclubs. »Wir sind alle drei aus demselben Holz geschnitzt – dem Holz von Collin Dimitri Lykaios.«

»Sprich mal lieber nur für dich. In meiner Brust jedenfalls schlägt ein Herz«, kam von Pierce, meinem anderen Bruder. Dann zwinkerte er einer vorbeigehenden Kellnerin zu, die ihm bei der Ankunft aufgefallen war. Wir hatten uns zur wöchentlichen Zusammenkunft der Lykaios-Brüder eingefunden, wie ich es nannte.

Ich schnaubte. »Sagt der Mann, der sich an der Frau rächen wollte, die ihn abserviert hat, als er noch kaum alt genug für Schambehaarung war.«

»Danke fürs Kopfkino, Arschloch.« Zack ergriff sein Handy, überflog eine eingegangene Nachricht, antwortete darauf und legte das Gerät zurück auf den Tisch, ohne mit der Wimper zu zucken. »Und wie sollen wir jetzt mit den Folgen umgehen?«

Zack, Pierce und ich herrschten über Las Vegas. Das mochte eingebildet klingen, aber es stimmte. Auch andere hatten große Projekte und Casinos. Aber alle wussten, dass ein Wort von einem von uns ihre Bemühungen abrupt zum Erliegen bringen konnte.

Ein Beispiel dafür war die Situation, mit der mir Zack in den Ohren lag.

»Da er den Schaden angerichtet hat, soll er ihn auch beheben«, warf Pierce ein.

Schulterzuckend stieß ich den Atem aus. »Ihr zwei Weicheier wolltet euch ja nicht die Hände schmutzig machen. Ich hab dem Vorarbeiter nur verdeutlicht, dass er es mit uns allen zu tun bekommt, wenn er einem Lykaios-Bruder die Geschäftspläne vermasselt.«

»Ja, aber der Trottel hat den Schwanz eingezogen und ist abgehauen. Jetzt fehlt mir ein Vorarbeiter am Bau, ich bin hunderttausend Dollar los und mit dem Hotelausbau im Verzug.« Zack griff sich ein paar Nüsse aus einer Schale in der Mitte des Tischs und steckte sie sich in den Mund.

»Jetzt heul nicht rum. Das ist Kleingeld. Du machst in weniger als einer Minute mehr als das.«

Das Einzige, woran es Zacharias Lykaios nicht mangelte,

war Geld. Er spielte und gewann, sowohl buchstäblich als auch mit Immobilien. Es gab nur wenige Risiken, die er nicht einging.

Zack zuckte mit den Schultern. »Geld ist Geld.«

»Ich weiß echt nicht, warum du so rumzickst. Ist ja nicht so, als wäre ich gegen ihn handgreiflich geworden oder so. Es war eine äußerst zivilisierte Unterhaltung.«

»Klar, glaub ich sofort.« Pierce schüttelte den Kopf. »Wahrscheinlich hast du ihn schon dazu gebracht, sich anzupinkeln, als du auf ihn zu gestapft bist.«

Ich blickte an mir hinab. Meiner Ansicht nach war ich der wohl Entspannteste von uns dreien. Pierce war am explosivsten. Seine Emotionen spornten ihn ständig zu Handlungen an, die ihm nur Kummer bereiteten. Und dann war da noch Zack. Der zugleich Sensibelste und Skrupelloseste. Seine gesamte Welt drehte sich um sein Endziel – die Vernichtung unseres Vaters. Aber das hatte nichts mit mir zu tun. Ich hatte mit dem Kapitel Collin schon vor Jahren abgeschlossen.

Es wäre schon mehr als ein vertrottelter Vorarbeiter nötig, um mich auf die Palme zu bringen. Ich hatte nämlich vor langer Zeit gelernt, dass man mit Wut und Temperamentsausbrüchen nur bedingt weit kam. Mit nüchterner, ruhiger Effizienz erzielte man größere und wirkungsvollere Reaktionen.

»Fürs Protokoll ...« Ich hob mein Glas an und nippte an meinem Drink. »Ich bin nicht ein einziges Mal laut geworden oder habe ihm mit körperlicher Gewalt gedroht. Ich habe ihm lediglich klargemacht, dass es ihm unser Anwaltsteam ziemlich erschweren wird, künftig von irgendjemandem

Aufträge zu bekommen, wenn er die Arbeit nicht auf die Reihe kriegt. War alles völlig harmlos.«

»Kaltschnäuzig war es. Du liebst es, deinen Ruf auszuspielen.«

»Es hat funktioniert. Oder?«, konterte ich und zog eine Augenbraue hoch.

Ich könnte leugnen, dass meine Vergangenheit zu meinem Ruf beigetragen hatte, der in Kurzzusammenfassung lautet: *Leg dich bloß nicht mit mir an.* Aber wenn man als Teenager auf die Straße gesetzt wird, dann tut man eben, was man tun muss. Entweder man überlebt, indem man sich der Unterwelt anschließt, oder man wird von ihr gefressen.

Allerdings war ich nicht mal in die Hälfte des Mists wirklich verstrickt, von dem die Leute dachten, ich hätte die Finger im Spiel.

»Du bist so ein Arsch«, sagte Zack. »Das nächste Mal kümmere ich mich selbst darum.«

»Wäre dir lieber, ich hätte ihn verdroschen, wie du es vorgeschlagen hast, Milchbart? Meine Art ist sauberer.«

»Auf Zacks Art würde er nicht mit einem bevorstehenden Anschlag der Mafia rechnen.«

»Manchmal wünschte ich echt, ich hätte euch beide gleich bei der Geburt ertränkt.«

»Das hätte nicht geklappt. Ich hab sechs Goldmedaillen im Schwimmen. Und Zack war als Nesthäkchen jedermanns Liebling. Also hätte Mama dir den Hintern versohlt.«

»Arschlöcher«, murmelte ich.

»Kann's kaum erwarten, die Frau kennenzulernen, die das Eis in deinen Adern zum Schmelzen bringt.« Zack grinste Pierce an und deutete mit dem Daumen auf mich. »Ich wette, bei der Richtigen würde die gefrorene Tundra in seinem Inneren an allen Ecken und Enden einbrechen. Dann würde er vielleicht was fühlen wie wir Normalsterblichen.«

»Darauf kannst du ein, zwei Leben lang warten. Die Frau gibt es nicht. Frauen haben schon einen Platz in meinem Leben, aber keinen langfristigen.«

Bei dem Lebensstil, den ich führte, herrschte nie Mangel an Begleiterinnen an meiner Seite oder im Bett. Nur hielt nie etwas länger als ein paar Wochen.

Weil *ich* es so wollte, nicht andersrum.

Ja, das war kaltschnäuzig, aber ich sah keinen Sinn darin, Frauen hinzuhalten und ihnen falsche Hoffnungen zu machen. Jede Frau, mit der ich etwas hatte, wusste von Anfang an, dass die Sache zwischen uns unverfänglich war und ein Ablaufdatum hatte.

»Was beweist«, meinte Zack, »dass durch deine Adern irgendwas anderes als heißes Blut fließen muss. Ich kann zumindest behaupten, dass ich ein, zwei schlechte Beziehungen hatte, die mich von etwas Ernstem abhalten. Du tust so, als wären Beziehungen grundsätzlich die Pest.«

»Wie du meinst. Mir gefällt mein Leben so, wie es ist. Keine Komplikationen, kein Bedauern. Schlicht und einfach.« Ich lehnte mich zurück und erhob das Glas in die Richtung meiner Brüder, bevor ich einen ausgiebigen Schluck trank.

»Ich behaupte, das ist Schwachsinn.« Pierce grinste mit einem Glitzern in den Augen.

»Soll heißen?«

»Es gibt sehr wohl eine Frau, die dir schon immer unter die Haut gegangen ist.«

»Und wer soll das sein?«

Zack und Pierce wechselten einen Blick, der in mir den Wunsch weckte, sie beide zu schlagen.

Unisono antworteten sie: »Persephone Kipos.«

Auf Anhieb tauchte vor meinem geistigen Auge das Bild der wunderschönen Göttin mit goldener, von ihrer indischen Mutter geerbter Haut und den stechenden Smaragdaugen ihres Vaters auf. Sie verkörperte den wandelnden feuchten Traum eines Mannes, besaß Kurven, an denen man sich festhalten könnte, während man tief in sie stieße, und Lippen, die dazu bestimmt zu sein schienen, sich über eine pralle Erektion zu stülpen.

Verdammt, was zum Teufel sollte das? *Reiß dich zusammen, du Schwachkopf.*

»Netter Versuch, aber ich bin zu alt für sie.«

»Red dir die Lüge ruhig weiter ein, wenn du willst. Wir kennen die Wahrheit. Von der Frau kriegst du schon einen Steifen, seit sie in der Pubertät gewesen ist.«

Lieber wollte ich verflucht sein, als Pierce' Behauptung zu bestätigen oder zu leugnen. Persephone war jemand, den ein Mann wie ich nur aus der Ferne begehren konnte. Sie stand für Schönheit, Intelligenz, Kurven und Unschuld. Nähe zu mir würde sie verderben und in eine Welt ziehen, die sie alles kosten könnte. Es war besser, dass ich der gegenseitigen Anziehungskraft widerstand, die seit einem Jahrzehnt zwischen uns knisterte. Eine distanzierte Freundschaft – darauf würde sich unsere Beziehung auch weiterhin beschränken.

»Ich fasse dein Schweigen als Bestätigung auf. Schade, dass sie in einem vergoldeten Käfig lebt und ihre Stiefmutter sie nicht mal in unsere Nähe lässt.« Pierce

verstummte kurz, bevor er fortfuhr. »Vor allem nicht in
deine ...«

»Das liegt daran, dass unser Bruder der einzige Mann war,
den Dara Kipos nicht verführen konnte. Niemand ist
rachsüchtiger als eine verschmähte Frau«, fügte Zack hinzu.

»Das ist Schnee von gestern. Inzwischen vergnügt sie sich
mit kaum volljährigen Poolputzern.«

»Du bist der Grund, warum ihr kostbarer Sohn heimlich
für uns arbeitet. Nicht auszumalen, was Dara aufführen wird,
wenn sie herausfindet, dass wir Adrian dafür aufbauen, ihren
Job zu übernehmen.« Zack ergriff erneut sein Handy,
überflog etwas auf dem Display, antwortete und legte das
Gerät zurück auf den Tisch. Höchstwahrscheinlich handelte
es sich um die neuesten Aktienkurse und seine
Handelsaufträge.

Der Mann hörte nie auf zu arbeiten. Ich war zwar alles
andere als faul, besaß aber die Gabe, zwischendurch auch
abschalten zu können.

»Apropos Adrian«, sagte Pierce. »Der Junge ist brillant.
Wo er sich reinhacken kann und was er an Informationen
beschafft, ist wirklich bemerkenswert.«

»Außerdem hat der Junge echt Schneid«, fügte ich hinzu.

Adrian Kipos hatte irgendwie meine
Sicherheitsmaßnahmen überwunden und sich bei einer
meiner exklusivsten Partys eingeschlichen. Dort kam er
direkt auf mich zu und meinte, ohne mit der Wimper zu
zucken: »Wenn ihr verhindern wollt, dass eure Daten gehackt
werden, müsst ihr mich engagieren.«

Zuerst dachte ich, der kleine Junge, den ich früher auf Eis
eingeladen hatte, hätte den Verstand verloren. Dann holte er

sein Handy heraus und zeigte mir, wie er HPZ Holdings infiltriert hatte, die Dachgesellschaft, die meine Brüder und ich für unsere verschiedenen Unternehmungen gegründet hatten. Sowohl meine Brüder als auch ich waren baff. Wir hatten die beste Cybersicherheit implementiert, die man für Geld kaufen konnte, und ein neunzehnjähriger Collegestudent hatte unser System geknackt. Unnötig zu erwähnen, dass wir ihn engagierten. Adrian verlangte nur, von uns zu lernen, wie man eine internationale Organisation wie jene leitet, die er mit einundzwanzig erben würde. Und dass seine Mutter nie erfahren durfte, was er tat.

In den letzten anderthalb Jahren hatte er jeden Auftrag angenommen, den wir für ihn hatten. Und zu unserem Erstaunen gelang es ihm weiterhin, unsere Sicherheitsvorkehrungen zu überwinden. Zack nannte Adrian scherzhaft unseren persönlichen Hermes, eine Anspielung auf den listigen griechischen Gott, der Informationen beschaffen und versenden und in jeden bekannten Ort eindringen konnte.

»Das stimmt«, pflichtet Zack mir bei. »Mann, wenn seine Mutter wüsste, dass er vorhat, sie in naher Zukunft zu stürzen.«

»Wir müssen sicherstellen, dass ihm nichts passiert. Sie würde mit allen Mitteln verhindern, dass er die Kontrolle über Kipos International übernimmt, das steht für mich außer Frage.« Pierce runzelte die Stirn.

Zack nickte. »Der Junge hat sonst nur Penny auf seiner Seite. Sie hat ihr Leben für ihn aufgegeben. Die Frau ist ihm mehr eine Mutter als das Miststück, das ihn geboren hat.«

»Adrian ist zu schlau, um nicht zu wissen, dass er auf der

Hut sein muss. Sorgen mache ich mir eher um Penny.« Pierce beobachtete mich. Ich wusste, dass er versuchte, meine Reaktion abzuschätzen. »Dara wird sie vernichten, um die Kontrolle über die Firma zu behalten.«

Wenn ich etwas mit Sicherheit wusste, dann dass Persephone Kipos nicht das harmlose Mauerblümchen war, das sie der Welt vorgaukelte. Die Frau hatte Geheimnisse, auf die ich erst vor kurzem gestoßen war – und die ihre hinterhältige Stiefmutter umhauen würden, wenn sie davon wüsste.

»Ich würde ihre Gerissenheit nicht unterschätzen. Sie ist so viel mehr, als sie die Welt glauben lässt.« Ich schwenkte den aromatischen Alkohol im Glas. »Also, wenn ihr zwei dann fertig damit seid, mein Sexleben zu analysieren und meinen exklusiven Whiskey zu schlürfen, ich muss los zu einem Meeting zum Mittagessen.«

»Mit wem und warum?«, fragte Zack.

Ich konnte nicht verhindern, dass sich ein Lächeln auf meine Lippen schlich. Wahrscheinlich würden sie sich in die Hosen machen, wenn ich es ihnen erzählte. »Es geht um ein Geschäft mit jemandem, den ich gern Starlight nenne.«

Penny

»ICH BRAUCHE alle aktuellen Analysen der letzten Chargen«, sagte ich zu meiner Assistentin und Cousine Anaya, während ich zwischen den Gärbottichen herumging. »Außerdem brauche ich alle neuen Infos über die Grundstücksverhandlungen für die europäischen Produktionsstandorte.«

»Bekommst du bis zum Ende des Tags.« Anaya verstummte kurz. »Übrigens, wir haben eine weitere Einladung zu einem persönlichen Treffen von Lykaios Holdings erhalten. Sie haben uns ein äußerst lukratives Angebot für die exklusive Nutzung von Firewater für ihre Hotels, Casinos und Veranstaltungsorte geschickt.«

Seufzend schüttelte ich den Kopf. »Die Antwort ist dieselbe wie immer, Ana. Nein. Ich habe weder jetzt noch irgendwann vor, mit Collin zusammenzuarbeiten.«

»Willst du nicht mal darüber nachdenken, dich mit ihm zu treffen? Und sei es nur, um zu sehen, was er zu sagen hat?«

»Warte mal.« Ich musterte Anaya. »Weiß Collin von meiner Rolle bei Firewater?«

»Nein. Ich schwör's. Niemand außerhalb unseres Kreises weiß etwas darüber, wem PSK Distilleries gehört. Laut Henna liebt er unseren Whiskey und will unbedingt die exklusiven Vertriebsrechte für das Produkt.«

»Selbst wenn sein Angebot interessant für mich wäre, ich könnte es ohnehin nicht annehmen. Ich habe eine Vereinbarung mit Hagen, Pierce und Zack getroffen. Die werde ich nicht brechen.«

»Würdest du denn eine eingeschränkte Vertriebsvereinbarung in Betracht ziehen? Collin und Henna schuften sich krumm, um Lykaios Holdings wieder attraktiv aufzustellen. Er ist nicht mehr derselbe wie vor einem Jahrzehnt. Er hat mehr für Henna und mich getan, als je jemand für vorstellbar gehalten hätte. Und er bereut viel. Das meiste davon betriff seine Söhne.«

Meine Cousinen Henna und Anaya Anthony waren die Töchter der Schwester meiner Mutter – Lena, die ich Lena Masi nannte – und meines verstorbenen Onkels Victor Anthony. Sie verehrten Collin Lykaios geradezu, was ich nie verstehen konnte.

Nein, das stimmte nicht. Ich konnte es schon verstehen, auch wenn ich nicht begreifen konnte, warum sich Collin geändert hatte.

Vor etwa fünfzehn Jahren war Onkel Victor wegen Veruntreuung und Steuerhinterziehung angeklagt worden. Er hatte sich fast eine Milliarde Dollar von seinen Geschäftspartnern, Freunden und Angehörigen ergaunert. Zu den Geschädigten gehörte Collin Lykaios. Collin hatte fast fünfzig Millionen Dollar in ihn investiert und verloren. Es war ein landesweiter Skandal gewesen, umso mehr, nachdem Onkel Victor Selbstmord begangen hatte, um sich der Strafverfolgung zu entziehen.

Um den Folgen und der Klageflut der verärgerten Investoren zu entgehen, hatte Lena Masi den Staat verlassen und eine völlig neue Identität angenommen. Am überraschendsten dabei war, dass Collin maßgeblich dazu beigetragen hatte, die Sicherheit meiner Tante und meiner Cousinen zu gewährleisten. Sogar neue Geburtsurkunden, Bankkonten und Bildungsverläufe hatte er für sie arrangiert. Als sie älter wurden, finanzierte er ihre Ausbildung am College und bot ihnen Jobs in seiner Organisation an. Henna hatte angenommen und leitete mittlerweile die Lykaios Holdings. Anaya hingegen hatte einen nerdigen Hang zu

Wissenschaft und Computern. Genau wie ich zog sie es vor, hinter den Kulissen zu wirken.

Nach allem, was Collin für meine Cousinen getan hatte, konnte ich ihre Loyalität zu ihm nachvollziehen und akzeptieren. Allerdings hatte ich eigenen Loyalitäten, und sie galten den drei Jungs, die Collin verstoßen hatte, als sie noch kaum erwachsen waren. Ich war mir nicht sicher, ob ich je darüber hinwegkommen würde, dass Hagen eine Zeit lang auf der Straße leben musste, weil er nirgendwohin gekonnt hatte. Den finsteren Ruf, den er hatte, musste er sich damals aufbauen, um nicht zu einer Zahl in der Opferstatistik von Las Vegas zu werden, das wusste ich.

Und ich konnte mich noch gut an Papas Wut auf Collin erinnern, als er erfuhr, was er Hagen angetan hatte. Papa war sogar durch die Straßen von Vegas gefahren und hatte nach dem dünnen Teenager gesucht, der zu attraktiv aussah, um unversehrt zu überleben.

Ich verdrängte die Gedanken und sah Anaya an. »Weißt du, ich hab dich wirklich lieb, aber du musst aufhören, darauf herumzureiten. Collins Taten zu loben, ändert nichts daran, dass er drei Menschen verletzt hat, die mir wichtig sind.«

»Ich weiß.« Resigniert stieß sie den Atem aus. »Es fällt mir schwer, den Mann, der er jetzt ist, mit dem unter einen Hut zu bringen, der er vorher war. Nur damit du's weißt, er sorgt sich auch um dich. Er bekommt mit, wie Dara mit dir umspringt.«

Traurigkeit fuhr mir ins Herz. Als ich jünger war, hatte Collin zu meinen Lieblingsmenschen gehört. Er konnte die tollsten Geschichten erzählen und hatte mich immer ermutigt, mich für Wissenschaft zu interessieren, obwohl sich

»anständige griechische und indische Mädchen« auf Familie und Kultur konzentrieren sollten, statt zu studieren. Wenn ich ehrlich sein wollte, musste ich mir eingestehen, dass Collin die Saat gepflanzt hatte, die mir den Anstoß gegeben hatte, den Prozess zum Reifen von Whiskey zu erforschen. Und dank meiner Erkenntnisse konnte ich Firewater erschaffen, einen Whiskey, der wie zwanzig Jahre gereift schmeckte, ohne dass man so lange warten musste. Mit Wissenschaft und Technik konnte man tatsächlich der Zeit ein Schnippchen schlagen.

»Gerade du solltest wissen, dass ich nicht das schüchterne Mauerblümchen bin, das die Welt in mir sieht ... Egal. Darüber oder über Collin kann ich mir jetzt nicht den Kopf zerbrechen. Das Ziel ist erst mal, die nächste Charge zu analysieren und für Adrian alles so vorzubereiten, dass er die Firma erfolgreich übernehmen kann. Dann ist Dara bald Geschichte.«

3

Penny

Kurz nach 11:30 Uhr traf ich beim *Ida Astro* für mein Treffen zum Mittagessen mit Hagen ein. Ich atmete tief durch und wartete, bis der Mann vom Parkservice die Tür für mich öffnete.

»Wow, toller Schlitten.« Die Ehrfurcht im Gesicht des Mannes brachte mich zum Lächeln.

Die Welt mochte mich für schwach halten, aber es gab etwas, wofür ich bekannt war: meine Begeisterung für Sportwagen, vor allem für restaurierte Klassiker. Meine Obsession für schnelle Autos hatte ich von meinen Eltern geerbt. Sie hatten sich auf einer Rennstrecke in Griechenland kennengelernt, wo Mama illegal mit dem Aston Martin meines Großvaters angetreten war und gewonnen hatte. Sie war damals noch kaum sechzehn und hatte sich aus ihrem vergoldeten Käfig mit Blick auf das Mittelmeer geschlichen. Der Sieg bei dem Rennen hatte für meinen Großvater keine Rolle gespielt. Er hatte entschieden, dass sie verdorben von der europäischen Moral wäre und sie für zwei Jahre nach Indien zu einem entfernten Onkel geschickt. Doch kaum war sie zurück, entführte Papa sie praktisch von meinem Großvater, und innerhalb eines Monats waren sie verheiratet.

Mittlerweile fuhr ich den Wagen, einen 1965er Aston Martin DB5. Jedes Mal, wenn ich hinter dem Steuer saß, fühlte ich mich meinen beiden erstaunlichen Eltern nahe.

»Danke«, sagte ich, als ich ausstieg, den Rock zurechtrückte und mir die Handtasche über den Arm hängte.

»Ich parke ihn neben dem Spider von Mr. Lykaios.«

Unwillkürlich schaute ich zu dem 1966er Alfa Romeo auf dem fast leeren Parkplatz.

Natürlich musste Hagen das gleiche Laster haben wie ich. Der Mann verkörperte alles, was gefährlich war, und deshalb fühlte ich mich zu ihm hingezogen.

Beim Gedanken an ihn nistete sich ein mulmiges Gefühl in meinem Magen ein. Mist. Ich hatte gehofft, die Fahrt würde meine Nerven beruhigen.

Ich hatte in den letzten fünfzehn Jahren kaum mit ihm zu tun gehabt, und nun stand ich kurz davor, ihn zu bitten, mir beim Aufdecken der Wahrheit über Papas Tod zu helfen.

Nachdem Adrian mich mit der Neuigkeit des von ihm arrangierten Treffens überrascht hatte, wollte ich von ihm Einzelheiten darüber, was genau er Hagen erzählt hatte. Adrian beteuerte, er hätte nur gesagt, dass ich Hilfe bei einer persönlichen Angelegenheit bräuchte. Da ich meinen Bruder als Mann weniger Worte kannte, ging ich davon aus, dass er wirklich nicht mehr an Einzelheiten preisgegeben hatte. Dass Hagen trotzdem zugestimmt hatte, ohne nachzubohren, verstärkte nur die Verunsicherung, die ich empfand.

Kurz schloss ich die Augen und nahm meinen Mut zusammen. Ich konnte das. Ich konnte mich mit dem Mann treffen, der in einem Großteil meiner Fantasien die Hauptrolle spielte, und ihn um Hilfe dabei bitten, herauszufinden, ob Dara für Papas Tod verantwortlich zeichnete.

Natürlich ging ich davon aus, dass seine Hilfe einen Preis haben würde. Hagen stand im Ruf, für seine Unterstützung bei jeglichen Angelegenheiten eine Bezahlung in Form von Sachleistungen zu erwarten. Problematisch war, dass ich wahrscheinlich allem zustimmen würde, was er verlangte, wenn ich dadurch Dara dauerhaft aus unserem Leben bekäme.

Vielleicht könnte ich Hagen davon überzeugen, mir neben seiner Hilfe noch etwas zu geben. Etwas, das ich bisher noch nie in Betracht gezogen hatte. Aber verdammt, ich war ohnehin schon dabei, in seine Welt einzutauchen. Oder vielleicht würde ich es einfach ohne Gegenleistung anbieten. Ich konnte mir keinen besseren Weg vorstellen, meine Jungfräulichkeit zu verlieren, als mit einem Bad Boy wie Hagen.

Beim Gedanken an die Möglichkeit beschleunigte sich mein Herzschlag jäh.

Reiß dich zusammen, Penny. Du hast gleich ein Mittagessen mit dem Mann, den man als Meister der Sünde kennt. Deine Libido muss hinter Logik zurückstehen.

»Ms. Kipos?« Eine Frau kam auf mich zu. Ich konnte nur

annehmen, dass es sich um die Tischdame handelte. Sie hatte langes blondes Haar und ellenlange Beine. Die Farbe ihres Lippenstifts passte zu ihrem enganliegenden Kleid. Sie war atemberaubend und überaus typisch für Las Vegas, so hätte sie beschrieben.

Ich lächelte sie an, was sie mit einem echten Lächeln ihrerseits erwiderte. »Ja, das bin ich.«

»Mein Name ist Camille.« Sie schüttelte mir die Hand. »Ich bin Geschäftsführerin im *Ida Astro*. Wenn Sie mir bitte folgen, Mr. Lykaios erwartet Sie auf der Veranda.«

Okay, es geht los. Ich straffte die Schultern und folgte Camille hinein.

Innen bestach das helle Restaurant durch klare Linien und überall verteilte Glasskulpturen. Völlig anders als die dunkle, opulente Atmosphäre, für die Hagens andere Etablissements bekannt waren. Dieses Lokal strahlte eine gediegene Eleganz aus. Tatsächlich ähnelte das Farbschema dem, was ich für ein eigenes Zuhause gewählt hätte, würde ich nicht die von der Firma bereitgestellte Wohnung benutzen.

Was nicht daran lag, dass mir die Mittel für den Kauf eines eigenen Hauses fehlten. Ich war sogar schon so weit gegangen, ein Angebot für ein Traumhaus in Summerlin, Nevada, abzugeben. Der kleine Vorort von Las Vegas hätte es mir ermöglicht, mich von allem zurückzuziehen, wofür man die sogenannte Sin City kannte. Aber fast sofort hatte ich mich dagegen entschieden. Es war besser, Dara in dem Glauben zu lassen, sie hätte die ultimative Kontrolle über mein Leben. Bis Adrian die Firma übernahm, würde ich Dara denken lassen, dass Erbe von meiner Mutter wäre bis zu meinem dreißigsten Geburtstag eingefroren. Bis dahin würde ich die pflichtbewusste, aber bedeutungslose Stieftochter spielen, die sie tolerierte.

Als wir tiefer in das Lokal vordrangen, fielen mir die in dem riesigen Raum strategisch verteilten Kronleuchter verschiedener Farbtöne auf. Sie verliehen der Umgebung eine elegante Atmosphäre, ohne sie überladen wirken zu lassen.

Ein Barkeeper schaute lächelnd auf, als wir uns näherten. Er öffnete einen Karton Firewater, eine sehr exklusive Auslese, die ich nur in begrenzter Menge und ausschließlich an ausgewählte Kunden liefern ließ.

Mich verblüffte immer noch, wie groß die Nachfrage nach meinem Whiskey mit Holunderblüten war. Ich hatte ihn vor knapp acht Jahren auf den Markt gebracht und mir eine treue Stammkundschaft erarbeitet. Als vor drei Jahren ein Oscar-prämierter Filmstar eine Party mit dem Whiskey als Hauptzutat sämtlicher Cocktails geschmissen hatte, war die Nachfrage nach Firewater astronomisch gestiegen. Buchstäblich Stunden nach dem Ende der Party wollte jeder Top-Promi, jedes gehobene Hotel und jeder Vergnügungsort den Whiskey haben.

Ich grinste verhalten. Schon erstaunlich, wie das richtige Marketing einem Produkt Vorschub leisten konnte.

»Möchten Sie eine Kostprobe?«, erkundigte sich Camille und suchte meinen Blick.

»Nein danke.«

»Ist ein besondere Auslese. Mr. Lykaios musste den Lieferanten umgarnen, um sechs Flaschen zu ergattern. Wir hatten das Glück, die Ware heute zu bekommen. Es ist ein recht milder Tropfen.«

Ich schüttelte den Kopf. »Danke, ich möchte nichts.«

Camille sah mich ein wenig verdutzt darüber an, dass ich den Alkohol ablehnte, dann ging sie weiter durch das Restaurant.

Als wir durch die Türen auf die Veranda traten, stockte mir der Atem. Hagen lehnte mit einer Hand am Geländer, das den Strip überblickte, und telefonierte gerade. Dieser Mann verkörperte wirklich den sündhaft sinnlichen griechischen Gott, dessen Namen ihm die Boulevardpresse verpasst hatte. Der maßgeschneiderte Anzug, den er trug, betonte seinen durchtrainierten Körper perfekt. Sein Gesicht bestach durch harte Linien und Winkel und eine Symmetrie, die sich normalerweise nur durch die kunstfertige Präzision eines Schönheitschirurgen erzielen ließ. Auf seinen Ruf als Bad Boy wiesen nur die Tätowierungen hin. Ein Tattoo erspähte ich an seiner Hand, ein anderes auf der Haut am offenen Hemdkragen.

Sofort setzte ein unterschwelliges Pulsieren zwischen meinen Beinen ein. Er hatte noch nicht mal in meine Richtung geblickt, und schon verspürte ich das innige Bedürfnis, ihn zu bespringen.

Dann schaute Hagen zu mir auf, und ein verruchtes Funkeln trat in seine Augen. Warum starrte er mich immer so an? Und warum reagierte mein Körper so auf diesen Blick?

Das war der Grund, warum ich ihn nach Möglichkeit um jeden Preis mied. Niemand durfte wissen, wie er sich auf mich auswirkte, am wenigsten Dara, sonst würde sie einen Weg finden, mir einen Strick daraus zu drehen.

Hagen beendete sein Gespräch und kam in meine Richtung. Als er sich keinen halben Meter mehr entfernt befand, ergriff er meine Hand und hob sie sich an den Mund.

Ein Schauder durchzuckte mich, als seine Lippen meine Haut streiften. Dann küsste er mich auf die Wange. Sein berauschender Duft nach würzigem Eau de Cologne und Seife umhüllte meine Sinne.

»Persephone Starlight Kipos. Wie schön, dich zu sehen. Du siehst wie immer umwerfend aus.«

Warum jagte seine Verwendung meines vollständigen Namens ein Kribbeln durch mein Innerstes? Ich hatte zwei der dümmsten Namen auf dem Planeten. Keine griechische Frau sollte je Persephone und Starlight heißen. Ich habe immer noch keine Ahnung, was meine Eltern geraucht hatten, als sie sich dafür entschieden.

Nachdem ich Hagen einige Herzschläge lang angeglotzt hatte, sprang mein Gehirn endlich wieder an, und ich sagte: »Ist auch schön, dich zu sehen.«

Irgendetwas an ihm verschlug mir die Sprache, was mir bei Pierce und Zack nie passierte. Und wenn ich mir vorstellte, sie zu berühren und herrlich versaute Dinge mit ihnen anzustellen, stellte sich eher Brechreiz ein statt ein Ziehen im Schritt.

Sobald ich zu Hause wäre, würde ich eine lange, kalte Dusche und eine Session mit meinem Vibrator brauchen.

Hagen ließ meine Hand los und deutete auf einen Tisch, gedeckt mit feinstem Porzellan und einer Reihe von Vorspeisen.

»Ich war mir nicht sicher, was du magst, also hab ich den Koch gebeten, ein Allerlei anzurichten.«

»Ich bin sicher, es ist alles perfekt. Chefkoch Gustav hat noch nichts zubereitet, das mir nicht geschmeckt hat.«

»Wie könnte ich das vergessen? Du hast früher gesagt, du

wärst die nervige Schlampe, die nachkocht, was die Fernsehköche zubereiten.«

Hitze kroch mir in die Wangen, als ich auf meinen Sitz wetzte.

Das hatte ich auf einer von Dara veranstalteten Party gesagt, bei der das Essen wie auf Toast geschmierter Dreck geschmeckt hatte. Ich war damals gerade mal sechzehn, Hagen dreiundzwanzig. Den Abend hatte ich hungrig und gereizt verbracht. Als ich mich gegen Mitternacht letztlich in mein Zimmer zurückzog, fand ich dort eine Tüte zum Mitnehmen aus einem meiner Lieblingsrestaurants in Las Vegas. Ich wusste, dass Hagen dafür verantwortlich war, konnte aber nie herausfinden, wie er es geschafft hatte, die Tüte an Daras umfassenden Sicherheitsvorkehrungen vorbei in mein Zimmer zu schmuggeln.

»Ein Gentleman sollte eine Frau nicht an undamenhafte Bemerkungen erinnern, die sie mal von sich gegeben hat.«

Hagen nahm Platz und zog eine Augenbraue hoch. »Ich hab nie behauptet, ich wäre ein Gentleman, Starlight. Abgesehen davon bin ich mir ziemlich sicher, dass du den Burger mit Kobe-Rindfleisch genossen hast, der dich in der Nacht in deinem Zimmer erwartet hat.«

Beim Gedanken an den saftigen Burger von damals lief mir das Wasser im Mund zusammen. »Wenn du die Wahrheit wissen willst, ich hab ihn innerhalb von Minuten verschlungen. Den Großteil der Woche vor der Party hatte ich nämlich gehungert. Dara hatte damals beschlossen, mich für die Party auf Diät zu setzen. Sie hat gehofft, ich würde ein paar Kilo abnehmen.«

Ein Stirnrunzeln trat in sein Gesicht, doch bevor er etwas

sagen konnte, ergriff ich wieder das Wort. »Verrätst du mir, wie du den Burger an den ganzen Sicherheitsvorkehrungen vorbei zu mir geschmuggelt hast?«

Kleine Lachfältchen zeigten sich um seine Augen. »Manche Geheimnisse bleiben besser unausgesprochen. Wer weiß, vielleicht muss ich das nächste Mal die Prinzessin selbst aus dem Turm retten, statt ihr nur eine Mahlzeit zukommen zu lassen.«

Wenn er nur wüsste, wie wahr seine Worte waren.

Ein Kellner kam an den Tisch und servierte Whiskey – Firewater.

»Dir ist schon klar, dass wir hier von fast tausend Dollar pro Glas reden, oder?« Ich starrte auf die rötlich-goldene Flüssigkeit, die sowohl vor Hagen als auch vor mir stand.

»Ich bin sicher, ich kann mit der Herstellerin einen Schnäppchenpreis für ein paar weitere Flaschen aushandeln.« Damit ergriff er sein Glas und leerte es in einem Zug.

Ich leckte mir über die Lippen und spürte, wie Panik in mir aufstieg und die Erregung von vorhin verdrängte. Er konnte es nicht wissen. Niemand in meiner Welt wusste darüber Bescheid. Na ja, vielleicht eine Handvoll Leute, aber die waren alle uneingeschränkt loyal.

Der Ausdruck in seinen Augen bestätigte mir, dass er mehr wusste, als ich hoffte.

»Ich würde sagen, das kommt ganz darauf an, was du anbietest.«

»Es geht weniger darum, was ich geben will, sondern darum, was von mir verlangt wird.«

»Hagen, was für ein Spiel soll das werden?«, fragte ich und

bemühte mich, meiner Stimme einen ruhigen Klang zu verleihen.

»Das ist kein Spiel, Starlight.« Wie er meinen Namen aussprach, klang ein wenig besitzergreifend. »Du bist wegen etwas hier, das dich in Gefahr bringen könnte.«

»Woher willst du wissen, warum ich hier bin?« Ich wusste, dass Adrian mich nie belügen würde.

»Dein Bruder ist ein brillanter Junge. Aber er würde dich nur dann in die Arme des Teufels schicken, wenn ein Pakt mit ihm die Antwort auf die Frage liefern kann, wer deinen Vater umgebracht hat.«

»Willst du damit sagen, du bist der Teufel?«

Als er mir in die Augen sah, flammte das Verlangen wieder auf. Und wenn ich mich nicht irrte, flackerte auch in seinen saphirblauen Augen etwas. »Man hat mich schon Schlimmeres genannt. Also raus damit: Bist du hier, um dich auf einen Deal mit einem Mann einzulassen, der deinen tadellosen Ruf ruinieren könnte?«

Was, wenn ich will, dass er ruiniert wird?

»Was wird es mich kosten?«

Er rieb sich mit der tätowierten Hand das bartstoppelige Kinn. »Mal sehen. Ich könnte die gesamte nächste Lieferung Firewater wollen.«

Ich öffnete den Mund, um zu leugnen, dass ich dabei irgendeine Handhabe hätte, aber er fuhr nahtlos fort.

»Oder die Exklusivrechte an dem Holunderblüten-Destillat, das du heimlich für deine Brennerei entwickelst ... Oder ...«

Meine Finger krallten sich um die Tischkante. Ich wusste,

dass ich nicht damit rechnen sollte, er würde etwas Einfaches wollen. »Oder?«, bohrte ich nach.

Er legte die Hand auf meine. »Oder dich in meinem Bett. Um mit dir anzustellen, was ich will, wann ich will und wie ich will.«

Großer Gott. Das konnte er nicht wirklich gerade gesagt haben. Ich presste die Schenkel zusammen und versuchte, die versauten Visionen abzuschütteln, die sich in meinen Kopf drängten.

»Hab ich dich gerade schockiert, Starlight?«

Mein Temperament flammte durch den Dunst der Lust auf. Er wollte mich auf den Arm nehmen. Das konnte er sich abschminken.

Okay, Penny, du bist kein Mauerblümchen. Zeit, die Maskerade zu beenden.

Ich lehnte mich zu ihm, bis sich unsere Gesichter beinah berührten. »Was, wenn ich dir sage, dass du keinen Deal brauchst, um mich ins Bett zu bekommen? Dass ich dich auch so mit mir anstellen lassen würde, was du willst, wann du willst und wie du willst?«

Überraschung huschte über seine Züge. Er ließ meine Hand los und lehnte sich zurück. Dann entfesselte er ein tiefes Lachen, das einige der Mitarbeiter um uns herum innehalten und in unsere Richtung schauen ließ.

»Da ist sie ja. Die Frau, die sich unter der prüden, konservativen Fassade versteckt.«

Als ich etwas erwidern wollte, steuerte ein Mann auf uns zu. Er trug eine Lederjacke, die nicht die am Körper getragene Handfeuerwaffe verbarg.

»Mr. Lykaios, wir haben eine Situation, die Ihre Aufmerksamkeit erfordert.«

Hagen ließ ein irritiertes Seufzer vernehmen. »Wenn du mich bitte kurz entschuldigst.«

Ich nickte.

Hagen stand auf und folgte dem Mann, von dem ich nur annehmen konnte, dass er für ihn arbeitete. Ich beobachtete, wie Hagen in einen Bereich des Restaurants ging, in dem eine Gruppe von Männern stand. Worte wurden gewechselt, und plötzlich sah ich, wie Hagen einem Schlag auswich, selbst einen austeilte und den Mann, der ihn angegriffen hatte, zu Boden schickte.

Mein Herzschlag pochte wie Trommeln in meinen Ohren.

Was zum Teufel ging hier vor sich? Der Mann, der Hagen angegriffen hatte, war bedeutend größer und massiger, dennoch lag er auf dem Boden, wo ihn drei von Hagens Sicherheitsleuten festhielten.

Sie fesselten ihm die Arme mit Handschellen hinter dem Rücken und zogen ihn dann auf die Beine. Als er aufrecht stand, schaute er durchs Fenster zu mir. Etwas an ihm kam mir bekannt vor, aber ich konnte ihn nicht einordnen. Hagen folgte der Richtung seines Blicks, und eine finstere Miene erschien in seinem Gesicht.

Er trat vor den Mann hin und versperrte ihm die Sicht auf mich. Nach ein paar weiteren Worten kam Hagen wieder nach draußen.

Sein Gesicht war leicht errötet, und zwischen seinen Brauen zeichnete sich eine Furche ab. »Entschuldige. Mike hat früher für einen Partner von mir gearbeitet und wollte nicht akzeptieren, dass er seinen Job verloren hat. Leider musste ich ihm die Botschaft bestätigen.«

Meiner persönlichen Meinung nach gab es nichts zu entschuldigen. Immerhin war mir das Privileg zuteilgeworden, den Bad Boy von Las Vegas in Aktion zu sehen. Und wie sehr es mich angetörnt hatte, verriet mir, dass ich unbedingt in seine Hose wollte.

Ich behielt meine unpassenden Gedanken für mich.

Hagen legte die Hand auf die Rückenlehne meines Stuhls. »So sehr es mir widerstrebt, unser Mittagessen abzubrechen, ich muss mich um die Situation mit Mike kümmern.«

Ich verspürte einen Anflug von Enttäuschung, überspielte ihn aber schnell und erwiderte: »Ist schon okay. Ich muss mich auch noch um ein paar Dinge kümmern, bevor ich zurück ins Büro fahre.«

»Verschieben wir es. Und ich verspreche, das nächste Mal werden wir nicht gestört.«

Die Vorstellung, allein mit Hagen zu sein, jagte erneut eine Welle von Lust durch mein Innerstes. Eigentlich sollte ich ablehnen, aber ich konnte einem ungestörten Essen mit Hagen unmöglich widerstehen.

»Darauf werd ich zurückkommen.« Ich lächelte, und für den Bruchteil einer Sekunde sah ich in seinen blauen Augen einen Schimmer, der den Eindruck vermittelte, er hätte meine Gedanken gelesen.

Er bot mir die Hand an, und ich ließ die Finger über seine Handfläche gleiten. Die Berührung fühlte sich an, als würde ich von knisternder Elektrizität durchzuckt. Aus dem Verlangen in Hagens Augen schloss ich, dass es ihm genauso erging.

Ich stand auf und hätte beinah gestöhnt, als seine Handfläche meine Taille streifte. Er führte mich durch das Restaurant in Richtung des Ausgangs. Mein Magen krampfte sich zusammen, und mir wurde klar, dass ich nicht gehen wollte, obwohl mir ein anderes Essen in Aussicht gestellt worden war. Ich wollte das Versprechen erkunden, das ich in Hagens Blick gesehen hatte.

Als wir die Schwelle überquerten, fragte er plötzlich: »Willst du dir den neuen Club innen ansehen?«

Das *Nyx*, benannt nach dem griechischen Gott der Nacht, sollte das Juwel von Hagens Clubs werden. Ich würde mir sicher nicht die Gelegenheit entgehen lassen, einen Blick hineinzuwerfen.

»Ja«, sagte ich ein bisschen zu atemlos. Dann fügte ich hinzu: »Musst du dich nicht um die Sache mit Mike kümmern?«

»Er kann warten. Deine Zeit ist wichtiger.«

Es war, als wüsste er, dass ich noch länger bleiben wollte.

Wir nahmen eine Treppe, die unter das *Ida Astro* führte, das Hagen zusammen mit seinen Brüdern betrieb.

»Am einfachsten betritt man den Club durch die Tunnel.«

Ich nickte und folgte ihm durch das Labyrinth, bis wir einen Gang betraten, der zur Haupttanzfläche des Clubs führte. Der Raum besaß dieselbe Atmosphäre wie das Restaurant, allerdings mit einem zusätzlichen Schuss Dekadenz. Überall in den Akzenten und kleinen Details an den Wänden fanden sich Tupfen von rötlichem Gold. Von der Decke hingen Käfige, die wie geschmackvolle Kronleuchter anmuteten, doch ich wusste, sie würden unterschiedlich leicht bekleidete Tänzerinnen beherbergen, wenn der Club geöffnet wäre.

Hagen sah, wohin ich starrte. »Es ist nichts verkehrt daran, die Illusion von Klasse zu vermitteln, während man sich den dunkleren und unanständigeren Seiten des Lebens hingibt.«

»Klingt einleuchtend. Das Lokal ist wunderschön. Anders als deine anderen.«

»Ich habe es um die Spirituose herum entworfen, mit der wir alle von uns servierten Drinks zubereiten werden.«

Ich drehte mich ihm zu. »Tatsächlich? Dann hoffe ich, du bist bereit, ein hübsches Sümmchen dafür in die Hand zu nehmen.«

»Starlight, das Sümmchen ist es mehr als wert.«

Bei seinen Worten krampfen sich meine Eingeweide zusammen. Es ließ sich nicht leugnen, dass er wusste, wer hinter dem begehrten Whiskey steckte. Noch mehr jedoch beunruhigte mich, warum er und seine Brüder ein Hotel, ein Casino, einen Club und ein Restaurant um den Whiskey herum aufbauten.

»Komm hier lang. Die Handwerker installieren noch die Beleuchtung, und ich will nicht, dass wir ihnen dabei im Weg sind.«

Er ging zu einer Wand und scannte sein Auge. Eine Tür sprang auf, und er führte mich hindurch.

»Lass mich raten: eine von Adrians Innovationen.«

Das Lächeln, das auf Hagens Lippen trat, löste in mir Visionen davon aus, was er mit diesem Mund anstellen könnte.

»Dein Bruder nimmt seine Arbeit sehr ernst.«

Die Tür verriegelte sich hinter uns. Fast sofort spürte ich, wie sich die Atmosphäre des Büros veränderte, das wir betreten hatten. Erregung und Verlangen hingen unterschwellig in der Luft, und beides definitiv nicht einseitig.

Ich lehnte mich mit dem Rücken an die Tür und musterte das Raubtier in dem tadellosen Anzug vor mir. Was an Hagen weckte in mir den Wunsch, alle Vorsicht in den Wind zu schlagen?

»Und was jetzt?«, fragte ich, als er mir meine Clutch aus der Hand nahm und sie auf einen nahen Tisch warf.

»Sag du es mir.«

Ich drückte die Handfläche auf seine Brust und genoss die Wärme, die ich durch den Stoff seines Hemds spürte.

»Sag mir, dass du das fühlst.«

»Ja.«

»Meine Entschuldigung ist das Adrenalin von der Begegnung mit dem Arsch von vorhin. Was ist deine?«

Ich leckte mir über die Lippen und beobachtete, wie sich seine Augen weiteten. »Brauche ich denn eine?«

Er trat vor. »Nein, brauchst du nicht.« Sein Mund senkte sich auf meinen.

Großer Gott, er schmeckte umwerfend, nach Whiskey und seiner eigenen natürlichen Essenz. Seine Lippen erwiesen sich als weich – weicher als erwartet. Der Kuss wurde inniger, als sich seine Zunge den Weg zu meiner bahnte. Sie tänzelte und glitt vor und zurück, umnebelte meinen Geist vor zu lange unterdrückter Begierde.

Ich spürte, wie mein Kopf mit festen Griff zurückgezogen wurde, während unsere Münder ihr Duell fortsetzten. Wir verschlangen uns gegenseitig beinah, als wären wir beide völlig ausgehungert.

Meine Arme zogen ihn näher. Ich wünschte mir nichts sehnlicher, als ihn vollständig an mir zu spüren. Seine harte Länge drückte gegen meinen Bauch, und schieres Verlangen flutete meine Mitte.

Ich hatte geahnt, dass es so sein würde, falls ich je die Chance bekommen würde, ihn zu küssen. Er erwies sich als so raubtierhaft und fordernd, wie ich es mir nur wünschen konnte. Auf logischer Ebene sollte ich sofort aufhören, einen Schritt zurückzutreten und darüber nachdenken, was es bedeuten würde, weiterzumachen. Stattdessen konnte ich nur in einem regelrechten Wasserfall von Lust ertrinken.

Hagen ließ mein Haar los. Seine Hände glitten meine Oberschenkel hoch, spreizten sie und legten sie um seine Taille. Er rieb seine steinharte Erektion an meiner Pforte und meinem sehnsüchtigen Venushügel.

»Hagen ...« Ich stöhnte, wollte mehr. »Ich brauche ...«

»Ich weiß, was du brauchst. Ich bin mir nur nicht sicher, ob du es verkraften kannst.« Er leckte an meinem Hals hinab, dann knabberte er am Übergang zu meiner Schulter.

Zuckungen durchliefen mich. Mein Innerstes zog sich zusammen, mein Rücken wölbte sich unter Lustschmerz durch.

»Mehr. Bitte. Mehr.« Ich konnte nicht fassen, dass ich bettelte. Wenn ich nur gewusst hätte, *worum* ich bettelte.

Hagen begann, seine pralle Männlichkeit am empfindlichen Nervenbündel über meiner Spalte in einem Rhythmus zu reiben, der jede Zelle meines Leibs zum Beben brachte.

»Komm für mich, Starlight.« Seine Hand schob sich weiter unter meinen Rock, und sein Daumen streichelte meinen Kitzler.

Wenig später detonierten die Empfindungen in mir, und ich warf den Kopf zurück, als Sternchen in meiner Sicht aufblitzten. Meine Mitte zog sich abwechselnd zusammen und entspannte sich. Ich verlor jedes Gefühl für Zeit und Raum.

Meine Erregung flutete mein Innerstes, benetzte seinen Daumen und entlockte seinem forschenden Mund ein Stöhnen.

»Ich kann's kaum erwarten, deine süße Muschi zu schmecken. Eines Tages wirst du kommen, während ich es dir mit dem Mund besorge.«

Seine Worte spornten meinen Körper zu einer weiteren Kontraktion an. Heilige Scheiße. Verbalerotik teilte mich auf.

Langsam sank ich vom besten Höhepunkt meines Lebens in die Realität zurück und stellte fest, dass ich mittlerweile auf Hagens Schoß saß. Seine Erektion fühlte sich wie ein Schwert unter meinem Hintern an, seine Atmung ging abgehackt. Ich blickte in die blauen Tiefen seiner Augen, die beinah schwarz wirkten, da seine geweiteten Pupillen sie beherrschten.

Als ich nach seiner Hose greifen wollte, hielt er mich davon ab.

»Ich nehme dich jetzt nicht. Und wenn ich es noch so sehr möchte. Dass ich gesehen habe, wie du dich aufgelöst hast, muss reichen.«

Er lehnte den Kopf an die Couch zurück, schloss die Augen und stieß einen gequälten Atemzug aus.

»Das versteh ich nicht. Du weißt so gut wie ich, dass

hinter dieser gegenseitigen Anziehungskraft mehr steckt, als wir beide zugeben wollten. Diese Chemie ist schon so lange da, wie ich zurückdenken kann.«

Er hob den Kopf. »Starlight, wenn ich dich nehme, würde sich die Welt, wie du sie kennst, völlig verändern. Du wärst dann nicht mehr die unschuldige, naive Kipos-Erbin. Mein Ruf würde deinen besudeln. Wärst du mit mir zusammen, könnte Dara dich aus der Firma deines Vaters drängen. Und ich glaube nicht, dass du dazu bereit bist.«

Die Erwähnung von Daras Namen löschte mein Verlangen wie ein Eimer Eiswasser ein Feuer.

Ich rutschte von Hagens Schoß. Sofort vermisste ich seine Körperwärme. Ich vergrub das Gesicht in den Händen.

»Es würde keine Rolle spielen, ob wir miteinander schlafen oder nicht. Dara würde Adrian in der Sekunde alles wegnehmen, in der sich ihr die Gelegenheit bietet. Wenn ich sie nicht aufhalte, könnte sie etwas wie das einfädeln, was Papa passiert ist, um auch Adrian loszuwerden.«

Ich würde diese Frau aufhalten. Und der Schlüssel dazu lag in Papas Tod. »Egal, was es kostet, ich will, dass du deine Verbindungen nutzt, um die Wahrheit über Papa herauszufinden.«

»Dann kennst du ja meine Bedingungen.«

Ich drehte mich ihm zu. »Du hast mir drei Optionen genannt. Welche?«

»Gibst du zu, dass Firewater und das Patent für das darin verwendete Holunderblütendestillat dir gehören?«

»Tu ich nicht.«

»Bist du bereit, mit mir zu schlafen, obwohl du dadurch

deinen Job und die Möglichkeit verlieren könntest, die Firma deines Vaters im Auge zu behalten?«

Als ich den Mund zum Antworten öffnete, schnitt er mir das Wort ab, indem er mein Gesicht in die Hände nahm und einen Daumen auf meine Lippen legte.

»Nein. Denk erst darüber nach. Was ich will, funktioniert nicht zu deinen Bedingungen, sondern nur zu meinen. Es ist nicht süß und sanft. Es erfordert, dass du dich mir vollständig hingibst. Ich werde dich verderben, und du wirst nicht wollen, dass es aufhört. Am Ende werde ich dein Ruin sein.«

4

___

Hagen

ICH BETRAT mein Penthouse in der fünfunddreißigsten Etage des *Ida Astro*. Zack, Pierce und ich wohnten jeweils in einem Penthouse eines der großen Casino-Hotels von HPZ. So zeigten wir Präsenz und verhinderten, dass jemand denken könnte, die Brüder wären keine Einheit. Zack mochte der Kopf hinter den Immobilien sein, aber keines der Projekte würde ohne die Investitionen jedes Bruders funktionieren.

Ich warf mein Jackett auf eine nahe Couch und ging in Richtung der gutbestückten Bar. Dort griff ich mir einen Macallen 25 und schenkte mir drei Fingerbreit von dem klassischen Scotch ein. Als ich die Karaffe abstellte, wanderte mein Blick zu der Flasche Firewater. Der Anblick ließ mich den Kopf schütteln.

Sturer als diese Frau konnte man kaum sein. Starlight

wollte lieber mit mir schlafen, als zuzugeben, dass sie einen der begehrtesten Whiskeys der Welt kreiert hatte. Hinter der Mauerblümchenfassade verbarg sich eine brillante Chemikerin. Sie hatte die Eigenschaften der historisch höchstbewerteten Spirituosen analysiert und auf dieser Grundlage in einem Labor ihr einzigartiges Produkt erschaffen.

Ich hatte durch reinen Zufall herausgefunden, wo Firewater entstanden war, und in weiterer Folge auch, wer hinter dem Whiskey steckte. Einer der Rechercheure für meine Restaurants war in Indien auf Urlaub. Dort erwähnte ein Einheimischer eine Holunderschnapsbrennerei. Also erkundete mein Rechercheur die Gegend und erkannte Persephone in einer Bar in der Nähe des Gebäudes. Kaum hatte ich davon erfahren, recherchierte ich selbst ein wenig und fand heraus, dass sie ... nein, dass ihre Firma PSK das Patent auf vier Arten von Holunderpflanzen besaß. Da wurde auf Anhieb klar, dass sie hinter dem hochpreisigen Whiskey steckte, der die Welt im Sturm erobert hatte.

Wenn ich die Identität der öffentlichkeitsscheuen Besitzerin der Brennerei herausgefunden hatte, dann konnten es auch andere. Persephone mochte auf ihre Weise ein Genie sein, aber verstohlen war sie nicht. Manchmal dachte ich sogar, jemand könnte sie entführen oder umbringen, wenn sie sich in Gegenden der Welt mit einzigartigen Holunderpflanzen wagte – Gegenden, die von den Einheimischen als gefährlich eingestuft wurden. Sie schien völlig darin aufzugehen, die wichtigste Zutat für ihre Experimente zu erforschen und zu beschaffen, ohne dabei auf die eigene Sicherheit zu achten.

Die Frau war zu verdammt arglos.

Ich hatte längst aufgehört zu zählen, wie oft sie mir mit ihren Abenteuern beinah einen Herzinfarkt beschert hätte. Also hatte ich die letzten zwei Jahre diskret dafür gesorgt, dass sie beschützt wurde, und ich nutzte meine Kontakte, um jegliche Gerüchte über die Besitzverhältnisse von PSK im Keim zu ersticken.

Dass ich mehrere Betriebe mit Firewater als Leitmotiv aufgebaut hatte, zeugte vielleicht von meiner Besessenheit von Starlight. Andererseits hatte ich mir bis zu diesem Tag nie auch nur auszumalen gewagt, sie zu berühren – geschweige denn, sie zum Orgasmus zu bringen. Höchstens in meinen Träumen.

Gott, ich konnte immer noch die Schreie ihrer Lust und Entladung hören. Etwas Vergleichbares hatte ich davor nie erlebt. Sie verkörperte eine Sirene mit einer Aura der Unschuld, verpackt in einen sündhaften Körper.

Warum hatte ich so lange gewartet? Sie hatte mich schon genauso lange gewollt, wie ich sie begehrt hatte. Über ein Jahrzehnt lang hatte ich es ihr jedes Mal am Gesicht angesehen, wenn wir uns zusammen in einem Raum aufhielten.

Wem wollte ich etwas vormachen? Collin Lykaios' Worte hatten sich in mein Hirn gebrannt, und aus irgendeinem verdammten Grund glaubte ich ihm.

»Denkst du, mir ist nicht aufgefallen, wie du sie ansiehst? Das Mädchen ist zu gut für deinesgleichen. Im Vergleich zu ihr bist du Müll. Wenn du sie auch nur mit einer dreckigen Hand anfasst, Junge, vernichte ich dich. Du bist besser damit bedient, Dara das Bett zu wärmen. Sie hat eine Vorliebe für zwielichtigen Abschaum.«

Wut breitete sich durch meinen Körper aus, als Collins Worte in meinem Kopf widerhallten. Er hatte gewusst, dass ich so über mich dachte, und er hatte es gnadenlos ausgenutzt.

Nur eine weitere Art, wie er versucht hatte, mich zu kontrollieren.

Ich war nicht stolz darauf, dass ich in die Unterweltkreise von Las Vegas geschlittert war, aber die Schuld konnte man ohne Weiteres bei meinem Vater suchen.

Was für ein Mann warf seinen siebzehnjährigen Sohn aus dem Haus, nur weil er sich einmal mit Freunden betrunken hatte?

Ein Mann wie Collin Lykaios.

Er hatte mir keine zwanzig Minuten gegeben, um meinen Kram zu packen und zu verschwinden. Das Flehen meiner weinenden Mutter und die entsetzten Blicke meiner jüngeren Brüder hatte er völlig ignoriert.

Collin war sogar so weit gegangen, jedem mit finanziellem Ruin zu drohen, der mir Unterschlupf gewähren würde. Die nächsten drei Monate zog ich von einem Obdachlosenasyl zum anderen. Bis mich eine Bande junger Herumtreiber verprügelte, weil ich zu gutaussehend war, und mich anschließend vergewaltigen wollte. Irgendwie war es mir gelungen, mich zu befreien und abzuhauen. Nach jenem Tag war ich nie wieder in ein Asyl zurückgekehrt.

Hätte Draco Jackson mich nicht auf dem Strip gefunden, wo ich völlig verängstigt, hungrig und mit meinem gesamten weltlichen Besitz in einem Rucksack herumlief, wäre ich wahrscheinlich auf der Straße gestorben. Er hatte davon gehört, was Collin getan hatte, und seinem Netzwerk von Spionen aufgetragen, nach mir Ausschau zu halten.

Der Mafioso päppelte mich auf, gab mir eine Unterkunft und einen Job.

Was ich am Anfang meines Erwachsenenlebens tun musste, um für Jackson zu arbeiten, war der Grund für meinen derzeitigen Ruf. Aber ich würde für immer in der Schuld des Mannes stehen, der mir das Leben gerettet hatte. Jackson mochte als Ersatzvater nicht ideal sein, trotzdem noch besser als der, dem ich meine DNA verdankte.

Ich stürzte den Scotch im Glas in meiner Hand hinunter, schluckte die bernsteinfarbene Flüssigkeit in einem Zug, ließ sie brennend meine Kehle hinabrinnen und meine Sinne dämpfen.

Dann ging ich zu den Panoramafenstern und starrte über den Strip zu den Lykaios Towers. Sie bildeten das Prunkstück in Collins Hotel- und Casino-Imperium. Zuletzt hatte ich den Ort am Todestag meiner Mutter betreten. Sie wollte sich verabschieden, und aus irgendeinem Grund hatte Collin den Besuch genehmigt.

Vermutlich wollte mein werter Vater ein reines Gewissen haben, wenn seine Frau nach dem fast einjährigen Kampf gegen Brustkrebs den letzten Atemzug tat.

Und mittlerweile führte ich ein Leben, das alles überstieg, was ich mir je hätte vorstellen können. Den Dreck der Unterwelt von Las Vegas hatte ich größtenteils hinter mir gelassen. Das Einzige, was mir fehlte, war ... Nein, das würde ich mir nicht antun.

Ich brauchte Collins Wort nicht, um zu wissen, dass Starlight außerhalb meiner Liga spielte. Sie verdiente jemanden, der unverdorben war. Jemanden, der von ihr nichts außerhalb ihrer heilen Welt erwarten würde. Jemanden ohne eine von Drogen, Mord und Prostitution besudelte Vergangenheit.

Morgen würde ich sie anrufen und ihr sagen, dass ich ihr ohne Gegenleistung helfen würde. Es würde mich zwar förmlich umbringen, aber ich würde es tun.

Sie verkörperte das einzige Anständige, das ich je im Leben erfahren hatte.

Gott, ich konnte sie immer noch auf den Lippen schmecken, konnte immer noch ihre aufgerichteten Nippel durch ihr Shirt fühlen, das leise Stöhnen ihrer Lust hören, während unsere Zungen ineinander verschlungen waren und Starlight von Leidenschaft überwältigt wurde. Zu dem Zeitpunkt hatte es mich alle Willenskraft gekostet, sie nicht über meinen Schreibtisch zu legen und mich bis zum Anschlag in ihrer feuchten Spalte zu vergraben.

Verdammt.

Mir stand ein Abend mit einem schlimmen Fall von Samenstau bevor.

Das Bimmeln des Fahrstuhls brachte mich zum Stöhnen. Rasch zog ich das Hemd aus der Hose, um meine Erektion zu verdecken, dann drehte ich mich um und sah nach, wer aussteigen würde.

»Du siehst aus wie jemand, der dringend entweder flachgelegt werden oder jemandem die Fresse polieren muss«, meinte Zack, als er mein Penthouse betrat und sein Jackett über meines warf, bevor er zu meiner Bar schlenderte. Er schenkte sich ein großzügiges Glas Firewater ein und lächelte.

Bevor er davon trank, hielt er inne, schaute zu mir und meinte: »Ich tippe auf beides.«

Ohne auf seine Bemerkung einzugehen, erwiderte ich: »Ist dir klar, dass dich der Whiskey, den du da trinkst, woanders fast viertausend Dollar kosten würde?«

Zack zuckte mit den Schultern. »Und weiter?«

»Du bist ein Arsch. Nicht alle von uns verdienen in einer Stunde so viel wie du.«

»Wenn du nicht willst, dass ihn jemand trinkt, solltest du ihn nicht in deiner Bar haben.« Er setzte das Glas an die Lippen, schloss die Augen und genoss den Whiskey. »Hat deine miese Laune was mit der grünäugigen Sirene zu tun, mit der du heute zu Mittag gegessen hast?«

»Zum Essen sind wir nicht gekommen.« Ich starrte wieder auf die Lichter von Las Vegas hinaus. »Mike Popov hat mich unterbrochen.«

»Nicht zu fassen, dass der Penner immer noch da ist. Er sollte froh sein, dass du Draco überredet hast, sich nicht so um ihn zu kümmern, wie du's früher getan hättest.«

Als ich damals für Draco zu arbeiten angefangen hatte, trat ich ursprünglich als sein Kraftprotz auf. Schon mit siebzehn Jahren war ich ein ziemlich großer Kerl, durch jahrelanges Kampfsporttraining außerdem schlank und muskulös. Wann immer Draco ein Problem hatte, wurde ich losgeschickt, um dafür zu sorgen, dass seine jeweilige Botschaft unmissverständlich zum Ausdruck gebracht wurde. Meistens mit der Faust, hin und wieder mit einem an eine Schläfe gepressten Revolver.

Abgesehen von gelegentlichen Gefälligkeiten für Draco lagen meine Tage als sein Mann fürs Grobe längst hinter mir.

Einen Vorteil hatte der Ruf, den ich durch die Arbeit für ihn erlangt hatte – mit mir oder meinen Brüdern legte sich so gut wie nie jemand an. Niemand glaubte wirklich, dass ich aus der Szene ausgestiegen war, und ich ließ den falschen Eindruck bestehen.

»Vielleicht hättest du das lieber Dracos Männer regeln lassen sollen, statt auf nett zu machen, weil du einer Ex helfen wolltest. Kim wäre ohne ihren zwielichtigen Vater viel besser dran.«

»Das spielt keine Rolle. Kim hat mich um einen Gefallen gebeten, und ich habe ihn erfüllt. Die Frau ist inzwischen verheiratet und hat drei Kinder. Sie kann den Stress nicht brauchen, den Mike mit seinen Mätzchen verursacht.«

»Außer dir kenne ich niemanden, der mit allen Frauen befreundet bleibt, die je sein Bett geteilt haben.« Zack schüttelte den Kopf.

»Wenigstens muss ich mir keine Sorgen machen, dass jemand einen Killer auf mich ansetzen könnte, weil ich ein Arsch bin.«

Zack zuckte mit den Schultern. »Bei mir weiß jede von vornherein, wie es enden wird und dass es keine Hoffnung auf mehr gibt.«

»Ich kann's kaum erwarten, bis du mal eine Kostprobe der eigenen Medizin zu schmecken kriegst.«

»Das wird nie passieren. Jetzt sag mal, was für ein Problem Mike heute hatte.«

»Anscheinend war er unzufrieden mit dem Deal, den du und Draco ausgehandelt haben. Also hat er vor Starlight eine Szene gemacht. Jetzt muss ich die Sache auf Dracos Art regeln.«

Warum hatte ich je zugestimmt, mich für Draco um den Spieler zu kümmern?

Weil du eine Schwäche für unschuldige Frauen hast, die Hilfe brauchen.

Mist. Ich hatte es gewaltig verbockt. Ich konnte auf keinen Fall zulassen, dass Dracos Leute mein Chaos aufräumten.

»Brauchst du Unterstützung von uns? Ich hab da ein paar Leute, die mir noch den einen oder anderen Gefallen schulden«, sagte Zack.

»Nein. Ist besser, wenn ihr beide nicht darin verwickelt werdet.« Ich fuhr mir mit der Hand durchs Haar. »Aus dem Leben kommt man nicht mehr raus, oder?«

»Vielleicht kannst du ihm wieder einen Ausweg bieten.« Zack beobachtete mich. Er wusste, dass ich den Mistkerl wirklich nicht wegschaffen wollte.

»Zwecklos. Draco gibt nur eine Chance. Mike hat seine bekommen und sie vergeigt. Bis morgen früh ist es erledigt.«

Genau deshalb hätte ich Starlights Anziehungskraft nie nachgeben sollen. Sie war so rein und durfte nicht von mir besudelt werden. Ganz gleich, wie sehr ich mein Leben in Ordnung gebracht hatte, bestimmte Aspekte meiner Vergangenheit zogen mich immer wieder zurück nach unten. Wenn ich Glück hätte, würde Mike mittlerweile aus der Stadt geflüchtet sein, weil er wusste, was ihm blühte. Aber das würde wohl eher Wunschdenken bleiben.

»Ich bin froh, dass er vor Starlight keine größere Szene gemacht und nur einen Schlag in die Magengrube abbekommen hat.«

»Warum redest du über Penny mit dem albernen Namen Starlight? Sie klingt dadurch wie 'ne Stripperin.«

Ich wirbelte herum und schleuderte ihm einen vernichtenden Blick zu. »Red nie wieder so respektlos über sie. Sonst gestalte ich dein hübsches Gesicht um, Bruder hin, Bruder her.«

»Oha. Alter, komm wieder runter.« Zack hob kapitulierend die Hände. »Du weißt, dass ich's nicht so gemeint hab. Verdammt, sie ist wie eine Schwester für mich. Ehrlich, du musst dringend mal wieder flachgelegt werden.«

»Leck mich. Und fürs Protokoll: Starlight ist ihr zweiter Vorname.«

»Tja, Scheiße. Hatte ich vergessen. Ich hätte auch nie für möglich gehalten, dass Kipos seiner Tochter einen Hippie-Namen verpassen würde.«

»Ich bezweifle, dass er dabei viel mitzureden hatte. Falls du dich erinnern kannst: Wenn Karina was wollte, dann hat sie es auch bekommen.«

Ich erinnerte mich vor allem daran, wie sehr ich mir gewünscht hatte, Collin hätte Mama so geliebt wie Jacob seine Karina. Er hatte sie behandelt, als wären die Sonne, der Mond und die Sterne von Karinas Glück abhängig.

Collin hingegen wirkte Mama gegenüber nur dauerhaft irritiert. Er hatte mit keiner Wimper gezuckt, als Mama beschlossen hatte, mit ihren Freundinnen eine Weltreise zu unternehmen, die fast fünf Monate dauerte. Schon als Dreizehnjähriger erkannte ich, dass Collin nicht der Typ Ehemann oder Vater war, den andere Kinder in ihrem Leben hatten.

Andererseits: Wäre Collin kein so unausstehlicher Mistkerl gewesen, hätte mein Leben vielleicht eine andere Richtung eingeschlagen.

Mit hoher Wahrscheinlichkeit wäre ich dann eine dieser stinkreichen Rotznasen geworden, die ich am liebsten schlagen wollte, wann immer sie sich aufführten, als müsste ihnen die Welt allein dafür danken, dass es sie gab. Stattdessen war ich zum Schreckgespenst geworden, dass ihre Sauereien aufgeräumt und sie im Zaum gehalten hatte.

Verdammt, reiß dich zusammen, du Schwachkopf.

»Dann war Penny wohl nicht allzu beeindruckt von der dunkleren Seite deines Lebens, was?«

»Schien sie völlig kalt zu lassen.«

Wenn ich mich nicht irrte, hatte dabei eher pure Lust in ihren Augen aufgeflackert. Meine rauere Seite hatte sie erregt.

»Was ist dann das Problem?«

»Sie will, dass ich ihr helfe herauszufinden, wer ihren Vater auf dem Gewissen hat. Sie glaubt, dass Dara die Finger im Spiel hatte.«

»Tja, Scheiße. Könnte ziemlich gefährlich für sie werden, wenn sie in Bereichen herumschnüffelt, aus denen sie sich lieber heraushalten sollte. Dara ist ohne Weiteres zuzutrauen, dass sie dagegen zurückschlägt. Ich hoffe, du lässt Penny überwachen, wie ich's dir vorgeschlagen habe.«

Wenn er nur wüsste, wie lange ich schon über Starlight wachte. Wahrscheinlich wäre er der Meinung, ich müsste unverzüglich eingewiesen werden. Ja, mir war bewusst, dass ich mich wie ein gruseliger Stalker anhörte. Aber ich wollte Starlight in Sicherheit wissen. Vor allem, nachdem ich herausgefunden hatte, dass sie auf dem hart umkämpften, skrupellosen Spirituosenmarkt mitmischte.

»Das läuft längst. Ich habe schon eine ganze Weile jemanden auf sie angesetzt.«

Zack zog eine Augenbraue hoch und schüttelte den Kopf. »Ich sage, verführ sie und lass es raus aus dir.«

»Du weißt, wie schlecht die Idee ist. Das Letzte, was sie braucht, ist eine Beziehung mit mir. Das würde Dara die nötige Munition liefern, um sie aus Kipos rauszudrängen.«

»Wenn nicht du der Grund bist, findet sie eben einen anderen Weg.«

»Ich werde nicht der Grund dafür sein, dass sie ihren Job verliert.«

»Dafür könnte es zu spät sein.« Zack stellte seinen Drink auf den Couchtisch aus Glas und krempelte die Ärmel seines Hemds hoch.

»Wärst du so nett, mich aufzuklären?«

In dem Moment öffneten sich die Fahrstuhltüren erneut. Pierce kam mit einer Aktenkiste in den Armen herein. Er sah Zack an und fragte: »Hast du ihn schon auf den neuesten Stand gebracht?«

»Dazu wollten wir gerade kommen. Aber da du jetzt hier bist und die Einzelheiten kennst, kannst du das übernehmen.«

Pierce stellte die Kiste auf den Boden, öffnete den Deckel und holte ein paar Ordner heraus. Einen reichte er mir, einen weiteren Zack.

Dann nahm er auf dem Sessel mir gegenüber Platz. »Ich überreiche dir gleich den Schlüssel dazu, Persephone Kipos ein für alle Mal von Dara Kipos zu befreien. Und wenn du Glück hast, wird sich deine Starlight sehr dankbar zeigen.«

5

Penny

GEGEN HALB ACHT am nächsten Morgen betrat ich die
Zentrale von Kipos International in Las Vegas. Ich gähnte und
trank einen ausgiebigen Schluck von meinem zu Hause
zubereiteten Kaffee. An meiner Erschöpfung war
ausschließlich ich selbst schuld. Ich hatte eine unruhige Nacht
hinter mir, in der ich viel an Hagen und daran gedacht hatte,
was zwischen uns vorgefallen war. Hauptsächlich hatte ich
mich darauf konzentriert, dass er in meinem Körper etwas
geweckt hatte, das ich nie wieder einschlafen lassen wollte.

Auf dem Weg zu dem Treffen mit Hagen hätte ich nie
damit gerechnet, an eine Wand gedrückt zu werden und kurz
danach einen explosiven Orgasmus zu erleben. Ich wollte
mich nicht belügen – die Vorstellung, wie Hagen herrlich
versaute Dinge mit mir anstellte, hatte mich schon lange

fasziniert. Allerdings hätte ich nie gedacht, dass es je dazu kommen würde.

Mein größtes Problem bestand darin, dass mich die Kostprobe von Hagen nach mehr verlangen ließ. Und das bedeutete, ich steckte tief in der Tinte.

Ich konnte nicht riskieren, dass Daras Spione mir folgten, erst recht nicht, nachdem ich eine weitere Wanze in meiner Küche gefunden hatte. Gott sei Dank hatte Adrian mir einen Scanner gegeben, um nach solchen Abhörgeräten zu suchen.

Gestern hatte ich Glück gehabt. Aber es war zu riskant, auch nur in Erwägung zu ziehen, sich noch einmal mit ihm zu treffen. Ganz gleich, wie sehr meine Hormone danach verlangten.

Wem wollte ich etwas vormachen? Die Chemie zwischen Hagen und mir war zu intensiv, zu unwiderstehlich, um ihn erneut aufzusuchen. Vielleicht wäre ein kleines Gespräch mit Adrian angebracht. Er könnte mich darüber aufklären, wie er so lange für die Brüder arbeiten konnte, ohne dass es jemand mitbekommen hatte. Vielleicht könnte ich von meinem gewieften kleinen Bruder ja noch etwas lernen.

Ich zog meine Transponderkarte heraus und hielt sie an die Zugangskontrolle. Mit einem Piepton leuchtete das Lämpchen rot auf. Mir wurde der Zutritt verweigert.

Was zum Teufel sollte das?

Ich zog die Karte erneut über das Lesegerät – mit demselben Ergebnis.

Als ich es zum dritten Mal versuchte, kam Jeffery auf mich zu, einer der Sicherheitsleute von Kipos. Er arbeitete seit über zwanzig Jahren für die Firma, und ich wusste, dass seine Loyalität Adrian und mir galt, nicht Dara. Er hatte mal zu mir gemeint, er wäre nur deshalb noch nicht im Ruhestand, weil er wollte, dass ich bei Kipos einen Verbündeten hatte. Jeff diente mir als Augen und Ohren für Dinge, die sich im Unternehmen anbahnten.

»Ms. Kipos, bitte folgen Sie mir. Mrs. Kipos möchte Sie sehen.« Mit einem Blick zu den Überwachungskameras zeigte er mir unscheinbar an, dass wir beobachtet wurden.

Ich nickte und fragte: »Was ist hier los, Jeff?«

Er zuckte mit den Schultern. »Kann ich nicht sagen.« Nachdem wir den Haupteingang passiert hatten, fuhr er fort: »Mrs. Kipos' persönliche Mitarbeiter sind schon seit zwei Stunden hier. Ich weiß nur, dass ich ihnen Bescheid geben soll, sobald Sie eingetroffen sind.«

Mir drehte sich der Magen um. Konnte sie etwas von meinem Treffen mit Hagen wissen? Natürlich konnte sie. Wenn meine Wohnung verwanzt gewesen war, warum sollte sie dann nicht auch alle meine Autos mit Peilsendern versehen haben ... schon wieder.

Eigentlich hätte ich es wissen müssen. Ich hätte mein Auto überprüfen sollen, bevor ich am Vortag zu dem Treffen mit Hagen losgefahren war. Da hatte ich mir all die Jahre solche Mühe gegeben, meine Arbeit für PSK zu verbergen, und dann vergaß ich eine so grundlegende Vorsichtsmaßnahme. Mein Sicherheitsteam würde mir gehörig die Leviten lesen, wenn ich davon erzählte.

Aber darüber konnte ich mir im Augenblick nicht den Kopf zerbrechen. Oberste Priorität musste für mich die bevorstehende Konfrontation mit Dara haben.

»Ich weiß, Sie haben es erst neulich gemacht, aber würden Sie noch mal meine Autos auf Peilsender überprüfen?«

»Ich rufe jemanden, sobald ich Sie bei Mrs. Kipos abgeliefert habe.«

Wir gingen durch eine Nebentür und zu einer Reihe von Aufzügen. Eine Minute später trafen wir im fünfundzwanzigsten Stock ein. Kaum glitten die Türen auf, erwarteten uns Daras Muskelpakete, die ich gern »die drei Vollpfosten« nannte. Alle ragten weit über eins achtzig hoch auf und waren gebaut wie Panzer. Selten, wenn überhaupt, wichen sie von Daras Seite. Ich war mir so gut wie sicher, dass sie gelegentlich auch das Bett mit ihr teilten.

»Ms. Kipos, wir brauchen Ihren Laptop und Ihr Firmenhandy.«

Ich zuckte zurück, als Shane, einer der Vollpfosten, nach meiner Umhängetasche greifen wollte. »Fass mich nicht an. Ich will wissen, was hier los ist.«

Keiner der drei erwiderte etwas.

Ich stapfte in die Richtung von Daras Büro los und fand Adrian dort bei ihr vor.

»Pünktlich wie immer.« Dara kam auf mich zu. »Hattest du gestern Spaß bei deinem Stelldichein mit Hagen Lykaios?«

Ich schaute zu Adrian, der leicht den Kopf schüttelte und mir damit zu verstehen gab, dass es ziemlich schlimm stand.

»Keine Ahnung, wovon du redest.«

»Ach, hör doch auf, Penny. Ich weiß von deiner Schwärmerei für ihn, seit du ein rotznäsiger Teenager warst. Nur hätte ich nie gedacht, dass du dich an ihn verkaufen würdest.«

Mit gerunzelter Stirn sah ich mich im Raum um, während ich zu begreifen versuchte, was zum Teufel vor sich ging.

Dann fiel mein Blick auf den muskulösen Mann, der in der

Ecke saß. Er schien in eine Zeitung vertieft zu sein, doch ich merkte, dass seine Aufmerksamkeit mir galt. Ich wusste, dass ich ihn im Verlauf der Jahre schon gesehen hatte, konnte ihn aber nicht einordnen. Wahrscheinlich jemand, der den Platz in Daras Bett ausfüllte, wenn sie sich zwischen neunzehnjährigen Poolboys und ihren Leibwächtern langweilte.

»Wer ist das?«

»Geht dich nichts an. Wir sind hier, um über dich zu sprechen.«

»Dara, ich hab für so was keine Zeit. In zwanzig Minuten habe ich ein Treffen mit einem unserer Vertriebspartner für das Holland-Projekt.«

Damit wandte ich mich zum Gehen, aber Dara packte mich am Arm. »Nicht so schnell.«

Ich schüttelte ihre Hand ab und starrte sie finster an.

»Mir ist zu Ohren gekommen, dass du in eine Geschäftsbeziehung mit einem bekannten Kriminellen verwickelt bist.«

»Geschäftsbeziehung? Du spinnst.«

»Wenn es nicht geschäftlich ist, was dann? Mir liegen Beweise vor, die besagen, dass du entweder mit Hagen Lykaios zusammenarbeitest oder eine persönliche Beziehung hast. Würdest du das erklären?«

Wieder spähte ich zu Adrian.

»Sieh nicht ihn an. Er hat heute erfahren, was für eine Schwester du in Wirklichkeit bist.« Sie warf eine Reihe von Fotos auf ihren Schreibtisch. Ein paar rutschten über die Kante und landeten vor mir auf dem Boden.

Sie zeigten mich, wie ich auf der Veranda von Hagens

neuem Restaurant saß. Auf einem war zu sehen, wie Hagens Hand auf meiner lag, während wir uns gegenseitig tief in die Augen blickten. Auf einer anderen Aufnahme verließ ich gerade das Gebäude. Mein Gesicht wirkte darauf gerötet, abgesehen davon vermittelte ich äußerlich einen normalen Eindruck.

»Ich wüsste nicht, wie mich diese Bilder zur Verräterin oder zum Flittchen stempeln – oder was immer du sonst darin sehen willst. Ich hab lediglich mit einem Freund aus der Kindheit gegessen.«

»Und an der Stelle irrst du dich.« Dara bedachte mich mit einem wissenden Lächeln und bedeutete Adam, einem ihrer Muskelprotze, mir einen Ordner zu reichen.

Ich schlug ihn auf und fand darin ein Dokument, das die Statuten und Klauseln des Unternehmens auflistete.

Als ich zu einem markierten Abschnitt gelangte, wich mir alle Farbe aus dem Gesicht. Ich schaute zu Dara auf.

»Das kann nicht dein Ernst sein.«

»Für die Sicherheitsfreigabe im Unternehmen müssen sich laut Satzung alle Führungskräfte an eine Moralklausel halten. Du, meine Liebe, hast gleich gegen mehrere Bestimmungen verstoßen.« Sie trat auf mich zu. »Du hast dich mit jemandem abgegeben, der für seine moralische Verkommenheit bekannt ist.«

Dara grinste den Mann in der Ecke an, und in mir stieg solche Wut auf, dass ich am liebsten geschrien hätte. Dieser Mistkerl musste irgendwie die Finger im Spiel gehabt haben.

»Das ist völlig haltlos. Weder Hagen noch einer seiner Brüder sind wegen irgendeiner Straftat angeklagt worden.

Mit ihm zu Mittag zu essen, hat gegen keine Vorschrift verstoßen.«

»Deine Verbindung mit Hagen Lykaios wirft ein schiefes Licht auf jegliche Geschäfte dieser Firma. Er ist weithin bekannt für seinen Umgang mit zwielichtigen Kreisen in Las Vegas. Ganz gleich, wie sehr er sich herausputzt, er ist und bleibt von der Unterwelt befleckt. Und diese Bilder belegen, dass er für dich mehr als ein Freund aus der Kindheit ist, wie du behauptest.«

In ihrem Ton schwang eine Schärfe mit, die sie beinah eifersüchtig klingen ließ. Ich schüttelte den Gedanken ab und konzentrierte mich auf ihren Irrsinn.

»Auf meinem Schreibtisch ist außerdem gelandet, dass wir in Verhandlungen mit einem großen Spirituosenhändler für die nächste Charge unserer europäischen Holunderblütenexporte stehen.«

Ja, mit meiner verdammten Firma, Miststück.

»Ich lasse nicht zu, dass deine Eskapaden den Auftrag gefährden.« Finster starrte sie mich an und lehnte sich an die Vorderkante ihres Schreibtischs. »Meinen Recherchen nach ist die CEO des Unternehmens sehr wählerisch und empfiehlt nur Anbieter, die ihre strengen Kriterien erfüllen.«

Ich musste alle Willenskraft aufbieten, um meine Tarnung nicht aufzugeben und ihr mitzuteilen, dass die Vertragsverhandlungen mit sofortiger Wirkung beendet waren. Beim Aufsetzen der Verträge für Kipos als Holunderblütenlieferant für PSK Distilleries hatte ich gehofft, Kipos einen Umsatzschub für das kommende Jahr zu verschaffen. Wenn Adrian die Firma übernahm, sollten die

Aktionäre auf Anhieb die Erfolgsspur sehen, auf die er das Unternehmen lenken könnte.

Allerdings würde eher die Hölle zufrieren, als dass ich den Auftrag an Dara vergeben würde.

»Ich führe die Gespräche um den Auftrag. Die werden nur mit mir arbeiten. Ohne mich wäre Kipos nicht mal zur Ausschreibung für den Auftrag eingeladen worden.«

Dara winkte ab. »Du setzt deine Bedeutung ein bisschen zu hoch an. Ich bin sicher, die Chefin von PSK würde es als passender betrachten, direkt mit der CEO von Kipos zu arbeiten.«

»Darauf würde ich nicht wetten«, murmelte ich.

Dara hörte mich, und der finstere Blick in ihrem Gesicht schlug in Zorn um. »Als Leiterin des Unternehmens steht mir die Entscheidung darüber zu, wie wir Geschäfte tätigen.«

»Soll heißen?«

»Es ist an der Zeit, dass du deinen Platz räumst. Ich lasse nicht zu, dass du Adrian die Zukunft versaust.«

»Das kann nur ein Scherz sein. Ich hab mehr Aufträge an Land gezogen als jede andere Führungskraft in dieser Firma.« Ich wandte mich an Adrian. »Hörst du dir das allen Ernstes an?«

Über seine Züge huschte ein Ausdruck, den ich nicht richtig zu deuten vermochte. Ich konnte nur hoffen, dass er bei der Sache lediglich mitspielte, um Dara in eine Falle zu locken.

»Ich hab dabei nicht viel mitzureden, Penny. Und Ma bringt hier schon einige triftige Argumente vor. Du solltest wissen, dass man sich nicht mit Hagen einlässt. Der Anschein von Unterweltaktivitäten ist für künftige Aufträge genauso gefährlich wie die direkte Zusammenarbeit mit verurteilten Verbrechern.«

»Was? Aber du ...« Ich verstummte, trat einen Schritt zurück und versuchte, meine Verwirrung abzuschütteln. »Adrian, glaubst du diesen Schwachsinn etwa?«

»Ja. Ma sollte sich um alle neuen Transaktionen auf dieser Ebene kümmern.«

Stellte er sich wirklich auf Daras Seite?

Meine Kehle fühlte sich wie zugeschnürt vor unterdrückten Tränen an, als ich mir eine verirrte Strähne hinters Ohr klemmte und versuchte, mich eines überwältigenden Gefühls von Traurigkeit zu erwehren.

Da bemerkte ich, wie Adrian den Stift drehte, den er immer bei sich trug. Ich sah ihm tief in die Augen, und er zog kaum merklich eine Braue hoch. Erleichterung durchströmte mich. Er spielte nur eine Rolle. Mein Bruder wandte sich nicht wirklich gegen mich.

Dann ließ er kurz Irritation aufblitzen. Okay, er war sauer, weil ich gedacht hatte, er hätte mich verraten. Dafür würde ich mir später etwas anhören können. Und ich verdiente es dafür, dass ich an ihm gezweifelt hatte, wenn auch nur für eine halbe Sekunde.

»Versuch nicht, an Adrian zu appellieren. Er hat dabei kein Mitspracherecht. Ich habe bereits mit dem Vorstand gesprochen. Alle sind mit meiner Entscheidung einverstanden.«

»Mit anderen Worten: Du feuerst mich.«

»Endlich ist der Groschen gefallen. Hätte ich bei einer Stanford-Absolventin eigentlich früher erwartet. Wie dem auch sein mag, du bist nicht mehr bei Kipos International beschäftigt. Du musst alle elektronischen Geräte zurückgeben, die dem Unternehmen gehören, unter anderem dein Handy und deinen Laptop.«

»Warte mal. Ich brauche Zeit, um alle persönlichen Informationen und Dateien davon zu entfernen.«

»Firmengeräte sind nicht für die persönliche Nutzung gedacht. In dem Moment, in dem du gegen die Unternehmensvorschriften verstößt, verlierst du jeden Anspruch auf Datenschutz.«

Tja, Mist. Wo war ein Datenvernichter, wenn man einen brauchte?

»Penny«, sagte Adrian mit leiser Stimme, kam auf mich zu und ergriff meine Hand.

Dabei steckte er mir unauffällig einen kleinen Gegenstand aus Metall zu. Ohne ihn anzusehen, wusste ich, worum es sich handelte. Erleichterung breitete sich in mir aus, als ich das Gerät an mich nahm, das die Festplatte meines Computers löschen würde, sobald ich es an meinen Laptop hielte.

»Na schön.« Ich stieß den Atem aus. »Ich gehe. Kommst du später bei mir vorbei, damit wir reden können?«, fragte ich Adrian.

»Statt Zeit mit Reden zu verschwenden, schlage ich vor zu packen«, mischte sich Dara ein. »Du hast drei Tage, um aus der Wohnung auszuziehen, die dir als Mitarbeiterin von Kipos zur Verfügung gestellt wurde.«

»Jetzt warte mal.« Adrian drehte sich seiner Mutter zu. »Wo soll sie wohnen?«

»Ist nicht unser Problem.«

Adrian öffnete den Mund, um zu protestieren, schloss ihn aber wieder, als ich den Kopf schüttelte.

Ich hatte schon beim Einzug in das Stadthaus der Firma gewusst, dass es gefährlich wäre, sich zu sehr daran zu binden. Deshalb hatte ich so viel Zeit in dem Haus verbracht, das meine Eltern gebaut hatten. Laut Papas Testament gehörte es Adrian und mir. Dara konnte es zwar nutzen, würde aber nie darüber verfügen können. Problematisch daran, dort einzuziehen, war nur, dass ich nie wissen könnte, wann Dara auftauchen würde oder ob sie alles verwanzen ließ, wenn ich nicht zu Hause war. Und ich konnte von Adrian angesichts seines Kurspensums und eines Vollzeitjobs nicht erwarten, dass er ständig nach Hause kam und alles absuchte.

»Adrian, ich komme schon klar. Ich schlüpfe bei Freundinnen unter, bis ich eine Wohnung gefunden habe.« Damit öffnete ich meine Umhängetasche, griff hinein, drückte das Gerät gegen die Festplatte meines Laptops und zog ihn heraus. »Hier. Den brauche ich nicht mehr.«

Adam kam auf mich zu. Statt ihm das Gerät auszuhändigen, ließ ich es auf den Boden fallen. Ein paar Teile brachen vom Computer ab.

»Das haben Sie mit Absicht gemacht«, blaffte Adam. »Das ist Beschädigung von Firmeneigentum.«

Ich zuckte mit den Schultern. »Dann feuert mich doch. Oh, Moment. Das ist ja schon passiert.«

»Unter dem unscheinbaren Auftreten sind Sie immer ein Miststück gewesen«, murmelte er.

»Genau. Und es wird nur noch offensichtlicher werden.« Auf dem Weg aus dem Raum schleuderte ich Dara einen vernichtenden Blick zu, bevor ich direkt die Aufzüge anvisierte.

Mein Büro zu betreten, wollte ich erst gar nicht versuchen. Jeffery wusste, wo ich alle wichtigen Firmenakten in meinen Schränken versteckte und würde sie mir besorgen.

NACH DEM VERLASSEN der Zentrale von Kipos brauchte ich ein paar Minuten, bis sich die Benommenheit lichtete.

Was ist da gerade passiert? Hat Adrian das alles inszeniert?

Seine Worte hallten mir durch den Kopf. *Ich bitte dich nur darum, mir zu vertrauen.*

Verdammt, Adrian, was zum Teufel hast du vor?

Hatte er eine Ahnung, was für ein Chaos Dara im Unternehmen ohne mich als Gegengewicht anrichten könnte? Wenn ich allein mit ihm wäre, würde ich ihm den Hals umdrehen.

Aber das würde warten müssen. Vorerst sah es so aus, als müsste ich mir eine Wohnung suchen. Meine beste Freundin Amelia, ehemalige MMA-Kämpferin und mittlerweile internationale Sportpromoterin, lebte in Griechenland, und ein Umzug dorthin kam für mich nicht in Frage. Meine einzige andere echte Option sah ich in meiner Cousine Henna. Allerdings arbeitete sie für Collin Lykaios und wohnte in seinem Megahotel, bis ihr neues Haus fertig sein würde. Ich wusste ohne jeden Zweifel, dass sie mir Unterkunft gewähren würde. Nur konnte ich mir einfach nicht vorstellen, in einem Hotel zu leben, das dem Mann gehörte, der seine Söhne vor die Tür gesetzt und nie zurückgeschaut hatte.

Als ich mein Auto erreichte, piepte mein persönliches Handy. Eine Nachricht von Adrian.

· · ·

ADRIAN: Geh zu Hagen, er besorgt dir eine Bleibe.

PENNY: Das halte ich für keine gute Idee.

ADRIAN: Ist ja nicht mehr so, als könntest du den Job verlieren, wenn du mit ihm gesehen wirst. Du bist schon gefeuert.

PENNY: Hältst du dich für witzig?

UNWILLKÜRLICH MUSSTE ICH KOPFSCHÜTTELND LACHEN. Dann öffnete ich die Tür meines Wagens und setzte mich hinters Lenkrad.

ADRIAN: Ich wette, du lächelst grade.

PENNY: Ja, tu ich. Beantworte mir eine Frage.

ADRIAN: Schieß los. Ich ahne, was du fragen willst.

PENNY: Warum hast du mich feuern lassen?

Adrian: Ich gehe an ein sicheres Plätzchen und rufe dich dann an. Ist besser, darüber zu reden als zu schreiben.

WÄHREND ICH WARTETE, fuhr ich aus dem Parkhaus und machte mich auf den Weg zu meiner bald leeren Wohnung. Ich wollte gar nicht daran denken, noch einmal dort zu übernachten. Eher würde ich mir ein Hotelzimmer nehmen. Wenigstens hätte ich dort die Gewissheit, dass meine Privatsphäre gesichert wäre.

Kaum klingelte mein Telefon, drückte ich auf die Taste des Bluetooth-Lautsprechers, um den Anruf anzunehmen.

Ich begrüßte Adrian mit den Worten: »Fang an, zu erklären.«

Er stöhnte. »Verdammt. Ich hätte nicht damit gerechnet, dass du *so* stinksauer sein würdest.«

»Ich warte.« Ich verspürte den Drang, mit dem Fuß zu klopften, dem ich jedoch widerstand. Sonst würde ich nur ungewollt beschleunigen und riskieren, angehalten zu werden.

»Penny, denk mal darüber nach. Wenn du jemandem genug Seil gibst, erhängt er sich damit selbst. Ma denkt, sie hätte mich unter ihrer Fuchtel. Sie merkt nicht, dass ich durchschaut habe, wie sehr sie die Firma und unser Erbe kontrollieren will. Ihre Motivation ist schon immer Geld gewesen. Ich weiß seit der ersten Klasse, dass sie absichtlich mit mir schwanger wurde, um sich Papa zu angeln.«

»Und was hat das damit zu tun, dass ich jetzt arbeitslos bin?«

»Du bist nicht arbeitslos.« Beinah konnte ich sein

Stirnrunzeln vor mir sehen. »Das Ziel ist, sie zu verleiten, gegen Papas Testament zu verstoßen, und sie dann zu Fall zu bringen. Dazu bin ich als Einziger in der Lage. Außerdem hab ich Zugang zu Bereichen, in die du nie konntest. Zum Beispiel ihr Büro und ihr persönliches Besprechungszimmer.«

»Und wie wird sie gegen Papas Testament verstoßen?«

»Es besagt, dass immer ein Kipos-Erbe eine leitende Funktion innehaben muss. Dagegen hat sie bereits verstoßen, indem sie dich gefeuert hat. Das war der erste Schritt. Der nächste Schritt besteht darin, dass ich sie dabei erwische, wie sie Geld auf ihr Auslandskonto schleust, auf das ich unlängst gestoßen bin.«

»Willst du damit sagen, dass sie veruntreut?«

»Überrascht dich das wirklich?«

»Wohl nicht. Adrian, ich hab schon geschnallt, dass du genial darin bist, Informationen aufzuspüren. Nur muss alles völlig legal sein, wenn wir sie strafrechtlich drankriegen wollen. Wenn Dara erwischt wird, dann wird sie jedes Schlupfloch nutzen, um sich aus der Sache rauszuwinden.«

»Daran arbeite ich schon. Und wenn du auf mich hörst, wird mein Plan funktionieren.«

Ich seufzte tief. Er hatte recht.

»Und was soll ich in der Zwischenzeit machen?«

»Das ist jetzt ein Scherz, oder? Wie wär's, wenn du dein Spirituosenimperium ausbaust? Wie ich höre, ist ein bestimmter Lykaios-Bruder sehr interessiert an deinem Erfolg. So interessiert, dass er mehrere Betriebe um dein Produkt herum geplant hat.«

Beim Gedanken an Hagen ging ein Zucken durch meinen

Magen. Warum lehnte er sich so weit aus dem Fenster, um einen Club rund um Firewater zu gestalten?

»Hattest du was damit zu tun, dass Hagen mein Firewater als Hausmarke für seine Clubs und Restaurants verwendet?«

»Ich war genauso überrascht wie du. Ich hab's erst bei einem Rundgang herausgefunden. Dabei habe ich einen privaten Verkostungsraum für die verschiedenen Whiskeysorten gesehen, und dort waren alle sechs Sorten von Firewater auf der Karte.«

Wie lange wusste Hagen schon von meinem Unternehmen? Die Welt glaubte, Firewater gehörte einer zurückgezogen auf den Malediven lebenden Milliardärin.

»Apropos Hagen ...«, unterbrach Adrian meinen Gedankengang.

»Was?«

»Wär's nicht an der Zeit, dass du dem Verlangen nachgibst, das du schon als Teenager hattest? Er will dich. Du willst ihn. Und die liebe Mami hat jetzt nichts mehr dabei mitzureden.«

»Vergiss es. Er ist nicht der Typ für Bindungen. Und ich will nicht zu einer weiteren Kerbe an seinem Bettpfosten werden.«

»Du musst das andersrum sehen. Er kann eine Kerbe an *deinem* Bettpfosten werden. Wenn du dich mit dem Wissen darauf einlässt, dass es ein Ablaufdatum gibt, dann wird niemand verletzt.«

Ich hatte nicht vor, meinem kleinen Bruder anzuvertrauen, dass mir in der vergangenen Nacht wieder und wieder dasselbe durch den Kopf gegeistert war.

»Mein Sexleben steht nicht zur Diskussion. Vorerst muss ich meinen Krempel packen und mir dann ein anständiges

Hotel für die nächsten Nächte suchen. Ich werde ja aus der Wohnung geworfen, oder hast du das schon vergessen? Und da wir gerade sechs Messen in der Stadt haben, kann ich schon froh sein, wenn ich noch etwas in einem Stundenmotel kriege.«

»Das ist schon erledigt.«

»Soll heißen?«

»Soll heißen, dass ich gerade eine Nachricht an Hagen geschickt habe. Er sagt, du kannst ein Apartment im *Ida* haben. Er lässt die Zugangskarte für dich in seinem Büro dort hinterlegen.«

Bevor ich etwas entgegnen konnte, kam mir Adrian mit frustriertem Ton zuvor: »Wag es ja nicht, darüber zu diskutieren. Würdest du mich ausnahmsweise mal auf dich aufpassen lassen? Du musst nicht bei jeder verdammten Kleinigkeit das Heft in der Hand haben. Ich hab dir nur eine Bleibe arrangiert, nicht deine Hochzeit mit ihm.«

Beinah konnte ich die Irritation in Adrians Gesicht vor mir sehen.

»Na schön. Dann fahre ich jetzt zum *Ida*. Aber das ist nur vorübergehend.«

6

Penny

Kurz vor Mittag rollte ich in die Einfahrt des *Ida*. Es hatte länger als erwartet gedauert, ein Umzugsunternehmen zu organisieren und meine Koffer mit genügend Kleidung und dem Nötigsten zu packen, um die Zeit zu überbrücken, bis meine gesamten persönlichen Gegenstände in das Apartment gebracht werden konnten, das Hagen mir leihweise zur Verfügung stellte.

Ich schätzte, dass ich etwa zwei Wochen brauchen würde, um eine anständige dauerhafte Wohnung zu finden. Vorzugsweise in der Nähe der Lagerhallen, die meine Labors beherbergten.

Ich fragte mich, wo der Kaufpreis für ein Apartment in einem der Türme des *Ida* lag. Wahrscheinlich in Millionenhöhe.

Würde ich Hagen beleidigen, wenn ich ihm anböte, die nächsten paar Wochen Miete zu zahlen?

Höchstwahrscheinlich. Ungeachtet ihrer modernen Methoden und Geschäftspraktiken waren die Lykaios-Brüder griechischer Abstammung. Und griechische Männer hielten an sehr traditionellen Werten fest.

Der Mann vom Parkservice näherte sich und beäugte das Auto. Mit einem Lächeln reichte ich ihm den Schlüssel und betrat das *Ida*. Kaum hatte ich die Schwelle passiert, verblüffte mich die Schönheit der Innengestaltung.

Eine riesige Skulptur aus Glas begrüßte jeden Besucher mit einem geradezu hypnotisierenden Farbenspiel. Die klaren Linien und gedämpften Töne der restlichen Einrichtung der Lobby verliehen dem Hotel ein hippes, modernes Flair. Für mich bestand kein Zweifel daran, dass Zack diese Anlage mit Hagen im Hinterkopf gebaut hatte. Die Umgebung wirkte gediegen, jedoch mit der unterschwelligen Aura von etwas Verruchtem. Von etwas, das Besucher dazu verleitete, Nervenkitzel zu suchen.

Der Empfangsbereich erwies sich als überwiegend verwaist, abgesehen von ein paar Mitarbeitern, die an Tablets arbeiteten. Für die Öffentlichkeit würde das Hotel erst in ein paar Wochen eröffnet. Gerüchten zufolge war es bereits für fast ein Jahr ausgebucht.

In Betrieb waren vorerst nur die Casinos und die Shows, die vergangenen Monat ihr Debüt gegeben hatten. Die Eröffnungsfeier des Casinos nur für geladene Gäste hatte ich verpasst, weil ich in letzter Minute nach Indien gereist war. Hoffentlich würde nichts dazwischenkommen, damit ich zumindest bei der Hoteleröffnung in ein paar Wochen anwesend sein könnte.

In der Luft lag hauchzart der Duft von Zucker und Gebäck und weckte mein unstillbares Verlangen nach Süßem. Wenn ich etwas nicht widerstehen konnte, dann köstlichen Backwaren. Ich folgte meiner Nase und gelangte zu einer Patisserie. Unzählige Kartons enthielten jedes erdenkliche Dessert, das man sich nur vorstellen konnte. Zu meiner Überraschung sogar meinen persönlichen Favoriten, *Kadaifi*. Die Köstlichkeit wurde aus feinen Teigfäden zubereitet, die man auch Engelshaar nannte. Darin verbargen sich eine nussige Fülle und süßer, klebriger Sirup. Ich hätte nicht mit der Schicht Sahnecreme obenauf gerechnet, denn so hatte es meine Großmutter *Yia Yia* Ana früher zubereitet.

Ich stand kurz davor, schwach zu werden und mir ein Stück des paradiesischen Desserts zu kaufen, als ein Mann auf mich zukam.

»Ms. Kipos, ich bin Damian Riker, Geschäftsführer des *Ida*. Mr. Lykaios lässt ausrichten, dass er in der Diávolos Lounge auf Sie wartet.«

Ich zog eine Augenbraue hoch. »Hagen hat im Hotel eine Lounge, die er das ›Wohnzimmer des Teufels‹ nennt?«

Ein Lächeln umspielte Damians Lippen. »Eigentlich war das die Idee von Mr. Pierce Lykaios. Sagen wir einfach, nur zwei der drei Brüder fanden die Namenswahl passend für den Mann, der in der Anlage wohnen würde.«

Ich konnte die finstere Miene in Hagens Gesicht beinah vor mir sehen. Auch wenn verdient sein mochte, dass die Leute ihn als den Teufel der Lykaios-Brüder oder den »Meister der

Sünde« bezeichneten oder ihm verschiedenste ähnliche
Namen verpassten, es ließ sich nicht übersehen, wie sehr es
ihm widerstrebte, durch seine Vergangenheit in eine Schublade
gesteckt zu werden. Zumindest war es für mich offensichtlich.

»Wenn Sie mir bitte folgen, ich führe Sie zur Lounge.«

Ich nickte und lief hinter Damian her einen Marmorgang
hinunter. Alle Casinos in Las Vegas waren labyrinthartig
angelegt und köderten unterwegs mit der einen oder anderen
Ablenkung.

Als wir einen Bereich mit ultrahochpreisigen Geschäften
passierten, bemerkte ich ein Schild, das auf einen botanischen
Garten hinwies. Kurz zögerte ich. Die Natur hatte es mir
angetan, besonders in Form von Gärten. Nur zu gern hätte
ich einen Blick hineingeworfen. Aber ich wollte nicht
unhöflich erscheinen und Hagen warten lassen.

Damian musste meine Unentschlossenheit bemerkt haben:
»Möchten Sie sich kurz den Garten ansehen? Mr. Lykaios hat
gemeint, ich soll Sie auch dort herumführen, wenn es Sie
interessiert.«

»Das kann ich allein. Beschreiben Sie mir einfach den Weg
zur Lounge. Ich finde dann schon hin, wenn ich fertig bin.«

Einen Moment lang zögerte er, dann nickte er und
erklärte mir den Weg. »Falls Sie sich verlaufen, hier ist meine
Karte. Meine persönliche Telefonnummer steht drauf.«

Lächelnd trat ich den Weg zum Garten an.

Als Erstes fielen mir die angenehme Wärme in dem Raum
und der berauschende Duft von fruchtbarer Erde und
Pflanzen auf. So sah meine Vorstellung vom Paradies aus –
Natur in ihrer schönsten Form. Es gab abgetrennte Bereiche,
um zu verhindern, dass sich verschiedene Blumenarten und

Organismen aus unterschiedlichsten Regionen der Welt gegenseitig bestäubten.

Die nächsten zwanzig Minuten lang verlor ich mich in einer Welt botanischer Schönheit.

Als ich mich davon verabschiedete, gestaltete sich der Weg zur Lounge völlig anders als erwartet. Nicht mal ein Schild deutete darauf hin, dass sich irgendetwas in dem Bereich befand, nur ein großer, übertrieben muskelbepackter Wachmann lieferte einen Hinweis darauf. Er trug einen maßgeschneiderten Anzug und hielt die Arme vor der Brust verschränkt, wodurch ihre Breite noch deutlicher zur Geltung kam. Genau solche Typen hatte Dara gern jederzeit parat, um sie nach Lust und Laune zu benutzen.

Ich näherte mich ihm mit einem Lächeln, er jedoch bedachte mich mit einem finsteren Blick.

»Haben Sie sich verlaufen?«, fragte er in einem Ton, in dem mitschwang: *Warum verschwendest du meine Zeit?*

»Ich bin Penny Kipos. Hagen erwartet mich. Mir wurde gesagt, dass ich ihn hier finde.«

»Wenn dem so wäre, hätte Mr. Lykaios mich informiert. Vereinbaren Sie wie jeder andere auch einen Termin mit seiner Sekretärin.«

»Wenn Sie bei Hagen nachfragen, wird er bestätigen, dass er mich erwartet.«

»Das können Sie vergessen, Lady. Mr. Lykaios wird ungern gestört. Ich schlage vor, Sie verziehen sich.«

Was zum Teufel sollte das? Immerhin war ich nicht irgendeine Frau, die es auf Hagen abgesehen hatte. Na ja, vielleicht doch, aber Hagen hatte mich zu sich eingeladen.

»Sie wollen mich wohl auf den Arm nehmen.«

»Stottere ich etwa?« Er trat einen Schritt auf mich zu und ragte mit seinen knapp zwei Metern Körpergröße hoch über mir auf. »Ziehen Sie Leine, Süße. Mr. Lykaios ist beschäftigt.«

Mein Temperament schnellte in Rekordhöhe empor. Ich hatte mich daran gewöhnt, dass Dara mich wie Dreck behandelte, und Adrian zuliebe hatte ich es von ihr eingesteckt. Aber ich würde es mir auf keinen Fall von jemand anderem gefallen lassen. Die Tage, als ich mir von Arschlöchern das Gefühl vermitteln ließ, ich wäre wertlos, waren vorbei.

»Wissen Sie was? Ich kümmere mich mit einem kurzen Anruf darum.«

»Nur zu.«

»Ich hoffe, Sie haben einen neuen Job in Aussicht.« Kurzerhand holte ich mein Handy heraus und wählte Hagens Nummer. Vielleicht wäre es besser gewesen, Damian anzurufen, aber die Wahl meines Instinkts fiel auf Hagen.

»Starlight. Ich warte auf dich.« Die seidige und doch raue Stimme ließ mir einen Schauder über den Rücken laufen und dämpfte meine Verärgerung.

»Der Garten hat mich aufgehalten. Er ist ein Paradies.«

»Es ist dazu gedacht, von jemandem bewundert zu werden, der ihn zu schätzen weiß. Bist du fertig damit, an den Blumen zu riechen?«

»Ja, aber ich hab ein Problem.«

»Ich höre.«

»Der überdimensionierte Primat, der den Zugang zur Lounge bewacht, hat mir gerade gesagt, ich soll Leine ziehen.«

»Tatsächlich?« Sein Ton wurde eiskalt. »Ich kümmere mich darum.«

»Danke.«

»Noch etwas, bevor ich auflege.«

»Ja?«

»Komm aufgeschossen herein. Man weiß ja nie, vielleicht gefällt dir, was du siehst.«

Das empfand ich als seltsame Aufforderung.

»Ich werd mich bemühen«, erwiderte ich, bevor ich das Telefon zurück in die Handtasche steckte.

Als Nächstes bekam ich mit, wie das Arschloch vor mir an seinen Ohrstöpsel fasste und etwas lauschte. Sein Gesicht wurde aschfahl, und er richtete einen besorgten Blick auf mich.

Ja, Schwachkopf, du steckst mächtig in Schwierigkeiten.

Nachdem der Türsteher die Hand vom Ohr gesenkt hatte, sah er mich geradezu bang an. Schweißperlen traten ihm auf die Stirn.

Was mochte Hagen zu ihm gesagt haben?

»Ich entschuldige mich, Sta... Ms. Kipos. Bestimmt verstehen Sie mein Bedürfnis, den Boss zu beschützen.«

Ich zog eine Augenbraue hoch. »Klar. Bestimmt sehe ich aus wie der Typ Frau, der sich in eine Bar schleicht, um den Besitzer zu verführen.«

Er erwiderte nichts, sondern berührte erneut sein Ohr, trat zur Seite und öffnete eine schwere falsche Wand, um mich hineinzulassen.

Ich betrat einen schummrig beleuchteten Korridor. Die aus der Ferne zu mir dringende Musik verriet mir, dass es sich wohl um eine Lounge nur für geladene Gäste handelte.

Als ich um die Ecke bog, schnappte ich unwillkürlich nach Luft. Die Lounge ließ sich mit keiner vergleichen, die mir je untergekommen war. Paare und Gruppen, die Cocktails und Essen genossen, hielten sich in dem Raum auf. Was mich überraschte, war die Art ihrer Kleidung. Die Frauen trugen alles Mögliche, von Abendkleidern bis hin zu knappen Dessous. Die Männer zeigten eine ähnliche Bandbreite, von dreiteiligen Anzügen bis hin zu knappen Slips.

Von solchen Orten hatte ich in Romanen und im Internet gelesen, aber ich hätte nie gedacht, dass ich je einen von innen zu sehen bekommen würde.

Wollte Hagen damit andeuten, was mir bevorstünde, wenn ich seine Bedingungen akzeptierte? Mein Herzschlag beschleunigte sich, und meine Spalte wurde beim bloßen Gedanken daran feucht.

Ich hatte noch nicht mal die Hauptattraktionen des Orts gesehen und wurde bereits erregt. Über eine Treppe stieg ich hinauf zu einer anderen Ebene.

Dort gab es Räume, die durch ihre Anordnung die Illusion von Privatsphäre vermittelten, nur ermöglichten in Wahrheit Tische und Stühle optimale Sicht auf das Geschehen darin.

Meine Haut kribbelte. Es lag ein gewisser Hedonismus in der Luft, und ich konnte nicht anders – ich steuerte auf den entferntesten Raum zu und begann, mich meiner Neugier hinzugeben.

Die nächsten Minuten durchstöberte ich die verschiedenen Räume und verlor mich in den für das Publikum erschaffenen Fantasien.

Die Musik dröhnte, und die Paare um mich herum beschworen Visionen davon herauf, wie es zusammen mit

Hagen in solchen Positionen wäre. Sein harter, tätowierter Körper, der meine Lust kontrollierte, mein Verlangen kontrollierte, *mich* kontrollierte.

Am längsten fesselte meine Aufmerksamkeit ein Raum, in dem eine devote Frau vor ihrem Dom kniete, während er ihr Haar streichelte. Als er ihr Kinn anhob, stand ihr reine Bewunderung ins Gesicht geschrieben. Beide trugen Eheringe, die mir verrieten, dass sie füreinander mehr waren als Dom und Sub.

Er streckte ihr die Hand entgegen, und sie erhob sich, stand auf. Dann führte er sie in die Mitte des Raums, wo von der Decke ein langes Seil hing, mit zwei Handfesseln daran. Der Dom ergriff die Hände der Sub und brachte die Fesseln daran an. Ihre Haut rötete sich, als wüsste sie, dass sie reines Vergnügen erwartete.

Mir lief ein Schweißtropfen den Rücken hinunter, und das pulsierende Verlangen zwischen meinen Beinen schwoll geradezu qualvoll an.

Das Paar wirkte so eingespielt, dass der Dom die Begierden seiner Sub noch vor ihr zu erkennen schien. Er holte ein Seil aus einer nahen Tasche und begann, es um ihren Körper zu wickeln. Schicht um Schicht wickelte er es um ihre Brüste, bis nur noch die Nippel hervorlugten. Dann begann er, den Rest ihres Körpers zu bearbeiten. Er kreierte ein komplexes Muster, durch das sie mit gespreizten Armen und Beinen wie eine sich öffnende Blume aussah. Dann brachte er einige präzise Knoten an, zog am Seil und ließ sie von der Decke hängen. Sie baumelte mit angezogenen, gespreizten Knien vor dem Dom, vollkommen entblößt, jedoch nur für ihn.

Der Ausdruck in den Augen des Mannes und die gegen seine enge Jeans drückende Erektion verrieten mir, dass ihn seine Sub mehr als erregte.

Mir drang beinah ein sehnsüchtiges Stöhnen über die Lippen, als der Dom begann, seine Sub zu fingern, bis sie kam.

Dann beobachtete ich, wie er zum Fenster ging und die Scheibe verdunkelte, die andere Gäste des Clubs von ihm und seiner Sub trennte.

Ich stieß den Atem aus. Als ich mich umdrehte, erblickte ich Hagen, der an einer nahen Wand lehnte und mich genauso lustvoll betrachtete wie der Dom seine Sub.

»Wie ich sehe, hast du eine Szene gefunden, die dir gefällt.« Seine Stimme klang belegt und rau. Sie löste in mir den Drang aus, die Schenkel zusammenzupressen.

»Können wir irgendwo unter vier Augen reden?«, brachte ich atemlos heraus und verriet damit, wie ich mich nach dem Beobachten der Szene fühlte.

Hagen musterte mich eingehend. Der Blick seiner strahlenden, saphirblauen Augen brannte sich in meine wie Flammen. Es kostete mich alle Überwindung, nicht wegzuschauen.

»Komm mit.« Er streckte mir die Hand entgegen.

Ich ließ die Finger über seine Handfläche gleiten und hätte schwören können, dass ich einen knisternden Energiestoß spürte, der jeden Nerv in meinem Körper durchzuckte.

Er führte mich durch einen leeren Gang, dann hielt er ein Auge an einen Netzhautscanner, wodurch sich eine Tür öffnete.

Wir betraten einen Raum, der sich nur als Kontrollraum

beschreiben ließ. Über zwei Wände verteilte Monitore zeigten jeden Aspekt des Clubs. Auf einem riesigen Schreibtisch stapelte sich Papier, ein anderer Tisch beherbergte drei Computer.

»Hier also arbeitest du?«

Ein Grinsen umspielte seine Lippen. »Das gehört einem meiner Partner. Eigentlich bin ich kein Teil mehr der Infrastruktur des Fetischclubs.«

»Eigentlich?«

»Ja. Ich bin jetzt ein aufrechter Bürger. Meine Laster sind Nachtclubs, Restaurants und Vegas-Shows.«

»Nimmst du am Geschehen im Club teil?«

Er zog eine Braue hoch. »Gelegentlich. Warum? Willst du dich mir als Sub anbieten?«

Hitze flutete meine Wangen beim Gedanken, vor Hagen zu knien und ihm das Kommando über meinen Körper zu überlassen.

»Vielleicht.« Ich versuchte zwar, mich lässig zu geben, doch es erwies sich als unmöglich zu verbergen, wie sehr ich ihn wollte.

»Adrian hat mir erzählt, dass du eine Bleibe brauchst.« Er stellte sich vor den Schreibtisch, lehnte sich zurück und verschränkte die muskulösen, tätowierten Arme vor der Brust.

Heilige Scheiße, warum musste mir bei seinem Anblick so das Wasser im Mund zusammenlaufen?

Ich sammelte die Gedanken und konzentrierte mich darauf, wofür ich hergekommen war. »Ja. Dara hat herausgefunden, dass wir uns zum Essen getroffen haben. Sie hat mich gefeuert.« Kurz verstummte ich. »Sie hat gesagt, mein Verhalten hätte gegen den Moralkodex des Unternehmens verstoßen.«

»Wie kann ein gemeinsames Essen unmoralisch sein? Und davon, was im Büro zwischen uns vorgefallen ist, wissen nur du und ich.«

Die Röte in meinem Gesicht verstärkte sich ebenso wie mein Verlangen nach dem Mann, der mir meinen ersten nicht selbst herbeigeführten Orgasmus beschert hatte.

Zum Glück blieb meine Stimme ruhig, als ich sagte: »Anscheinend hat sie um die Zeit herum, als mein Vater gestorben ist, eine Klausel in die Statuten einfügen lassen. Demnach ist es Führungskräften nicht gestattet, Umgang mit jemandem aus fragwürdigem Umfeld zu pflegen.«

»Und trotzdem bist du zu mir gekommen. Sind die Antworten das Risiko wert?«

»Ja. Die Firma gehört Adrian. Und ich will verdammt sein, wenn ich zulasse, dass Dara ihn um sein Erbe bringt oder ihn beim Versuch verletzt.«

Hagen richtete sich auf und kam auf mich zu, bis er nur Zentimeter von mir entfernt anhielt. Seine Finger strichen meine Arme entlang nach oben und zogen eine Gänsehaut hinter sich her.

»Also bist du bereit, meine Bedingungen für meine Hilfe zu akzeptieren?«

Meine Atmung wurde flacher, mein Herzschlag dröhnte durch meine Ohren.

Es ist so weit, Penny. Zeit, etwas Unbesonnenes zu wagen.

Ich lege die Hand auf seine Brust und unterdrücke ein lustvolles Stöhnen. »Ich hab's dir schon mal gesagt – ich würde deine Bedingungen auch ohne deine Hilfe akzeptieren.«

Er packte meine Hand und führte sie vorn zu seiner Hose, legte sie auf seine harte, pralle Länge. »Du musst dir ganz sicher sein, Starlight. Wenn ich dich erst genommen habe, gibt es kein Zurück. Dann gehörst du mir, bis diese Hitze zwischen uns erloschen ist.«

Mein Mund wurde trocken, und ich konnte nicht anders, als seine Erektion zu drücken. »Ich bin mir sicher.«

»Ich werde es dir besorgen, wann und wo auch immer ich will. Du wirst alles tun, was ich dir sage. Dazu gehört vieles, was du im Club gesehen hast.«

Ich rieb mit den Fingern seine von Jeansstoff verhüllte Härte auf und ab. »Willst du mich überreden, meine Meinung zu ändern? Glaubst du etwa, die Vorstellung von ein bisschen Perversion erschreckt mich?«

Ein Stöhnen drang über seine Lippen, und seine Atmung wurde flach. »Fuck. Ich sollte das Richtige tun und dich wegschicken. Aber ich bin egoistisch und will dich schon länger, als ich mich erinnern kann.«

Ich starrte in seine hypnotisierenden Augen, schluckte, um die ausgetrocknete Kehle zu befeuchten, und fragte: »Sieht es so aus, als würde ich mich beschweren?«

»Starlight, du hast keine Ahnung, worauf du dich einlässt. Ich will keine falschen Erwartungen wecken, was zwischen uns ablaufen wird.«

»Dann stell es klar und warte ab, was passiert«, forderte ich ihn heraus und massierte kräftig seinen prallen Ständer.

»Du wirst es nie nett und süß von mir bekommen.« Er legte die Hand um meinen Hals und drückte zu. Dann ließ er die Finger tiefer und in den offenen Kragen meines Shirts wandern. »Es wird animalisch, ungezähmt und versaut sein. Ich bin genauso verdorben und düster, wie die Welt glaubt. Vor allem in Hinblick auf Sex.«

Mein Innerstes zog sich zusammen.

»Ich will es versaut«, erwiderte ich und spürte, wie meine Brustwarzen kribbelten, als sich seine Pupillen weiteten.

Ich hatte mich mein Leben lang für andere aufgeopfert. Nun würde ich mir nehmen, was ich wollte, auch wenn es ein Ablaufdatum hatte. Ganz gleich, was passieren mochte, ich würde diesen Schritt nie bereuen.

Ich ließ die Hand weiter mit kräftigem Druck seine Härte entlang auf und ab gleiten. Hagen schloss kurz die Augen und genoss, wie sich meine Finger anfühlten.

»Ich will es hemmungslos.«

Meine Fingerspitze umkreiste seine Eichel.

»Ich will es animalisch.« Ich presste den Körper an seinen, klemmte meine Hand zwischen uns ein.

»Am Ende könntest du es bereuen.« Er verstummte, krallte eine Hand in mein Haar und zog meinen Kopf zurück.

»Das Risiko bin ich bereit einzugehen.«

»Dann hast du einen Deal.« Damit rammte er die Lippen auf meine.

Sofort brach das Verlangen aus mir hervor, das ich für diesen Mann empfand. Ich erfüllte die Forderungen seines Munds mit meinem. Unser Kuss in seinem Büro war im Vergleich zu diesem gar nichts gewesen. Sein Geschmack explodierte in meinem Mund, Bourbon mit einem Hauch von Orange. Und der Kuss selbst erwies sich als alles verlangend und animalisch. Es war, als hätte Hagen danach gegiert, mich zu schmecken, und wollte mich nun, da er es tat, förmlich verschlingen. Seine Zunge wogte gegen meine und entlockte mir ein leises Stöhnen.

Ich hatte geahnt, dass es so sein würde. Mein Körper verging sich nach ihm, und dabei hatten wir uns bisher nur geküsst. Meine Brustwarzen richteten sich auf und drängten gegen die Enge des BHs, während meine Lustperle sehnsüchtig pochte.

Ich schlang die Arme um Hagens Schultern und ließ mich von ihm rückwärts drängen, bis mein Hintern gegen die Kante des großen Schreibtischs stieß.

»Gott, du bist perfekt.« Er hob die Hand zu meiner Taille, zog mir das Oberteil über den Kopf und entfernte meinen BH. Dann schob er die Handfläche unter die Erhebung meiner Brust und knetete sie, während er den Nippel zwischen Zeigefinger und Daumen kniff.

»Mehr.« Ich keuchte, als ich begann, sein Hemd aufzuknöpfen. Die Berührungen seiner schwieligen Hand fühlten sich an, als würden knisternde Blitze über meine Haut rasen. Mein Körper sehnte sich nach mehr. Meine Nippel sehnten sich nach mehr. Verdammt, meine Muschi sehnte sich nach mehr.

Hagen löste sich gerade lang genug von meinem Mund, um das Hemd auszuziehen, bevor er zurückkehrte und sich leidenschaftlich an mir labte.

Wenn ich schon das Gefühl hatte, süchtig nach seinen berauschenden Küssen zu werden, was würde dann erst passieren, wenn er mich vögelte?

Die Antwort würde ich wohl bald genug erhalten.

Er schob mir den Rock über die Hüften hoch, hievte mich

auf die Tischkante und rückte zwischen meine Schenkel vor. Seine dicke, harte Männlichkeit rieb an meinem feuchten Schritt. Ich konnte nur den Kopf zurückwerfen, als sich meine Scham zusammenzog und nichts sehnlicher wollte, als dass er mich ausfüllte.

Hagens Atem ging in harten Stößen, als liefe er einen Marathon. In seinen Augen loderte unbändiges Verlangen.

Seine Daumen hakten sich seitlich unter meinen Slip, und mit einem schnellen Ruck war meine Unterwäsche Geschichte. »Ich verspreche dir, nächstes Mal gehen wir es langsamer an, aber jetzt muss ich in dich. Ich habe mich zu lang zu vielen Fantasien darüber hingegeben, wie du dich an mich klammerst.«

Er zog seine Brieftasche aus der Gesäßtasche und kramte darin nach einem Kondom. Dann beobachtete ich, wie er sein gewaltiges bestes Stück aus der Hose befreite. Ein Anflug von Besorgnis breitete sich in mir aus. Das würde unheimlich wehtun.

Er musste meine Reaktion bemerkt haben, denn er hielt inne und schloss kurz die Augen. »Wir können jederzeit aufhören, Starlight«, presste er heraus.

Das Wissen, dass er sich für mich zurückhalten würde, ließ mein Herz einen Schlag aussetzen. Der Welt konnte er etwas vormachen, aber mir nicht.

Statt etwas zu erwidern, legte ich die Finger um seine stahlharte Länge und massierte ihn. Gleichzeitig ergriff ich mit der anderen Hand die seine und drückte sie auf meine pralle Scham. »Ich will nicht aufhören. Ich will, dass du das Verlangen zwischen meinen Beinen verschwinden lässt.«

Ein Anflug von Überraschung trat in seine Augen und

wurde schnell von feuriger Leidenschaft verdrängt. Er kreiste wieder und wieder um meinen Kitzler, bis ich am Rand des Wahnsinns taumelte. Und dann, als ich kurz vor der Entladung stand, schob er seine gummierte Erektion in meine triefende Spalte.

Sofort stählte ich mich für das Eindringen und den Schmerz.

»Gott, du bist so eng«, presste er zwischen zusammengebissenen Zähnen hervor. »Wie lange ist es bei dir her?« Er zog sich leicht zurück, bevor er sich vollständig in mich rammte.

Ich versteifte den Körper und biss mir auf die Unterlippe.

»Fuck«, stieß ich atemlos hervor. »Das hat mehr geschmerzt, als ich dachte.«

Vielleicht hätte ich ihm sagen sollen, dass ich noch Jungfrau war. Nein, so war es besser.

Hagen erstarrte und blickte eindringlich auf mich herab. »Warum hast du es mir nicht gesagt?«

»Weil ich wusste, dass du es dann nicht durchziehen würdest.« Ich versuchte, das Gewicht zu verlagern, um ihn tiefer aufzunehmen, aber er packte mich an den Hüften und hielt mich fest.

»Starlight«, flüsterte er und ließ die Stirn auf meine sinken. »So sollte dein erstes Mal nicht sein. Und schon gar nicht mit mir.«

Ich nahm sein Gesicht in die Hände. »Ich wollte dich schon, als ich noch ein Teenager war. Es ist nur recht und billig, dass du mein Erster bist.«

In seinem Blick lag eine rohe Emotion, die mich bewog, das Gesicht zu heben, um ihn zu küssen.

»Hagen?«

»Ja?«

»Du kannst dich jetzt bewegen.«

Ein Lächeln erschien auf seinen Lippen. »Ja, Ma'am.«

Er zog sich so weit zurück, dass nur die Eichel in mir verblieb, dann stieß er wieder zu.

Ich schrie auf, als der Schmerz verschwand und von tiefreichender Lust abgelöst wurde.

7

Hagen

ICH WÜRDE DEFINITIV in der Hölle landen, und es war mir völlig egal.

Sie hatte mir ihre Jungfräulichkeit geschenkt und keine Ahnung, was das bedeutete. Sie gehörte mir. Ich wollte sie schon viel zu lange, um jetzt zurückzurudern.

Ihre feuchte Pussy umklammerte meinen Schwanz, und es kostete mich gewaltige Willenskraft, nicht auf der Stelle zu kommen.

Ich hob sie in meine Arme und trug sie zu dem großen Sofa in der Ecke des Raums. Dabei achtete ich darauf, tief in ihrer Hitze vergraben zu bleiben.

So sollte ihr erstes Mal definitiv nicht sein. Aber ich wollte mein Bestes geben, um es für sie dennoch gut werden zu lassen. Sie hätte es verdient, verführt zu werden, umgarnt zu werden, von einem Mann geliebt zu werden, der ihrer würdig war.

Wieso zum Teufel sie ausgerechnet mich ausgewählt hatte, überstieg meinen Verstand. Meine Hände hatten unaussprechliche Dinge getan, und sie wollte sie an ihrem Körper haben.

»Warum ich?«, fragte ich erneut, als ich sie auf den Rücken senkte und langsam über ihr in Stellung ging.

Sie schlang die Schenkel fest um meine Taille, zog mich tiefer in ihren Körper. »Weil du der einzige Mann bist, den ich je so sehr begehrt habe.«

Scheiße, diese Frau war dabei, mich zu vernichten, und dabei hatten wir gerade erst angefangen mit ... was auch immer es sein mochte, das zwischen uns lief.

»Wenn du weiter solche Sachen sagst, behalte ich dich.«

Ich senkte den Mund und stülpte ihn über eine ihrer vollen, prallen Brüste, dann umspielte ich den aufgerichteten Nippel mit der Zunge und den Zähnen.

Die keuchenden, stöhnenden Laute, die über ihre Lippen drangen, trieben mich an den Rand des Verlusts der Kontrolle über mich. Man konnte von einem Mann nicht erwarten, dass er sich zurückhielt, wenn er bis zum Anschlag in seiner Traumfrau steckte.

Meine Gedanken hören sich wie die eines Weicheis an, doch es war mir scheißegal.

Meine Härte pulsierte in Starlight und verlangte brüllend, dass ich mich in Bewegung setzte, mich in ihre enge Pforte stieß. Stattdessen bedachte ich sie nur mit leichten Bewegungen, gerade genug, um ihr die Entladung zu verschaffen, die sie brauchte, bevor ich das in mir tobende Tier entfesseln würde.

Als sie die Hüften wiegte, rollten mir beinah die Augen nach oben. Ich steckte tief in der Tinte.

»Wo zum Teufel hast du das gelernt?«, presste ich zwischen zusammengebissenen Zähnen hervor.

Ihre Wangen röteten sich, als sie den Blick abwandte.

Ich packte ihr Kinn, drehte ihr Gesicht wieder zu mir, zog mich gleichzeitig bis zur Eichel zurück und stieß dann zu.

Ihr Rücken wölbte sich durch, ihre Beine zogen sich zusammen.

»Was für peinliche Dinge hast du gemacht, um das zu lernen?«

Ihre Finger umklammerten meine Schultern, aber sie schwieg.

Meine Handfläche wanderte um ihrer Kehle und drückte zu. Sofort weiteten sich ihre Augen, und ihre Mitte zog sich zusammen.

»Ich lese viel und sehe mir ...« Abrupt verstummte sie und brachte mich damit zum Lächeln. »Vergiss den letzten Teil.«

Oh nein, damit würde ich sie nicht davonkommen lassen. »Was siehst du dir an? Pornos?«

Sie biss sich auf die Unterlippe und nickte.

»Du bist eindeutig nicht die naive junge Frau, die du der Welt vorgaukelst. Das gefällt mir. Du bist ein Rätsel.« Ich eroberte ihren Mund und flüsterte an ihren Lippen: »Aber etwas sollst du wissen: Da du jetzt mir gehörst, habe ich vor, dich auf eine Weise zu verderben, die du dir nie hättest vorstellen können.«

Meine Worte ließen sie feuchter werden und lösten in ihr

kleine, flatternde Zuckungen um mich herum aus. »Das gefällt dir.«

»Ja.« Ihre Fingernägel bohrten sich in meine Arme und würden zweifellos Abdrücke hinterlassen. »Ich will, dass du mir alles beibringst.«

Ich sah ihr tief in die grünen Augen und versuchte abzuwägen, ob sie meinte, was sie sagte. Was ich entdeckte, war loderndes Verlangen, das sie unbedingt erkunden wollte.

Mist. Sie bot mir wirklich alles von sich an.

Ich würde definitiv in der Hölle landen. Kein geistig gesunder Mann würde Starlight abweisen, schon gar nicht mit ihrer nassen, prallen Pussy um das erregte beste Stück.

»Von diesem Moment an gehörst du mir. Ist das klar? Es endet erst, wenn das Feuer zwischen uns ausgebrannt ist.«

Sie nickte und wiegte erneut die Hüften, brachte mich dazu, wieder die Zähne zusammenzubeißen.

»Scheiße, das hast du viel zu gut drauf.«

»Hagen, du musst aufhören, zu reden, und es mir stattdessen besorgen. Und ich will es nicht zart und sanft. Fick mich richtig durch.«

Ich zog eine Augenbraue hoch. Diese Frau wartete ständig mit neuen Überraschungen auf. »Wenn ich dich so ficke, wie ich will, kannst du nachher nicht mehr laufen. Wie wär's, wenn du mich entscheiden lässt, wie es weitergeht?«

Ich holte aus und rammte mich in sie. Mit einem Japsen umklammerte sie meinen Körper fester.

»Hagen, bitte.«

»Überlass alles mir, Süße. Du brauchst nur zu genießen.«

Ich ließ die Hand zwischen unsere Körper gleiten, bis ich ihre triefende Mitte erreichte und die Knospe geballter

Nerven ertastete. Ich wusste, damit würde ich sie zum Explodieren bringen. Bei der ersten Berührung meiner Finger wand sie sich unter mir. Bei der zweiten biss sie mir in die Schulter.

Ihre ekstatischen Schreie steigerten mein Verlangen, bis ich nur noch daran denken konnte, wie wir beide zusammen kommen würden. Meine Stöße wurden härter und unkoordinierter, während ich ihren Kitzler massierte.

»Ja, oh Gott, ja.« Sie warf den Kopf zurück, während ihre Pussy mich geradezu melkte, mich hart umklammerte. Ihre Nägel kratzten über meinen Rücken.

Ihr Orgasmus war der schönste Anblick, den ich je gesehen hatte. Die Haut gerötet, der Blick wild, die Schreie erfüllt von Ekstase.

Ehe ich wusste, wie mir geschah, verlor ich die Kontrolle, folgte ihrem Beispiel und kam so heftig, dass ich Sternchen vor den Augen sah.

***

Penny

MEINE ATMUNG HATTE sich noch kaum beruhigt, als Hagens Telefon klingelte. Der Anruf landete in der Mailbox, doch es ging fast sofort wieder los.

»Scheiße. Da muss ich rangehen. Ist wahrscheinlich einer meiner Geschäftsführer.« Hagen hob den Kopf und sah mir suchend in die Augen, fügte aber nichts hinzu. Nach wenigen

Sekunden verlagerte er das Gewicht, löste sich von meinem Körper und erhob sich vom Sofa.

Ich schnappte nach Luft – mir fehlte auf Anhieb das Gefühl, so ausgefüllt zu sein wie noch vor wenigen Augenblicken.

»Bleib, wo du bist. Ich bin gleich wieder da.«

Hagen schlüpfte in seine Hose und verschwand in ein angrenzendes Badezimmer. Als er zurückkam, kniete er sich vor mich und säuberte mich mit einem warmen Waschlappen.

»Musst du nicht deinen Geschäftsführer zurückrufen?« Ich wollte mich aufsetzen und schloss die Augen gegen das Ziehen zwischen meinen Beinen und gegen die Verlegenheit, die ich darüber empfand, dass Hagen ein wenig Blut von meiner Scham wischte.

»Entspann dich. Meine Aufgabe besteht darin, mich um dich zu kümmern. Mein Geschäftsführer kann warten.« Ein Lächeln umspielte seine Lippen. »Außerdem weiß ich, dass es dir gefällt, wenn ich dich berühre.«

Wieder schoss mir Hitze in die Wangen. Er hatte recht. Es war eine einzigartige Mischung aus Lust und Schmerz, an die ich mich definitiv gewöhnen könnte.

»Jetzt lass mich nachsehen, wer da anruft.« Hagen stand auf, warf den Waschlappen in den Wäschekorb neben der Badezimmertür und ging zu seinem Schreibtisch.

Ich beobachtete, wie er eine Nummer wählte und in gedämpftem Ton zu sprechen begann. Eine Falte bildete sich zwischen seinen Augenbrauen, aber sie verschwand, als er mich ansah.

Ich konnte nicht glauben, dass es tatsächlich passiert war.

Ich hatte mit Hagen Lykaios geschlafen! Zum ersten Mal in meinem Leben wurde mein Traum wahr.

Das berauschende Gefühl verebbte jedoch, als mir klar wurde, dass ich keine Ahnung hatte, was als Nächstes geschehen würde. Für mich bestand kein Zweifel daran, dass Hagen Wort halten und mir helfen würde, die Wahrheit über Papas Tod herauszufinden. Die Frage war, wie ich eine sexuelle Beziehung zu ihm bewältigen würde, ohne mich dabei zu verzetteln.

Aber das konnte ich schaffen. Auf meine Zeit mit Hagen würde ich später zurückblicken und sagen können, dass ich mich nicht wie von allen erwartet versteckt, sondern eine Welt voll Abenteuern betreten hatte.

Vielleicht hatte Adrian recht. Es war an der Zeit, etwas für mich selbst zu tun – und dazu gehörte Hagen Lykaios. Das war meine Chance, mit meinen Unternehmungen an die Öffentlichkeit zu gehen, ohne mich um Konsequenzen sorgen zu müssen.

Ein Anflug von Schuldgefühlen ließ mich seufzen. Dara hatte die vollständige Kontrolle über Kipos, und ich hatte keine Möglichkeit, sie im Auge zu behalten. Ich musste mir eingestehen, dass ich meine Zukunft nicht bei Kipos sah. Und Adrian hatte deutlich zum Ausdruck gebracht, dass auch er das Unternehmen nicht wollte. Die einzige Hoffnung sah ich in einem Verkauf. Allerdings würde damit Papas Vermächtnis enden.

Ich verdrängte die Gedanken an Kipos und öffnete die Lider. Mein Blick stieß auf stechende blaue Augen auf der anderen Seite des Raums. Prompt setzte das Pulsieren derselben Erregung wie vor wenigen Minuten wieder ein.

Hagen beobachtete mich verhalten, als glaubte er, ich würde bei einer falschen Bewegung die Flucht ergreifen. Sein nackter Oberkörper gleich einem Kunstwerk. Definierte Bauchmuskeln verliefen V-förmig nach unten zum Bund seiner Jeans. Die Tätowierungen an seinen Armen verstärkten sein Image eines Bad Boy.

Er glich einem wandelnden griechischen Gott. Einem Gott der Sünde, der Dekadenz, des hemmungslosen Genusses. Einem Gott von allem, wovor man anständige Mädchen warnte – und allem, was ich unbedingt erkunden wollte.

Er beendete das Gespräch, legte das Handy weg, kam zu mir herüber und ging vor mir in die Hocke.

Seine Handflächen glitten meine nackten Schenkel hinauf, bis sie sich auf meine Hüften legten. Ich packte seine Schultern, da ich ihn einfach berühren *musste*. Dann nahm er mein Gesicht in die Hände und küsste mich auf die Stirn. »Starlight, alles in Ordnung?«

»Ich bin mir nicht sicher, wie es jetzt weitergeht.« Ich lehnte mich an ihn.

»Ich auch nicht. Das ist alles Neuland für mich.«

Ich zog mich zurück und runzelte die Stirn. »Hagen, du hattest schon reichlich Frauen. Ich kann mir echt nicht vorstellen, dass du nicht weißt, was du mit mir anstellen sollst.«

»Da liegst du falsch. Du bist nicht wie andere Frauen. Ich will gar nichts mit dir anstellen.« Er musterte mich.

»Was soll das heißen?«

»Du hast die Wahl. Du kriegst von mir eine Unterkunft und Hilfe dabei, die Wahrheit über den Tod deines Vaters

herauszufinden. Unabhängig davon, wie du dich
entscheidest.«

»Ich verstehe es immer noch nicht. Willst du mich nicht?«

»Gott, du hast keine Ahnung, wie sehr ich dich will. Mehr
als jede andere Frau, der ich je begegnet bin.« Seine Finger
krümmten sich an meiner Taille. »Ich will damit sagen, dass
du nicht mit mir schlafen musst, wie wir es vereinbart haben.
Du kriegst meine Hilfe bedingungslos. Ich will dich nur in
meinem Bett, wenn du dort auch sein willst.«

Bei der Sehnsucht, die er nicht aus seinen Worten
verbannen konnte, zog sich mein Herz zusammen. Hagen
wurde seinem Ruf überhaupt nicht gerecht. Ich hatte gewusst,
dass alles nur Fassade war.

Langsam bewegte ich mich vorwärts und drückte Hagen
auf den Boden, bevor ich mich rittlings auf ihn senkte, bis
meine nackte Scham an seinem Unterleib anlag. Ich verspürte
ein kurz aufflackerndes, unangenehmes Stechen, doch die
Wärme seines Körpers war den Schmerz allemal wert.

»Sagt dir das, was ich will?«

»Starlight.« Hanges Stimme klang belegt. »Ich weiß, ich
habe dich das schon gefragt, aber ich muss mir sicher sein. Ist
dir bewusst, worauf du dich mit mir einlässt? Ganz gleich,
was du glaubst – ich habe alles getan, was die Gerüchte
behaupten, und ich muss vielleicht einiges davon weiterhin
tun. Wenn du mit mir zusammen bist, handelst du dir einen
Ruf ein, und ich bin mir nicht sicher, ob du damit
zurechtkommst.«

»Was, wenn ich dir sage, dass ich nicht die Unschuld vom
Lande bin, für die du mich hältst?«

»Süße, bis vor zwanzig Minuten warst du noch Jungfrau. Unschuldiger geht's gar nicht.«

»Mal abgesehen von Sex habe ich die Finger in viel mehr drin, als du je ahnen könntest. Ich beherrsche es nur meisterlich, mich unauffällig zu verhalten.« Bevor er etwas erwidern konnte, fügte ich rasch hinzu: »Ich will alles, Hagen. Verdirb mich, wie du es vorhin gesagt hast. Ich fordere dich heraus.«

Er seufzte. Seine Finger wanderten meine Wirbelsäule hinauf und krallten sich in mein Haar. »Du hast es so gewollt.«

Damit presste er den Mund auf meinem und besiegelte die Vereinbarung.

Hitze schwoll in meinem Innersten an, als sich das sehnsüchtige Verlangen wieder ausbreitete. Hagens Hände legten sich auf meine Brüste, kneteten die Erhebungen, und mir drang ein leises Stöhnen über die Lippen.

In dem Moment klingelte erneut Hagens Telefon, und er stöhnte an meinen Lippen. »Wir müssen los.«

»Okay«, sagte ich und stand mit Hagens Hilfe auf. Meine Wangen wurden heiß, als ich die Rückstände meiner Erregung auf seinem Bauch bemerkte. Er folgte meinem Blick und lächelte, fuhr mit einem Finger durch die Nässe und hob sich meine Essenz an die Lippen.

»Köstlich.«

Ich schüttelte den Kopf und zog mich leise an.

Als wir beide fertig waren, ergriff ich meine Tasche und wartete.

Hagen nahm mich an der Hand und führte mich aus dem Raum zu einer Reihe von Türen, die ich vorher nicht gesehen hatte. Als wir andere Mitgliedern des Clubs passierten, ernteten wir neugierige Blicke.

Ich sah an mir hinab und wusste, dass ich fehl am Platz wirkte. Meine hohen Stiefel und mein Minikleid mochten in der Welt draußen als hipp und in gelten, bildeten aber einen krassen Gegensatz zu den zwar elegant, aber spärlich bekleideten Frauen um mich herum. Ich unterdrückte den Drang, an meinem Kleid zu zupfen, weil ich mich etwas gehemmt fühlte. Alle Frauen, die ich sah, waren auf ihre Weise wunderschön, und ob mit oder ohne Partner, sie passten hierher.

»Nicht«, sagte Hagen, während er den Weg durch eine Tür und einen langen Gang hinunter fortsetzte.

»Was nicht?«

»Vergleich dich nicht mit den Frauen da draußen.«

»Woher willst du wissen, was ich denke?«

»Ich kann die Energie um dich herum spüren. Falls du wissen willst, warum man dich anstarrt: Es liegt daran, dass ich nie im Club mitmache. Dass ich dich am Arm habe, macht sie neugierig.«

»Also stehst du doch nicht auf Perverses, wie du es mich glauben lassen wolltest?«

Er warf mir über die Schulter einen Blick zu und grinste. »Das hab ich nicht gesagt. Ich bin gern dominant, brauche aber all die Extras nicht. Die sind eher Pierce' Ding. Deshalb hat er den Club gebaut. Das hier ist ein sicherer Ort für Gleichgesinnte.«

Tja, damit hatte ich nicht gerechnet. Ich hätte nie für möglich gehalten, dass Pierce auf BDSM stehen könnte. Andererseits hatte ich ihn immer als den großen Bruder gesehen, der auf mich aufpasste. Hinzu kam, dass er eine Beziehung mit meiner besten Freundin Amelia gehabt hatte. Der Gedanke, sie könnten sich mit Peitschen und Nippelklemmen vergnügt haben, erschien mir bizarr. Und bei Zack ließ sich kaum abschätzen, worauf er abfahren mochte. Er war der unberechenbarste von allen. Wenn jemand eine Vorliebe für perverse Spielchen hatte, dann am wahrscheinlichsten er.

Ich musste mich dringend von dem Gedankengang lösen, sonst würde ich mich übergeben.

»Ehrlich, das Letzte, was ich mir vorstellen will, sind Pierce' oder Zacks sexuelle Neigungen. Das ist einfach nur widerlich. Sie gehören zur Familie.«

Hagen blieb stehen, drehte sich um und drängte mich mit dem Rücken an eine nahe Wand. »Und was macht das aus mir? Immerhin sind sie meine Brüder.«

»Du bist mein Lover.« Meine Stimme klang ein wenig atemlos und entsetzlich bedürftig. »Du fällst in eine völlig andere Kategorie.«

Meine Antwort musste ihm gefallen haben, denn er küsste die Stelle am Übergang von meinem Hals zur Schulter.

Wir bahnten uns weiter den Weg durch den Club und durch die Hintertür hinaus. Als wir eine Aufzugsreihe erreichten, zog Hagen zwei Karten hervor, eine schwarz, die andere rot.

»Wie immer hast du die Wahl. Die schwarze Karte ist für mein Penthouse, die rote für dein Apartment – auf einer anderen Etage, weit, weit weg von mir.«

Für mich bestand kein Zweifel, wo ich übernachten wollte.

Hagen verkörperte mein Abenteuer, eine Seite des Lebens, die ich kennenlernen wollte und bisher nie erkunden konnte.

»Ist das eine lebensverändernde Entscheidung wie in *Matrix*? Die blaue Pille oder die rote?«

Ein Lächeln spielte um seine Lippen. »Könnte man so sagen. Obwohl es eher die Wahl zwischen Verdorbenheit und Unschuld ist.«

Ich setzte dazu an, mir die schwarze Karte zu nehmen, aber er zog sie zurück, bevor ich sie mir schnappen konnte.

»Wenn du die hier nimmst, lebst du von jetzt an bei mir. Du wirst meine Frau sein, öffentlich und privat. Ich werde dich nicht verstecken oder verleugnen, was du für mich bist. Du wirst einen Ruf erlangen. Die Leute werden annehmen, dass du unter meiner Kontrolle stehst. Es gibt dann kein Zurück mehr dorthin, wie es mal zwischen uns war. Ich werd dich ficken, dich benutzen, dich auf jede erdenkliche Weise zu meiner Frau machen. Ich bin nicht der nette Kerl, den du verdienst.«

Ich stellte mich auf die Zehenspitzen, beugte mich vor, um ihn auf die Lippen zu küssen, und zog ihm die schwarze Zugangskarte aus den Fingern.

»Ich weiß, worauf ich mich einlasse, Mr. Lykaios.«

8

Hagen

ICH STARRTE auf die mittlerweile geschlossene Aufzugstür und versuchte, aus der Frau schlau zu werden, die gerade in mein Penthouse einzog.

Herrgott. Es geschah tatsächlich. Sie gehörte mir, und es war ihre Entscheidung gewesen.

Worauf hatte ich mich bloß eingelassen? Wie zum Teufel sollte ich mit ihr umgehen? Sie entsprach nicht meinem üblichen Beuteschema. Ich konnte sie nicht so behandeln wie andere Frauen in der Vergangenheit.

»War das Penny, deren Lippen ich auf deinen gesehen habe?«, fragte Pierce, als er hinter mir auftauchte.

Ich hatte nicht vor, das Offensichtliche auszusprechen. Außerdem war Pierce der neugierigste von uns dreien und bombardierte mich regelmäßig mit Folgefragen, sobald ich eine beantwortete.

»Alter. Ich kann nachvollziehen, wenn man einer Frau verfällt, aber verdammt, Mann. Sie hat dich an den Eiern, und ich bin mir nicht sicher, ob es euch beiden überhaupt klar ist.«

»Leck mich.« Ich schob mich an meinem besserwisserischen Bruder vorbei und steuerte auf die Lobby zu. »Ich muss zu einem Meeting.«

»Wenn es das mit Draco ist, kannst du ruhig auf mich warten. Anscheinend betrachtet er seine Hilfe bei Pennys Anfrage als persönlichen Gefallen für uns alle.«

Es wurde einfach immer besser und besser. »Also stößt Zack auch dazu?«

»Er ist gerade mit Draco und ein paar seiner Männer an der Bar. Sie hatten noch was anderes zu besprechen, bevor wir dazukommen.«

Somit hatte ich noch etwas, worüber ich mir Sorgen machen musste.

Zack und Draco freundeten sich an. Ich selbst hatte mich auf den Mafioso eingelassen, weil es bei mir damals ums nackte Überleben ging. Zack hingegen unterstand keinem solchen Zwang. Was immer er vorhatte, würde uns allen auf lange Sicht wahrscheinlich Kummer bereiten.

In letzter Zeit drehte sich alles in Zacks Leben darum, sich an Collin für den Scheiß zu rächen, den er uns angetan hatte. Am übelsten nahm er Collin, dass wir erst wenige Tage vor dem Tod unserer Mutter von ihrer Krankheit erfahren hatten. Sie hatte fast ein Jahr lang gegen den Brustkrebs gekämpft, ohne dass wir da sein konnten, um uns um sie zu kümmern. Ich hatte um meine Mutter getrauert, aber mich schon vor langer Zeit damit abgefunden, dass sie beschlossen hatte, bei Collin zu bleiben, obwohl ich ihr einen Ausweg angeboten hatte. Pierce hielt es damit genau wie ich, aber Zack war anders.

Als Jüngster hatte er Mama in den letzten Jahren ihres Lebens am nächsten gestanden. Er war fest entschlossen, Collin dafür leiden zu lassen, dass er unsere Familie auseinandergerissen hatte. Und am geeignetsten dafür erschien ihm, das Imperium der Lykaios Holdings Stück für Stück zu vernichten.

»Ehrlich, er muss von diesem Rachewahn runterkommen. Collin ist den Aufwand nicht wert.« Ich nahm durch das Labyrinth des Casinos den kürzesten Weg zur Zigarrenlounge.

»Damit rennst du bei mir offene Türen ein. Andererseits können sich nicht alle emotional so gut abschotten wie du. Abgesehen von Persephone gibt es keine Menschenseele, die irgendwelche Gefühle in dir auslösen kann.«

Die Erwähnung von Starlights Namen ließ mich überlegen, was sie oben wohl gerade trieb. Richtete sie sich gemütlich ein oder durchstöberte sie sämtliche Zimmer und Schubladen?

»Über sie reden wir nicht. Unsere Vereinbarung ist privat und hat nichts mit der Sache zu tun.«

»Ja, klar.« Pierce verstummte kurz und sah mich an. »Sie ist eine Frau für etwas Längerfristiges. Ich will nicht, dass du mit ihren Gefühlen spielst. Sie ist Männer wie uns nicht gewohnt.«

Ich knirschte mit den Zähnen. »Willst du damit andeuten, ich soll mich von ihr fernhalten?«

»Das würde sowieso nie passieren. Was ich damit sagen will, ist: Wenn du ihr das Herz brichst, gestalte ich deine Visage um. Und ich bin mir sicher, Zack würde nur zu gern dabei mitmischen.«

»Was, wenn ich dir sage, dass ich vorhabe, sie zu behalten?«

Pierce brach in Gelächter aus und steuerte wieder in Richtung der Bar. »Sie ist kein Welpe. Penny ist eine Frau aus Fleisch und Blut mit eigenem Willen. Sie gehört dir nicht.«

»Sie weiß genau, worauf sie sich mit mir einlässt.«

»Ehrlich, mit dir zu reden, ist ungefähr so effektiv wie ein Gespräch mit einer Ziegelmauer. Ich sage nur, du sollst mit ihr vorsichtig umgehen. Sie ist zart besaitet und hat sich ihr Leben lang in eine Rolle gefügt, durch die sie praktisch unsichtbar war.«

»Sie ist nicht so schwach, wie alle glauben«, konterte ich Pierce' Aussage. »Ich bin das perfekte Ventil für sie, um sich auszutoben.«

Ich nickte der Tischdame zu, als wir durch den Torbogen der *Erebus Bar* gingen. Lächelnd betrachtete sie sowohl Pierce als auch mich mit mehr Interesse als nötig.

Sie war neu und hatte keine Ahnung, dass sich die Lykaios-Brüder aus Prinzip nie mit dem Personal einließen. Das wäre ein todsicherer Weg, sich das Geschäft zu versauen.

»Wie gesagt: Brichst du ihr das Herz, breche ich dir Knochen.«

»Warum hörst du nicht auf, dir über mein Liebesleben den Kopf zu zerbrechen, und konzentrierst dich auf die europäische Promoterin, über die du nicht hinwegkommst? Man munkelt, ihr Schwergewichtschampion könnte deinen Kämpfer mit links fertigmachen.«

Eine finstere Miene trat in sein Gesicht. »Du bist ein Arsch.«

»Hab nie was anderes behauptet.«

»Und nur, damit du's weißt: Mein Kämpfer ist der beste der Welt und nimmt es locker mit jedem Covermodel auf, das Amelia Nephus unter Vertrag hat.«

Ich hatte einen Nerv getroffen. Gut. Das verdiente er dafür, dass er dachte, ich würde Starlight absichtlich verletzen. Ja, ich würde sie ficken, sie verderben und sie mir unterwerfen, solange sie es wollte. Aber ich würde ihr niemals absichtlich wehtun.

»Ah, da ist ja mein Junge«, sagte Draco Jackson mit einem Akzent, der eher japanisch als amerikanisch klang.

Draco traf man so gut wie nie in der Öffentlichkeit an. Er wurde praktisch in die *Ninkyō Dantai* hineingeboren, besser bekannt als Yakuza, die Mafia der Unterwelt Japans. Sein Vater und der Großteil seiner Familie waren hochrangige Mitglieder eines der herrschenden Clans der Organisation.

Als er kaum älter als achtzehn Jahre war, wurde er nach Kalifornien geschickt, um die Reichweite seiner Familie zu erhöhen. Statt sich in Los Angeles oder San Francisco niederzulassen, entschied er, nach Nevada zu gehen und sich in Las Vegas einzunisten.

Er hatte seinen Namen in etwas »Amerikanischeres« geändert, um anonym mit eiserner Faust hinter den Kulissen herrschen zu können.

Über ein halbes Jahrhundert später hatte er seinen

Einfluss weit über Vegas hinaus in die großen Städte der USA ausgebreitet und hatte sich ein Imperium aufgebaut, das der Organisation, die er in seiner Jugend verlassen hatte, in nichts nachstand.

Der fast Fünfundsiebzigjährige zog mich in eine feste Umarmung. Dabei flüsterte er mir auf Japanisch ins Ohr: »*Wie ich höre, hast du dir endlich deine Starlight geschnappt.*«

»*Geschnappt ist nicht das Wort, das ich benutzen würde,* Oyabun. *Eher genötigt.*« Ich antwortete in fließendem Japanisch und sprach ihn mit seinem Titel an, der übersetzt »Boss« bedeutete.

Draco hatte darauf bestanden, dass ich im Rahmen meiner Ausbildung zu Beginn meiner Arbeit für ihn mehrere Sprachen lernen sollte. Deshalb beherrschte ich mittlerweile neben Griechisch und Englisch, womit ich aufgewachsen war, auch Chinesisch, Japanisch, Spanisch, Italienisch und Französisch. Alles Sprachen, die von den großen Mafiasyndikaten weltweit verwendet wurden.

Wir nahmen unsere Plätze ein, ich zwischen Draco und Zack, Pierce uns gegenüber.

Schweigend warteten wir, während sich Draco mit einem Drink niederließ. Die von ihm erwartete Etikette gebot, dass er als Erster das Wort ergreifen würde. Obwohl Draco den Großteil seines Lebens in Amerika gelebt hatte, hielt er große Stücke auf Tradition. Dass er offen Zuneigung zu mir bekundete, stellte dabei eine Ausnahme dar, die selbst seine Familie nicht verstehen konnte.

»*Bevor wir über dein Kipos-Problem reden, will ich wissen, wie es mit Popov gelaufen ist.*«

Ich unterdrückte ein Stöhnen. Das Letzte, worüber ich reden wollte, war Mike. Aber mir blieb keine Wahl.

»Das ist erledigt. Popov wird dich nicht mehr belästigen.«

»Ausgezeichnet.« Draco nickte und verlangte keine weitere Erläuterung, wofür ich dankbar war.

Ich hatte mich tatsächlich um Mike gekümmert, nur nicht so, wie Draco es erwarten würde. Mike Popov befand sich in diesem Augenblick in einem Frachtraum auf dem Weg nach Russland. Dort würde man ihn in einen Betrieb bringen, den einer von Dracos Partnern leitete.

Mike würde den Rest seines Lebens getrennt von seiner Tochter verbringen, aber wenigstens lebte er noch, und an meinen Händen klebte kein weiteres Blut.

»Nun zum Grund, warum wir hier sind«, wechselte Draco zu Englisch. »Nach unserem Gespräch neulich habe ich einige interessante Dinge erfahren. Jacob Kipos hatte eben erst sein Testament geändert, als sein Auto an einem Baum geendet hat.«

»Das ist nicht weiter ungewöhnlich, da er ja die Scheidung einreichen wollte.« Zack rührte die Olive in seinem Martini um.

»Niemand weiß, dass die Änderungen durchgeführt wurden, davon bin ich überzeugt.« Draco lächelte. »Das nie veröffentlichte Testament besagt, dass Dara zwar für den Rest ihres Lebens eine monatliche Zuwendung bekommt, das Mehrheitspaket an Kipos aber zwischen Adrian und Persephone aufgeteilt werden soll. Dara profitiert nur dann, wenn das Unternehmen verkauft wird. In dem Fall bekommt sie eine einmalige Pauschalzahlung.«

»Mit anderen Worten, Dara hatte die Möglichkeit, die

Lage nach Jacobs Tod zu manipulieren«, fügte Pierce hinzu. »Das erklärt, warum sie so entschlossen war, Penny zu kontrollieren.«

»Und warum Dara so entschlossen ist, Kipos an den Meistbietenden zu verkaufen, bevor Adrian einundzwanzig wird«, brachte ich an.

Als meine Brüder mir am vergangenen Abend einen Besuch abgestattet hatten, erfuhr ich von ihnen, dass Kipos International zum Verkauf stand. Die entsprechenden Informationen wurden ausgewählten Unternehmen präsentiert, darunter eine Firma, die HPZ vor einigen Wochen übernommen hatte.

»Ja. Allmählich fängst du an, es zu verstehen. Ich habe herausgefunden, dass ...«

»Was hat das mit irgendwelchen Informationen über den Unfall von Jacob Kipos zu tun?«, fragte Zack plump dazwischen, wofür er von Draco einen finsteren Blick erntete.

Es war allgemein bekannt, dass Draco größten Wert auf Respekt legte. Niemand wagte es, ihn zu unterbrechen. Bei meinem idiotischen Bruder tolerierte er es nur, weil er noch so jung war. Aber auch diese Nachsicht hatte Grenzen, und ich konnte nicht gebrauchen, dass Zack in seinem Übermut Draco irgendwie beleidigte.

Ein verärgerter Draco könnte uns die Welt zur Hölle machen.

»Zacharias, du bist der ungeduldigste von euch dreien. Genau wie dein Vater. Begeh nicht seine Fehler. Geld ist nicht der einzige Quell von Macht in dieser Welt.« Draco schüttelte den Kopf in Richtung seiner Männer. Sie hatten sich uns genähert, als sie seine Irritation bemerkt hatten.

»Ich entschuldige mich, Sir.«

Mit einem knappen Nicken nahm Draco die Entschuldigung meines Bruders an. »Zurück dazu, was ich sagen wollte. Meine Nummern zwei und drei graben derzeit persönlich sämtliche Informationen vor und nach dem Unfall aus.«

An der Stelle legte einer von Dracos Männern mehrere Ordner vor uns ab.

»Da drin ist eine Kopie des vollstreckten Testaments. Ich gehe davon aus, dass ihr vorhabt, das Unternehmen zu kaufen.« Keiner von uns bestätigte oder dementierte es.

Draco lächelte. »Gut so, behaltet es ruhig für euch. Dara Kipos ist eine Schlange, die darauf lauert, zuzuschlagen. Ihr müsst wie der Indische Mungo sein. Immun gegen das Gift der Kobra und bereit, sie in Stücke zu reißen, sobald sie ihm den Rücken zudreht.«

Ich seufzte tief. Erstaunlich, wie dem Mann immer wieder Beispiele mit Tieren für seine klugen, zutreffenden Äußerungen einfielen.

»*Oyabun*, darf ich fragen, was du als Lohn für deine Hilfe verlangst?« Ich begegnete Dracos Blick und erkannte Belustigung in den Fältchen um seine Augen.

»Von Pierce« – Dracos Aufmerksamkeit heftete sich auf meinen Bruder – »will ich Plätze direkt am Ring für den Schwergewichtskampf, den er zwischen seinem Kämpfer und dem plant, den Amelia Nephus unter Vertrag hat. Angeblich habt ihr beide noch eine Rechnung offen.«

Dann richtete sich sein Blick auf Zack. »Unabhängig von unserem früheren Gespräch brauche ich Zugang zu deiner Anlage auf Bora Bora für die Hochzeit meiner Enkelin. Sie hat mir erzählt, dass für nächstes Jahr alles ausgebucht ist, aber ich bin sicher, du kannst für sie etwas umorganisieren.

Und du.« Seine schwarzen Augen schwenkten zu mir. »Ich will drei Kisten der nicht etikettierten Auslese, die deine Starlight vor der Welt versteckt. Meinen Quellen zufolge ist sie ein Genie und hat die bisher beste Charge ihres Whiskeys kreiert.«

Sämtliche Härchen an meinen Armen richteten sich auf. Wie zum Teufel hatte er Starlights Geheimnis entdeckt? Allerdings würde ich ihm die Frage nicht stellen. Nicht jetzt, nicht in Anwesenheit meiner Brüder. Meine Beziehung zu Draco mochte gut sein, trotzdem gab es für solche herausfordernde Fragen eine richtige Zeit und einen richtigen Ort.

»Ich kümmere mich darum, *Oyabun*. Aber ich muss dich warnen. Es könnte viel Überzeugungsarbeit nötig sein, damit sie sich von einem Teil dieser Auslese trennt. Vor allem, da eigentlich niemand davon wissen soll.« Mein Tonfall konnte nicht verbergen, dass ich auf meine Brüder anspielte.

Schmunzelnd fuhr Draco fort. »Solange du ihn mir beschaffst, bevor dein Erstgeborener auf die Welt kommt, ist das in Ordnung.«

Erstgeborener?

Schlagartig hatte ich eine Vision von Starlight mit unserem Kind im Kopf.

»Moment.« Zack brachte meinen Gedanken zum Einsturz. »Soll das ein Scherz sein? Penny ist die geheimnisvolle Besitzerin von Firewater? Nicht irgendeine übergewichtige, verwöhnte Millionenerbin auf einer Insel im Indischen Ozean?«

Ich schwieg.

»Jetzt ergibt es plötzlich einen Sinn – die Restaurants, die Clubs. Verdammt, Alter, du bist von ihr besessen. Wenn sie das rausfindet, lässt sie dich einweisen, du elender Stalker. Echt jetzt, du Penner, du hast schwer einen an der Waffel.«

Draco räusperte sich und bremste damit Zacks Schwall unflätiger Äußerungen. »Sind wir uns einig, meine Herren?«

Pierce, Zack und ich willigten ein. Danach diskutierten wir eine halbe Stunde lang die Pläne für die Eröffnung des Hotels und die Party, die in ein paar Wochen stattfinden würden.

Nachdem Draco über einen privaten Zugangsbereich gegangen war, wappnete ich mich für ein Kreuzverhör. Zu meiner Überraschung hatten weder Pierce noch Zack etwas zu sagen. Sie starrten mich nur an, beide mit einem fiesen Grinsen im Gesicht.

»Was grinst ihr so?«, fragte ich, wodurch ich sie nur dazu brachte, laut aufzulachen.

»Ich hätte nie gedacht, dass ich den Tag erleben würde, an dem Hagen Christopher Lykaios einer Frau verfällt. Und dann noch einer naiven kleinen Naturfreundin.« Pierce erhob das Glas in meine Richtung. »Wird ein Heidenspaß, das zu beobachten.«

»Wie du meinst. Geh und mach irgendwelche Deals mit deiner Ex oder so.«

»Wie lange weißt du schon, dass Penny hinter Firewater steckt?« Zack griff sich eine Zigarre, zündete sie an und paffte mehrmals daran.

»Seit ein paar Jahren.«

»Und das hast du nicht für wichtig genug gehalten, um uns

einzuweihen?« Zack lehnte sich auf seinem Stuhl zurück. »Wir hätten ihr helfen können. Verdammt, wir hätten einen besseren Deal für den Whiskey aushandeln können.«

»Oder sie hätte beim Kartenspielen mehr aus dir knausrigem Arsch herausholen können«, fügte Pierce hinzu. Prompt zeigte ihm Zack den Stinkefinger.

»Der Sinn des Stillschweigens war, dass sie es allein durchziehen wollte. Sie hat Phänomenales geleistet, sowohl bei Kipos als auch bei PSK Distilleries.«

»Scheiße«, entfuhr es Pierce. »Ich hätte wissen müssen, dass PSK für Persephone Starlight Kipos steht. Verdammt, ist sie gut. Unfassbar, dass ihr bei unseren monatlichen Pokerrunden nie was herausgerutscht ist.«

Pokerrunden. Wieso zum Teufel spielte meine Frau mit meinen Brüdern Poker?

Meine Frau. Gefiel mir, wie sich das anhörte.

»Was für Pokerrunden?«

»Die, zu denen du nie auftauchst. Am Anfang ist sie ein paar Mal für dich eingesprungen und dann allmählich zur Stammspielerin geworden. Übrigens ist sie ein Ass dabei. Hat uns schon öfter ausgenommen, als ich zählen will«, fügte Zack hinzu. »Ich dachte immer, ich wäre gut. Aber die Frau hat einen Computer als Gehirn. Es ist, als würde ein Hochleistungsprozessor Gesichtszüge, Reaktionen und Worte analysieren, während sie dabei keine Miene verzieht.«

Zack war mit Abstand der beste Pokerspieler, dem ich je begegnet war. Der Startschuss für sein Immobilienimperium war ein Spiel mit einem Pott in Höhe von zwanzig Millionen Dollar gewesen.

»Übrigens, weiß sie, dass ihre Tarnung aufgeflogen ist?«

»Sie hat erst gestern erfahren, dass ich es weiß. Aber ich werde ihr wohl sagen müssen, dass Draco und ihr zwei Deppen es auch wissen.«

»Als ob wir sie verraten würden.« Zack klang beleidigt. Ich stieß mich vom Tisch ab und stand auf.

»Wo willst du hin?« Pierce zog eine Augenbraue hoch.

»Nachsehen, wie sich meine neue Mitbewohnerin einlebt.«

$$9$$

Penny

So also lebten die großen Nummern der Welt.

Ich nippte an meinem Wein und genoss die schier unglaubliche Aussicht auf den Strip von Las Vegas. Die Lichter funkelten wie Sterne. Autos schwirrten hin und her. Sie kamen mir wie aus einer anderen Welt vor, weit entfernt, nicht bloß am Fuß des Gebäudes, in dem ich künftig wohnen würde.

Nachdem ich Hagen mit offenem Mund in der Lobby zurückgelassen hatte, versuchte ich gut zwanzig Minuten lang zu entscheiden, was ich von meiner veränderten Lebenssituation halten sollte.

Einerseits war ich arbeitslos, andererseits auch nicht. Einerseits war ich obdachlos, andererseits auch nicht. Im Augenblick befand ich mich in dem palastartigen

Schlafzimmer, das ich mit Hagen teilen würde, und ich wusste nicht, was mich erwartete. Seit diesem Nachmittag war meine Jungfräulichkeit Geschichte, und ich gehörte Hagen. Sagte er jedenfalls. Was immer das bedeuten mochte.

Wenn ich das alles nur weiterhin als vorübergehend betrachtete, würde ich mich nicht zu tief reinziehen lassen. Das schien die einzige Möglichkeit für eine intime Beziehung mit einem der Lykaios-Brüder zu sein. Sie waren alle nicht der Typ für etwas Dauerhaftes.

Ich musste es als Einstieg zur Erfahrung meines Lebens betrachten. Eines Tages würde ich vor meinen Kindern damit prahlen können.

Nein, doch nicht.

Ich hatte nicht vor, je vor meinem künftigen Nachwuchs mit meinen sexuellen Eskapaden anzugeben. Verdammt, ich könnte noch nicht mal mit Adrian darüber reden.

Dabei fiel mir ein – warum hatte er mich nicht angerufen? Ich ging zum Couchtisch, wo ich mein Telefon abgelegt hatte. Bevor ich es ergreifen konnte, öffneten sich die Fahrstuhltüren.

Ich hielt inne und spürte, wie sich kribbelnd eine Gänsehaut über meinen Körper ausbreitete.

Hagen stieg aus, und sofort stockte mir der Atem. Mit dem zerzausten Haar und den strahlend blauen Augen sah er zum Niederknien sexy aus.

»Starlight«, sagte er nur, ließ einen großen Umschlag auf den Couchtisch fallen und kam in meine Richtung. Er legte einen Arm um meine Taille und eroberte gleichzeitig meine Lippen.

Der Kuss war so fordernd, so besitzergreifend, dass sich meine Nippel aufrichteten und ich feucht wurde.

Ich schlang die Arme und Beine um ihn, während er die Hände auf meinem Hintern platzierte und mich an seine harte, pralle Männlichkeit drückte.

Ich zog mich zurück, schnappte nach Luft und sagte atemlos: »Was für eine Begrüßung, Mr. Lykaios.«

»Ich geb mir Mühe.« Seine Finger spannten sich um meinen Po. »Du hast den besten Hintern aller Frauen, die ich je gesehen habe.«

Ich verdrehte die Augen. »Als ob ich dir das abkaufen würde. Du umgibst dich ständig mit Pin-up-Girls.«

»Die sind künstlich. Davon halte ich nichts. Ich habe eine Schwäche für zierliche, schwarzhaarige Schönheiten mit Kurven.« Wie zur Betonung seiner Worte drückte er mich an die Glaswand und rieb seine Länge an meiner feuchten Spalte.

Ich legte den Kopf zurück und schloss die Augen. »Das kannst du gut.«

»Starlight, das ist erst der Anfang.« Er senkte meine Füße zurück auf den Parkettboden. »Bist du wund?«

Ich spürte, wie mir Verlegenheit in die Wangen kroch. Nicht wirklich wund, nur etwas empfindlich. Aber es kam für mich nicht in Frage, ein bis zwei Tage warten zu müssen, um wieder Sex zu haben.

»Nein.«

Hagen legte den Kopf schief. »Ich will die Wahrheit. Ich fasse dich erst wieder an, wenn ich mit Sicherheit weiß, dass es nicht schmerzhaft für dich ist.«

Ungerührt hielt ich seinem Blick stand und erklärte: »Es

fühlt sich ein bisschen empfindlich an, aber ich hab keine Schmerzen. Ich brauche keine Erholungszeit. Wir sind hier nicht in einer viktorianischen Romanze, in der die junge Frau so kurz nach dem Verlust ihrer Unschuld nicht angefasst werden darf.«

Hagen schüttelte den Kopf. »Ehrlich, bei dir weiß ich nie, was als Nächstes aus deinem Mund kommt.« Er ließ mich los und ging zum Couchtisch. »Das ist für dich.«

Er hob den Umschlag auf und reichte ihn mir.

Mein Verstand war noch benebelt vor Lust. Es kostete mich einige Willensanstrengung, mich darauf zu konzentrieren, was er mir gegeben hatte. »Was ist das?« Ich zog den Inhalt aus dem Umschlag.

»Das ist mein Befund. Ich lasse mich alle paar Monate testen. Das hier ist von letzter Woche. Es ist kein Geheimnis, dass ich eine Vergangenheit habe. Aber du sollst wissen, dass ich sauber bin und nie Sex ohne Kondom hatte.« Er fuhr sich mit der Hand durchs schwarze Haar und beobachtete mich.

Gott, ich hatte nicht mal daran gedacht, danach zu fragen. Vielleicht war ich doch so naiv, wie alle dachten. Wenigstens einer von uns hatte noch ein funktionierendes Gehirn.

»Danke dafür.«

»Gern geschehen.«

Ich schob die Unterlagen zurück in den Umschlag und legte ihn wieder auf den Tisch. »Was jetzt?«, fragte ich und spürte, wie das Knistern zwischen uns wieder entflammte.

»Jetzt ziehst du dich aus.«

Ich schluckte. »Hier? Im Wohnzimmer? Aber das Licht ist an, und wir sind von Fenstern umgeben.«

»Und wir sind zu hoch oben, als dass irgendjemand hereinsehen könnte. Ich hab davon geträumt, dich in diesem

Raum zu nehmen. Heute Abend will ich die Fantasie Wirklichkeit werden lassen.«

»Oh.« Mein Herzschlag pulsierte durch meine Ohren, während sich meine Pussy zusammenzog.

Langsam kam er zu mir und baute sich vor mir auf. Seine blauen Augen wirkten beinah schwarz vor Verlangen. Er hob die Hand und fuhr mit dem Daumen über meine Lippen, dann meinen Hals hinab und unter den offenen Kragen meines Shirts.

Sofort breitete sich Hitze durch meinen Körper aus.

»Zieh dich aus, Starlight.«

Ich leckte mir über die staubtrockenen Lippen, hielt seinem Blick stand und knöpfte die Bluse auf. Hagen schob sie von meinen Schultern und ließ sie zu Boden gleiten.

Ich fasste hinter mich und öffnete den Reißverschluss meines Rocks. Wie beim Oberteil half mir Hagen, das Kleidungsstück hinunter zu meinen Füßen zu befördern.

Als ich dazu ansetzte, den BH zu entfernen, legte Hagen die Hände auf meine. »Lass mich den Rest übernehmen.« Erregung schwang in seiner rauen, tiefen Stimme mit, und in seinem Schritt presste ein Ständer gegen den Stoff der Hose. »Schade, dass du wieder Unterwäsche angezogen hast.«

»Ich kann nicht den ganzen Tag blank herumlaufen.«

»Klar kannst du. Von jetzt an bestehe ich sogar darauf.«

Der Gedanke, unter dem Rock nackt zu bleiben, jagte einen Anflug von Verunsicherung und zugleich Erregung durch meinen Körper.

Als seine Handflächen um meinen Brustkorb wanderten, um den BH zu öffnen, kitzelte sein Atem die Haut an meinem Hals, und ich beugte mich unwillkürlich zu ihm.

Er roch so gut.

Am liebsten hätte ich mich völlig in der berauschenden Mischung aus seinem Eau de Cologne, seiner natürlichen Essenz und einem Hauch von Zigarrenaroma verloren.

»Hast du gerade an mir geschnuppert?« In seinen Worten schwang ein Anflug von Humor mit.

Hitze schoss mir ins Gesicht. Ich ahnte, dass ich vor Verlegenheit wahrscheinlich knallrot angelaufen war. »Vielleicht.«

»Gut zu wissen, dass dir gefällt, wie ich rieche.« Langsam senkte er mich auf den Boden und rieb die Nase an der feuchten Naht meines Schritts. »Denn ich liebe deinen Duft, vor allem den deiner wunderschönen, unschuldigen Muschi.«

Sanft knabberte er an meinem Venushügel, und eine verblüffende Welle der Lust zuckte tief durch mein Innerstes.

Ich stützte mich mit einer Hand an der Rückenlehne der Couch ab, um das Gleichgewicht zu halten, während ich die andere in sein Haar krallte.

»Ich bin nicht mehr unschuldig.«

»Süße, du bist unschuldiger, als du ahnen kannst.«

»Dann schlage ich vor, du verdirbst mich.«

»Glaub mir, das habe ich vor.« Seine Lippen krümmten sich, als seine Zunge vorschnellte und an meiner von Stoff bedeckten Spalte leckte.

Ich neigte den Kopf zurück und aalte mich in dem erotischen Gefühl.

Hagen packte die Seiten meines Tangas, riss ihn mir von den Hüften und warf ihn über seine Schulter.

»Gott, du bist so verdammt sexy«, hauchte er, als er zu mir aufschaute.

Bevor ich etwas erwidern konnte, senkten sich seine Lippen auf meine pralle Klitoris. Er nuckelte und saugte an der empfindsamen Knospe, bis ich mich an seinem Mund wand. Dann tauchte er die Zunge tief in mich. Mein Rücken wölbte sich durch, als er mich förmlich verschlang.

Die Empfindungen wurden zu viel.

Ich wollte mich von ihm lösen, aber er hielt mich fest an seinen unerbittlichen Mund gedrückt.

»Komm, Starlight. Komm für mich.« Er schob einen Finger in mich, krümmte ihn und strich über das empfindsame Bündel der Nerven kurz nach dem Eingang meiner Pforte.

»Oh Gott, Hagen!« Mein Körper schien zu explodieren.

Ich zuckte und schrie, zog an seinem Haar und schwelgte in Ekstase. Die Bewegungen seiner Hand und die Empfindlichkeit, die ich noch verspürte, verwoben sich zu einer berauschenden Mischung aus Lust und Schmerz.

Ich hätte nie erwartet, dass sich Sex so anfühlen würde. Als ich allmählich von meinem Höhenflug herunterkam, hob mich Hagen in seine Arme und trug mich ins Schlafzimmer.

Als er mich aufs Bett senkte und sich zwischen meinen Beinen niederließ, sagte ich zu ihm: »Ich dachte, du wolltest mich im Wohnzimmer nehmen.«

»Dein erstes Mal hätte Verführung pur sein sollen, und in einem Bett. Nicht im Büro eines perversen Clubs. Das will ich wiedergutmachen.«

Ich stützte mich auf die Ellbogen und knabberte an seinem Kinn. »Darüber gibt es nichts zu klagen. Aber wenn du es im Bett willst, habe ich auch dagegen keine Einwände.«

»Ich bin froh, dass du bereit bist, auf meine Bedürfnisse

einzugehen.« Er drehte mir das Gesicht zu und drückte den Mund auf meinen.

Wir genossen uns gegenseitig, bis ich es nicht mehr aushielt, seine nackte Haut nicht berühren zu können. Also schob ich ihn ein Stück zurück, ohne unseren Kuss zu unterbrechen, und zerrte an den Knöpfen seines Hemds.

Ich wollte ihn so nackt haben, wie ich es war. Als meine Finger nicht kooperieren wollten, riss ich sein Hemd auf und ließ die Knöpfe durch die Gegend spritzen.

Hagen blickte auf mich herab und zog eine Augenbraue hoch.

»Du bist nicht der Einzige, der tadellose Kleidungsstücke in Lumpen reißen kann.«

»Gut zu wissen.« Er biss mir auf die Unterlippe und streifte sein zerrissenes Hemd ab. Anschließend rutschte er vom Bett und entledigte sich seiner Hose und seiner Boxershorts.

Heilige Scheiße. Was war der Mann gut gebaut. Muskulös und doch schlank. Und diese Tätowierungen. Sie bestanden aus zwei so detailreich gestalteten Schlangen, dass sie fast dreidimensional wirkten. Die Tinte erstreckte sich über seinen gesamten rechten Arm und bis zum Hals hinauf, was ihm das Flair von Gefahr verlieh, für das er bekannt war.

»Woran denkst du gerade?«

»Daran, dass ich deine Tattoos erkunden will.« Kurz verstummte ich und leckte mir über die Lippen, bevor ich hinzufügte: »Mit der Zunge.«

»Fuck, Starlight. Du bringst mir noch um.«

»Also darf ich?«

»Ja, aber später.« Er kletterte zurück aufs Bett – seine pralle Härte wippte dabei auf und ab.

Hagen schnappte sich ein zuvor auf die Matratze geworfenes Kondom, riss die Folienpackung auf und hüllte sich in Latex.

»Viel später. Jetzt muss ich dich erst mal so ficken, wie ich es schon in meinem Büro tun wollte.« Damit packte er meine Beine und spreizte sie, zog mich zu sich und pfählte mich mit seiner Erektion.

»Hagen«, schrie ich auf.

»Ich liebe es, meinen Namen von deinen Lippen zu hören.« Er zog sich bis zur Eichel zurück und stieß wieder zu.

Hagen verfiel in einen harten, schnellen, unerbittlichen Takt, der meinen Körper im Nu zum Lodern brachte und nach mehr verlangen ließ. Ich bohrte die Fingernägel in seinen Rücken und klammerte mich an ihm fest.

Verlangen erfüllte meine harten Nippel unter der Reibung seiner Bewegungen. Dasselbe galt für mein Inneres. Und beide wollten mehr, mehr. Er ergriff mein Kinn und zog mich für einen zarten Kuss zu sich, der einen scharfen Kontrast zu seinen wilden Stößen bildete. Und dann, bevor es mir bewusst wurde, krampfte ich mich um ihn herum zusammen. Meine inneren Muskeln melkten ihn förmlich und durchnässten unsere Körper mit den Säften meiner Erregung.

»Komm noch mal«, murmelte er an meinen Lippen, während seine Finger über meinen Kitzler strichen. Fast sofort befolgte ich seinen Befehl, doch diesmal kam ich nicht allein.

Hagen

»ICH HAB HEUTE ERFAHREN, dass du ein Ass beim Pokern bist«, sagte ich, während ich die herrlich befriedigte Persephone Kipos an meine Brust gedrückt hielt.

Zu beobachten, wie sie sich in meinen Armen auflöste, war unglaublich. Daran würde ich mich nie sattsehen können.

Tatsächlich hatte ich vor, mir den Anblick jeden Tag zu gönnen – wenn nicht sogar mehrmals täglich. Eigentlich sollte ich mich schlecht dafür fühlen, dass ich sie so hart genommen hatte. Ganz gleich, was sie behauptete, sie musste sich wund fühlen. Aber jedes Mal, wenn ich sie berührte, verabschiedete sich mein Verstand.

Sie hob den Kopf. »Jammert Zack immer noch wegen der Rolex? Ist nicht meine Schuld, dass er das verdammte Ding gesetzt hat und ich einen Royal Flush hatte.«

Unwillkürlich musste ich über ihre Äußerung lächeln. »Ich kann mir nicht vorstellen, dass Zack vor dir jemals jemanden getroffen hat, der besser pokert als er. Ich glaube, du hast sein Ego angeknackst. Immerhin hat er sein Immobilienimperium mit Gewinnen aus Kartenspielen finanziert.«

»Geschieht ihm recht dafür, dass er bei der Einladung zur ersten Partie zu mir gemeint hat, er würde mich schonen.«

»Wer hat es dir beigebracht?«

»Henna. Und wenn du mich für ein Ass hältst, solltest du mal die Frau erleben.«

Starlights Cousine war eine blitzgescheite Frau. Trotz ihrer eigenen familiären Probleme hatte sie sich weit aus dem

Fenster gelehnt, um Starlight ein Gefühl von Familie zu vermitteln, und dafür würde ich ihr ewig dankbar sein. Schade nur, dass sie so unvernünftig war, meinen Vater regelrecht zu verehren. Höchstwahrscheinlich hatte Collin Hintergedanken gehabt, als er ihr nach dem Skandal um die Veruntreuung ihres Vaters geholfen hatte.

»Vielleicht sollten wir Zack und sie für ein Spiel zusammenbringen«, schlug ich vor, meinte es aber nicht ernst.

»Das wird nie passieren. Erstens würde sie Zack an die Gurgel gehen, sobald er etwas gegen euren Vater sagt. Unabhängig davon, wie er euch drei behandelt hat, ist Collin für Henna und Anaya mehr Vater gewesen, als es mein Onkel je war.«

»Und zweitens?«

»Ich bin mir nicht sicher, wie Zacks überdimensioniertes Ego damit zurechtkäme, gegen sie zu verlieren. Ihre Persönlichkeit ist seiner sehr ähnlich.« Starlight schüttelte den Kopf. »Sie sind beide keine guten Verlierer.«

»Mit anderen Worten, du glaubst, sie würden sich gegenseitig umbringen.«

»Das hast du gesagt, nicht ich. Aber ja.« Sie verlagerte an meinem wiedererwachenden besten Stück das Gewicht, und ich musste ihr die Hand auf die Hüfte legen, damit sie still hielt.

Ich werde sie nicht noch einmal ficken. Ich werde sie nicht noch einmal ficken.

Wenn nur mein steinharter Schwanz bei dem guten Vorsatz mitspielen würde.

Wahrscheinlich würde es Monate dauern, bis ich nicht

mehr jede Sekunde an jedem Tag den Drang verspüren würde, es mit Starlight zu treiben. Ich hatte geahnt, dass es so sein würde.

»Ich muss dir was sagen.«

»Hat es mit Papa zu tun?« Ihr Körper versteifte sich, und die entspannte Stimmung trübte sich.

»Das Gespräch führen wir, wenn dein Bruder dabei ist. Aber um dich zu beruhigen, ich lasse bereits ein paar Leute daran arbeiten.«

Ich merkte ihr an, dass sie Fragen hatte, aber offenbar entschied sie, es dabei bewenden zu lassen. Stattdessen hakte sie nach: »Und was wolltest du mir sagen?«

»Pierce und Zack wissen, dass du die Besitzerin von PSK bist.«

»Hast du es ihnen verraten?«

»Nein. Das war Draco Jackson.«

Ich hatte gedacht, sie würde ausflippen, wenn sie erfuhr, dass ein bekanntes Monster von ihrem Unternehmen wusste. Doch sie überraschte mich, indem sie ruhig blieb.

»Tja, das kommt unerwartet. Was wollte er? Eine Kiste von der Auslese, die ich vom Markt zurückhalte?«

Ich drehte sie zu mir herum. »Du kennst ihn?«

»Ich hab ihn während meiner Studienzeit kennengelernt. Seine Enkelin Lana und ich sind befreundet.«

»Ist dir klar, wie gefährlich es für dich ist, dich mit jemandem aus seiner Organisation einzulassen?«

»Beruhig dich. Sie war am College meine Laborpartnerin. Ich hatte damals keine Ahnung, dass sie mit Draco verwandt ist. Ich dachte, sie wäre bloß eine reiche japanische Erbin, die entschieden hat, Chemikerin zu werden, statt ins Familiengeschäft einzusteigen.«

Das Familiengeschäft war die Mafia.

Draco hatte fünf Kinder und vierzehn Enkelkinder, darunter nur ein einziges Mädchen. Die Familienprinzessin. Ich wusste von ihr, dass sie als wissenschaftliches und technisches Genie galt und Stanford besucht hatte. So gut wie nie bereitete sie irgendjemandem in ihrer Familie Kummer. Außer das eine Mal, als sie ... Plötzlich ereilte mich eine Erkenntnis.

»Du warst bei der Gruppe, die nach Miami gereist ist. Draco wäre damals vor Sorge fast durchgedreht.«

Sie zuckte zusammen, dann nickte sie.

»Ja. Stell dir meine Überraschung vor, als eine Gruppe bewaffneter Kerle in dem Nachtclub aufmarschiert ist, in dem wir am Feiern waren. Sie haben alle außer uns hinauskomplimentiert. Zuerst dachte ich, wir würden als Geiseln genommen. Aber dann ist ein kleiner, finster dreinschauender Japaner reingekommen, der Lana wie aus dem Gesicht geschnitten war.

Verrückterweise ist er nie laut geworden. Stattdessen hat er uns einen langen Vortrag über Verantwortung und Respekt gehalten und uns vorgeworfen, wir sollten es besser wissen, als unseren Familien unnötigen Kummer zu bereiten. Danach hat er Lana auf den Kopf geküsst und gemeint, sie wäre ein anständiges Mädchen.«

Ich schnaubte – natürlich hatte der alte Mann es ihr durchgehen gelassen. Leider hatte dafür der arme Tropf von einem Leibwächter, dem sie entwischt war, Dracos Zorn abbekommen. »Wann hast du herausgefunden, dass er Draco Jackson war?«

»Erst beim Abendessen im Penthouse seines Hotels, als er in meine Richtung geschaut und dich erwähnt hat. Da ist mir klar geworden, dass er der Mafiaboss war, für den du angeblich gearbeitet hast. Lanas Nachname ist Kimura – ich hätte es also unmöglich ahnen können.«

»Was genau hat er über mich gesagt?«

Ihre Wangen röteten sich, und sie schaute weg, was mich nur noch neugieriger werden ließ. Ich ergriff ihr Kinn und drehte ihr Gesicht zurück zu mir.

»Dass er einen anständigen griechischen Burschen kennt, für den ich perfekt wäre, sobald ich mit dem Studium fertig wäre. Er hat gesagt, der Junge wäre zwar ein Dickkopf, aber klug. Dann hat er mir ein Foto von dir gezeigt und gemeint, wir zwei würden wunderschöne Babys hervorbringen. Ich glaube, er sieht in dir einen Sohn. Draco ist eigentlich ein netter Kerl.«

»Das Wort würde ich nie benutzen, um den *Oyabun* zu beschreiben«, murmelte ich. Immerhin hatte ich mit eigenen Augen gesehen, wie Draco einem Mann die Kehle aufgeschlitzt hatte – dafür, dass er ohne Erlaubnis geredet hatte. *Nett* war so ziemlich das letzte Wort, das mir im Zusammenhang mit ihm einfiel.

»Und wie kommt dabei dein Whiskey ins Spiel?«

»Das war ein Versehen. Lana wusste vom Studium, dass ich mich für die Wissenschaft hinter Brennereien interessiere. Sie ist die vielleicht klügste Person, die ich kenne. Deshalb war's naheliegend, sie um Hilfe beim Beheben von anfänglichen Problemen im Fertigungsprozess zu bitten.

Danach hat sie mir auch noch geholfen, meine ersten Vertriebspartner zu finden. Ich will nicht behaupten, dass ich stolz darauf bin, aber Lana an Bord zu haben, trägt dazu bei, dass die Leute die Klappe darüber halten, wer PSK leitet.«

Plötzlich überkam mich der Drang, sie zu schütteln. Meine Frau war mit einer Mafiaprinzessin im Geschäft.

»Also bist du mit ihr im Geschäft?« Es gelang mir nicht, meine Irritation zu verbergen.

»Natürlich nicht. Lana ist nur eine gute Freundin. Ich helfe ihr, wenn sie Hilfe braucht, und sie hat mir geholfen. So was machen Freunde.«

Das konnte nicht ihr Ernst sein.

»Ich glaube, du musst mir die Geschichte zu Ende erzählen, damit ich keinen Herzinfarkt kriege. Wie hat Draco davon erfahren?«

»Offen gestanden denke ich, dass er es von Anfang an gewusst hat. Lana ist sein ganzer Stolz, und er weiß alles über jeden und jede Einzelnen in ihrem Leben. Außerdem versucht er schon länger, mich zu überreden, ihm eine Kiste von der Charge zu überlassen, die ich vom Markt zurückhalte. Lana hat vor ein paar Monaten fallen gelassen, dass sie davon gekostet hat und es die bisher beste ist. Was natürlich bedeutet, dass Draco etwas davon will.«

»Hast du vor, es ihm zu geben?«

»Natürlich, aber er wird bis Weihnachten warten müssen. Jeden Dezember schicke ich ihm eine Kiste meiner besten Abfüllung des Jahres. Das ist Tradition.«

Ich starrte Starlight an und wusste nicht recht, ob ich wütend darüber sein sollte, dass sie eine Verbindung zu Draco hatte, oder ob ich sie dafür bewundern sollte.

Ich rollte mich auf den Rücken und bedeckte die Augen. Ich hatte mir solche Sorgen gemacht, sie könnte von meiner Vergangenheit angewidert sein, und dabei war sie selbst beinah wie eine Enkelin für einen Mann, der in zwei Ländern mit der Mafia in Verbindung stand.

Starlight kroch auf mich, wogte mit den Hüften über meinen Halbsteifen und lächelte. »Hab ich dich schockiert?«

»Kann man wohl sagen.« Ich packte ihre Hüften und bremste ihre Bewegung.

»Ich hab dir ja gesagt, dass ich nicht so unschuldig bin, wie du denkst. Die Umstände haben mich in die Rolle gedrängt, die ich bei Kipos gespielt habe, aber ich weiß schon, was ich tue. Zumindest, wenn es um PSK geht.«

Ich ließ die Finger in ihr Haar gleiten und zog ihren Kopf zu einem Kuss herab. Dann murmelte ich an ihren Lippen: »Das Leben mit dir wird eindeutig interessant sein.«

»Hagen?« Sie klang sehnsüchtig, und der Knoten meiner Entschlossenheit, sie nicht noch einmal nehmen, fing rasant an, sich zu lösen.

»Ja.«

Sie verlagerte das Gewicht, hob das Bein an, packte meinen prallen Schaft und führte ihn zu ihrer feuchten Öffnung.

Heilige Scheiße, fühlte sich das gut an. Ihre nackte, glitschige Hitze direkt an meiner Haut. Gott, was wollte ich mich in ihr vergraben.

Aber bevor ich dem Drang nachgeben konnte, meldete sich die lästige Vernunft zu Wort, und ich bremste dieses Teufelsweib erneut. »Starlight. Ich hab kein Kondom drauf.«

Sie sah mir in die Augen. »Du hast mir deinen Befund

gezeigt, und du weißt, dass ich mit niemandem außer dir zusammen gewesen bin.«

»Aber was ist mit einer Schwangerschaft?«

»Ich nehme die Pille.«

Sie lachte, als sie meine verdatterte Miene bemerkte, dann nahm sie mein Gesicht in die Hände. »Meine Ärztin hat sie mir verschrieben, um meine Periode zu regulieren.«

Wieso störte mich der Gedanke so, dass sie nicht schwanger werden könnte, wenn ich in ihr käme? Diese Frau brachte mich so durcheinander, dass ich oben nicht mehr von unten unterscheiden konnte.

In weniger als achtundvierzig Stunden hatte sie mir völlig den Kopf verdreht, und ich wusste nicht recht, wie ich damit umgehen sollte. Ich war der Mann, vor dem jede Mutter ihre süße Tochter warnte. Und nun war ich mit der einen Frau zusammen, die ich nie hätte anfassen sollen.

»Bitte«, stieß sie mit einem Stöhnen hervor, während sich die Nässe ihrer Erregung über meine Härte ausbreitete. »Ich brauche dich in mir.«

Oh verdammt, ich würde *mit Sicherheit* in der Hölle landen.

Ich rollte sie auf den Rücken und drang bis zum Anschlag in sie ein. Wir schnappten beide nach Luft. Das Gefühl ihrer prallen, feuchten, heißen Lustgrotte ließ mich die Zähne zusammenbeißen, um nicht die Kontrolle zu verlieren.

Noch nie zuvor hatte ich es ohne Kondom getan. Ich war nicht ansatzweise der Casanova, für den mich alle hielten, aber an Schutz hatte ich bisher jedes Mal rigoros festgehalten. Verdammt, immerhin lebte ich in Las Vegas. Und nun fühlte sich die seidige, feuchte Hitze von Starlights Pussy wie der Himmel auf Erden an.

Ich verfiel in einen gleichmäßigen Rhythmus, genoss ihr sehnsüchtiges Stöhnen und jede gleitende Bewegung meiner Erektion in ihr. Nichts hatte sich je zuvor so gut angefühlt.

Ich spürte die ersten Zuckungen ihrer Entladung und lächelte, als mir ein Gedanke durch den Kopf ging. Zeit für ihre erste Lektion.

»Starlight, wem gehörst du?«

Verwirrung trat in ihre Augen, als sie meine Schultern umklammerte und die Hüften hob, um sich die Reibung zu holen, die sie brauchte, um es über die Ziellinie zu schaffen.

Aber ich zog mich bis zum Ansatz zurück und verharrte so.

»Was machst du denn?«, fragte sie und klatschte mir auf den Rücken. »Ich bin fast so weit.«

Ich packte ihre Handgelenke und fixierte sie über ihrem Kopf. »Du musst meine Frage beantworten. Danach gebe ich dir, wonach du dich sehnst.«

»Bist du verrückt?«

Ich schob die Hand zwischen unsere Leiber und strich über die winzige, geballte Lustperle am Scheitel ihrer Pforte. Langsam bewegte ich mich in ihr vor und zurück, während meine Finger sie reizten.

Ihr Rücken wölbte sich durch, und die winzigen Kontraktionen setzten wieder ein. Kurz, bevor sie kommen konnte, stellte ich jegliche Bewegungen ein. Dann wiederholte ich die lustvolle Tortur noch zweimal.

»Ich schwöre bei Gott, Hagen, ich bring dich um, wenn du nicht aufhörst, mich zu quälen.«

»Das ist kein Quälen. Das nennt man Orgasmusverweigerung.«

Frustriert stieß sie den Atem aus. »Hast du nicht gesagt, dass du nicht auf Perverses stehst?«

»Das habe ich nie behauptet. Ich stehe nicht auf Peitschen, Klemmen und Spanking. Mein Ding sind Dominanz und Kontrolle.«

»Oh.« Ihre grüne Augen wurden größer, und plötzlich fühlte sie sich noch feuchter an. Meine pulsierende Härte brannte darauf, sich zu entladen, aber ich hielt mich zurück.

»Jetzt beantworte die Frage.«

»Welche Frage?«

»Wem gehörst du?« Ich drückte die Stirn an ihre und sah ihr eindringlich in die Augen.

Ein Lächeln umspielte ihre Lippen, dann hob sie den Kopf, um mit der weichen Wange über meine barstoppelige zu streichen, bevor sie meinen Hals küsste.

»Hagen, du weißt, dass ich dir gehöre. Sonst wäre ich nicht hier.«

Ich nahm ihr Kinn in die Hand und drückte die Lippen auf ihre. Diese Frau reagierte nie so, wie ich es erwartete.

Während ich den Kuss leidenschaftlicher werden ließ, setzte ich meine Bewegungen fort. Innerhalb von Sekunden erreichte Starlight den Höhepunkt und spannte die inneren Muskeln zuckend um mich herum an. Sofort folgte ich ihr und hätte schwören können, dass sich noch nie zuvor in meinem Leben ein Orgasmus so gut angefühlt hatte.

Damit war es beschlossen. Ich würde diese Frau behalten. Pfeif auf die Konsequenzen. Sie gehörte mir. Hoffentlich würde sie nicht mit mir darüber streiten, wenn sie erführe, wie ich entschieden hatte.

10

Penny

»PENNY, ich denke, du solltest dir diesen neuen Artikel über dich ansehen.«

Ich warf über die Schulter einen Blick zu Anaya, die besorgt dreinschaute.

Wahrscheinlich handelte es sich um eine wortgewandte Bekanntgabe meines Ausscheidens aus Kipos. Vielleicht etwas in der Art, dass ich einen Nervenzusammenbruch erlitten hätte und Zeit bräuchte, um mich zu erholen.

Dass ich die letzten drei Wochen außer Sicht und in Hagens Bett verbracht hatte, spiegelte sich wahrscheinlich darin wieder, was immer Dara verlautbaren ließ. Ein Lächeln spielte um meine Lippen. Mit Hagen zusammen zu sein, war, als würde man von einer Lawine blanker Lust überrollt.

Wenn er nicht gerade arbeitete, fand er immer eine Ausrede, um mich um den Verstand zu vögeln.

Es fühlte sich ungewohnt an, nicht jeden Tag ins Büro zu gehen. Aber es verschaffte mir Zeit, mich ein wenig zu entspannen und Arbeit für PSK nachzuholen. Zudem bemühte ich mich bestmöglich, Adrian nicht ständig mit Fragen darüber zu löchern, was Dara gerade trieb, um Kipos zu zerstören.

»Wen interessiert's?« Ich hob mein Klemmbrett an und schrieb ein paar Werte von den an den Stahlzylindern befestigten Manometern auf. »Ich hätte heute Morgen um sechs hier sein sollen. Und da ich seit zwei Wochen nicht mehr hier war und heute auch noch verschlafen habe, muss ich zu viel nachholen, als dass ich mir den Kopf über meine Stiefmutter zerbrechen könnte.«

Anaya verlagerte das Gewicht von einem Bein aufs andere. Schließlich ging sie mit einem Seufzen zu einem Schreibtisch in der Ecke des Lagers. Sie ergriff eine Zeitung und brachte sie zu mir.

Widerwillig nahm ich sie von ihr entgegen und überflog den aufgeschlagenen Inhalt. Es handelte sich um den Wirtschaftsteil. Die Schlagzeile lautete: »Griechische Erbin Persephone Kipos aus Kipos International verdrängt.«

Der Artikel darunter beschrieb meine angebliche Verstrickung mit der Unterwelt von Las Vegas und Personen mit Verbindungen zum organisierten Verbrechen.

Auch Gerüchte über eine heiße Affäre mit einem der Lykaios-Brüder wurden erwähnt.

Ich biss mir auf die Innenseite der Wange, um das Klingeln in meinen Ohren zu beenden. Meine Güte, wie ich diese Frau hasste. Ich hatte mein Leben lang darauf geachtet, mich aus dem Rampenlicht herauszuhalten. Und nun versuchte Dara, meinen Ruf zu ruinieren. Wofür? Um das Unternehmen zu entwerten? Die Kipos-Aktie würde abstürzen.

Mir drehte sich der Magen um.

Nach ein paar tiefen Atemzügen knöpfte ich meinen Laborkittel auf und setzte mich auf einen Stuhl in der Nähe. Ich kniff mir in den Nasenrücken und erstellte in Gedanken eine Liste mit allen, die ich anrufen müsste, damit der Betrieb am Laufen bliebe.

Dann fiel mir ein, was Adrian gesagt hatte.

Vertrau mir. Es ist alles unter Kontrolle.

Ich wollte ihm ja die Führung bei der Sache überlassen, aber er war erst zwanzig. Und ich wollte die Kontrolle über mein Schicksal nicht anderen überlassen, nicht mal meinem kleinen Bruder.

Mein CFO hatte kürzlich gehört, dass Dara nach einer Kapitalspritze für das Unternehmen suchte. Sie hatte in den letzten Jahren zu viel ausgegeben. Die einzige Möglichkeit, eine feindliche Übernahme abzuwehren, bestand im Verkauf von Stammaktien der Firma. Am meisten jedoch würde sie von einem vollständigen Verkauf des Konzerns profitieren. Dabei würde für sie eine stattliche Pauschalzahlung herausschauen, und Adrian und ich wären mit ihr fertig. Na ja, ich zumindest. Der arme Adrian nicht. Immerhin war sie seine Mutter, und daran würde sich nie etwas ändern.

Dumm nur, dass sie meine Stimme brauchte, um es durchzuziehen. Ich besaß dreiunddreißig Prozent der Anteile, und die Statuten erforderten meine Zustimmung. Wenn ein Bieter mit genügend Kapital auftauchte, würde ich die

Abstimmung hinauszögern müssen, bis Hagens Kontakte etwas lieferten. Ich musste mir Gewissheit darüber verschaffen, ob Dara etwas mit Papas Tod zu tun gehabt hatte.

»Die Schlagzeile ist übel. Aber wenn du den Artikel zu Ende liest, steht auch noch drin, dass diese Neuigkeit allem widerspricht, was über dich bekannt ist. Man mutmaßt, dass es sich um einen Trick deiner Stiefmutter handelt, um deinen Ruf anzukratzen. Jeder weiß, dass sie es auf dich abgesehen hat ...« Anaya verstummte, als sie bemerkte, dass ich ihr kaum Aufmerksamkeit schenkte.

»Na ja, wenigstens haben sie einen Teil richtig hinbekommen.« Ich schloss die Augen und dachte daran zurück, wie es sich angefühlt hatte, als Hagen in den frühen Morgenstunden in mich geglitten war.

Nie hätte ich für möglich gehalten, dass es ein Mann buchstäblich die ganze Nacht treiben konnte – aber Hagen hatte mich eines Besseren belehrt. Mein gesamter Körper fühlte sich wund an, trotzdem wollte der verrückte Teil meiner selbst mehr. Es kam einem Wunder gleich, dass ich an diesem Tag überhaupt laufen konnte.

»Welchen Teil?« Anaya kam herüber und setzte sich mir gegenüber.

»Den Teil über die Affäre mit einem der Lykaios-Bruder.«

»Hagen«, sagte sie schmunzelnd.

Hitze stieg mir in die Wangen. »Ja.«

»Wurde verdammt noch mal auch Zeit.« Sie sprang auf und streckte triumphierend die Faust in die Luft.

»Freut mich, dass du so begeistert davon bist.«

»Klar. Ich hab ja kein eigenes Liebesleben, also muss ich

mich indirekt mit deinem begnügen. Außerdem stehst du schon auf ihn, seit wir alle noch Kids waren.«

»Das bist du immer noch.«

Sie verdrehte die Augen. »Ja, ja. Aber du weißt genau, was ich meine. Also beantworte mir nur eine Frage, dann lasse ich dich in Ruhe.«

Ich verschränkte die Arme vor der Brust und wartete.

»Ist er im Bett so gut, wie die Boulevardblätter gern behaupten?«

Meine Wangen wurden noch heißer. Statt ihre Frage zu beantworten, gab ich zurück: »Ich denke, es ist an der Zeit, wieder an die Arbeit zu gehen.«

»Oh Mann, du Spielverderberin.« Sie zog eine Schmollmiene, wie sie nur eine Neunzehnjährige hinbekommen konnte. »Ich wette, bei Henna oder Amelia würdest du über alle versauten Einzelheiten auspacken.«

Ich starrte sie nur an und tippte auf mein Klemmbrett.

»Schon gut.« Sie warf die Hände hoch. »Collin hat immer gesagt, Hagen würde eines Tages zur Vernunft kommen und dich ins Visier nehmen.«

Beinah hätte ich sie gebeten, mir die Aussage näher zu erklären. Soweit ich wusste, hatte Collin sonst nie etwas Gutes über Hagen zu sagen. Aber ich beschloss, stattdessen zu schweigen. Ich hatte viel zu viel Arbeit zu erledigen.

In den nächsten Stunden feilten wir an der Rezeptur für die nächste Destillation und an der Logistik für die Abfüllung der nächsten Fässer der Charge, die ich als Privatauslese bezeichnen wollte. Ich hatte vor, sie noch mindestens ein bis zwei Jahre vom Markt zurückzuhalten.

Es war mein bisher bestes Produkt, dennoch war es nach meinen Maßstäben einfach noch nicht fertig.

Wenn ich ehrlich sein wollte, widerstrebten mir die Marketing- und Vertriebsteile des Geschäfts. Meine Leidenschaft galt dem Herstellungsprozess. Nur kam das eine nicht ohne das andere aus. Erst, als eine der Tochterfirmen von HPZ meinen öffentlichen Vertreter kontaktiert hatte, war mir der Gedanke gekommen, vielleicht nur den Handelsteil des Unternehmens zu verkaufen und selbst die Kontrolle über die Entwicklung und Abfüllung zu behalten.

Vielleicht irgendwann in der Zukunft.

Vorläufig musste ich auf Dara konzentriert bleiben.

Ein Piepton der Alarmanlage ließ mich zusammenzucken. Anaya warf als erste einen Blick auf die Bilder der Überwachungskamera. Ein leicht verträumter Ausdruck trat in ihre Züge, als sie Adrians Auto bemerkte.

Das fand ich interessant.

Mir blieben nur Sekunden für den Gedanken, bevor ich sah, wie Hagen hinter Adrian rollte. Als er aus dem Auto stieg, blieb mir fast das Herz stehen. Er trug ein enganliegendes T-Shirt und Jeans, dazu eine verspiegelte Brille, die ihm einen sexy Touch verlieh.

»Heiliges Kanonenrohr! Das ist der Mann, mit dem du vögelst?« Anaya fächelte sich Luft zu. »Bitte sag, dass sie alle so heiß wie die Sünde sind.«

Ich starrte auf den Monitor und verspürte das langsame Pulsieren von Verlangen, das Hagens Gegenwart immer in mir entfachte. »Möglich. Pierce und Zack sehe ich nicht anders als Adrian. Sie sind alle meine Brüder.«

»Dann lass dir von mir gesagt sein, dass Adrian brandheiß

ist. Also wette ich, Pierce und Zack sind es in natura wahrscheinlich auch.«

Ich verzog angewidert das Gesicht. »Du hast gerade dafür gesorgt, dass mir schlecht geworden ist.«

Die Tür zur Lagerhalle öffnete sich. Adrian, Hagen und Zack kamen herein. Zack? Wann war er eingetroffen?

Hagen hatte zwar erwähnt, dass Zack über meine Rolle bei Firewater Bescheid wusste, trotzdem hätte ich nie damit gerechnet, dass er zur Lagerhalle kommen würde.

Ich schaute zurück zu den Monitoren und sah seinen Porsche hinter Hagens Wagen geparkt. Ich war so auf Hagen fixiert gewesen, dass ich das andere Auto gar nicht bemerkt hatte.

»Hi, Schwesterchen. Hi, Ana.« Adrian nickte uns zu, dann schlenderte er zu einer Reihe von Terminals, an denen er herumfuhrwerkte, wann immer er sich im Labor aufhielt.

»Hallo, Ladys«, grüßte Zack, kam auf mich zu und zog mich in eine kräftige Umarmung.

»Penny, ich bin dann mal weg.« Anaya sah auf die Armbanduhr. »Ich bin in einer Stunde mit Henna zu einem Krav-Maga-Kurs verabredet. Wenn ich jetzt gehe, bleibt mir noch Zeit, mich zu Hause umzuziehen und rechtzeitig im Fitnessstudio zu sein, bevor ich mir von meinem Schwesterherz was anhören kann, weil ich mal wieder zu spät dran bin.«

Ich nickte. »Danke für die Hilfe heute.«

»Du kannst es mir mit einer Kreuzfahrt um die Welt vergelten, wenn du die erste Milliarde beisammen hast.«

»Auf jeden Fall.« Ich lächelte, als ich mich Zack entgegenbeugte.

Kaum hatte sich die Tür geschlossen, fragte Zack: »Wie geht's meiner liebsten Schwarzbrennerin?«

Ich drückte ihn innig und küsste ihn auf die Wange. »Es ist nicht illegal, also ist es kein Schwarzbrennen.«

»Und wie nennst du diese geheime Produktion dann?«

Strahlend sah ich ihn an. »Inkognito.«

»Ein gewisser Jemand hat mir geflüstert, dass sie Firewater heißt.«

»Nein, das ist der Name der Auslese, an der ich gerade arbeite. Firewater Inkognito.« Anaya und ich hatten uns erst vor einer Stunde auf die Bezeichnung meiner speziellen Charge geeinigt.

»Darf ich davon probieren? Wäre das Mindeste, was du dafür tun kannst, dass du mir auf dem Weg zur Milliardärin in den letzten Jahren Millionen aus der Tasche gezogen hast.«

»Kannst du knicken. Und Milliardären anzuhäufen, ist nicht mein Ziel, sondern deines.«

»Wie wär's mit einem Spiel um ...«

Ich fiel ihm ins Wort. »Darum spiele ich nicht.«

Er seufzte. »War den Versuch wert. Andererseits würdest du mir wahrscheinlich meinen Anteil an HPZ abknöpfen.«

»Würdest du wohl die Hände von ihr nehmen?« Hagen unterbrach unser verspieltes Geplänkel und starrte Zack finster an.

Dem schien es egal zu sein, denn er zog mich nur noch näher zu sich. »Ne. Gefällt uns so.«

Es war offensichtlich, dass Zack versuchte, Hagen zu reizen, aber ich hatte keine Lust, mich an dem Spielchen zu beteiligen.

Zumindest nicht im Augenblick. Die Sache zwischen

Hagen und mir war zu neu, um sie mit einem harmlosen Flirt auf die Probe zu stellen. Ich löste mich aus Zacks Griff und ging zu Hagen.

Keinen halben Meter vor ihm blieb ich stehen.

»Hi.«

Er musterte mich mit einer eindringlichen Intensität, die ich mittlerweile als Besitzdenken erkannte.

Statt mir zu antworten, legte er die Hand auf meinen Hinterkopf, zog mich zu sich und küsste mich um den Verstand.

Als er sich schließlich zurückzog, sagte er: »Du bist gegangen, bevor ich aufgewacht bin.«

»Tut mir leid«, gab ich kläglich zurück.

Mein Körper loderte vor Verlangen, bereit, ihn an Ort und Stelle zu bespringen, so wund ich auch noch sein mochte.

Würde ich je genug von diesem Mann bekommen? Wir hatten in den letzten Wochen die meiste Zeit damit verbracht, es miteinander zu treiben, zu schlafen, zu essen, zu reden – und es wieder miteinander zu treiben. Und ich wollte immer noch mehr.

Verdammt, ich hatte mich zur Nymphomanin entwickelt.

Noch nie zuvor hatte ich mich solcher Genusssucht hingegeben. Hagen hatte im Wesentlichen bei der Arbeit in seinen Clubs blau gemacht, um bei mir sein zu können. Immerhin bezahlte er Leute dafür, dass sie die Dinge am Laufen hielten, wenn er beschäftigt war, meinte er. Mich hingegen plagten einerseits Schuldgefühle, weil ich nicht bei Kipos war, andererseits verspürte ich auch Erleichterung. Es fühlte sich an, als wäre die Last des Betriebs der Firma von meinen Schultern gehoben, wenn auch nur für eine Weile.

Gut möglich, dass Dara alle meine Unterlagen verbrannt und mich durch irgendeinen Clown ersetzt hatte.

Der Gedanke ließ mich innerlich lächeln. All der Sex, den ich hatte, musste wohl mein Gehirn geröstet haben.

»Du hättest einen Zettel hinterlassen können.«

»Tut mir leid«, wiederholte ich lahm. »Ich war spät dran und hab nicht daran gedacht.«

Meine Handflächen wanderten seine Unterarme hinauf und genossen das Gefühl seiner definierten Muskeln, während ich mich in der Intensität seines Blicks verlor.

»Ich kann's nicht leiden, wenn ich keine Ahnung habe, wo du bist und was du treibst. Adrian hat rechtzeitig dein Auto angepeilt, bevor ich losgezogen wäre und auf der Suche nach dir die Stadt auf den Kopf gestellt hätte.«

»Ich musste zur Arbeit. Ich hinke hinter dem Zeitplan her. Früher war ich schon um sechs hier, bevor ich für Meetings zu Kipos gefahren bin.«

»Du musst dir keine Sorgen mehr um zwei Jobs machen. Gewöhn dich an normale Arbeitszeiten und konzentrier dich auf deine Brennerei.«

Einen Moment lang verspürte ich einen Anflug von Traurigkeit, bevor ich ihn zurückdrängte. Ganz gleich, was mir kurz zuvor durch den Kopf gegangen war, in mir steckte ein Gefühl der Hilflosigkeit, das ich nicht abschütteln konnte. Die Zukunft von Kipos International entzog sich meiner Kontrolle. Und wenn ich ehrlich zu mir selbst sein wollte, hatte ich von Anfang an keine echte Kontrolle darüber gehabt.

Das Wichtigste war, die Wahrheit über Papas Tod herauszufinden und dann eine Strategie zu entwickeln, um

Dara zu stürzen. Der Verkauf des Unternehmens stand als letzter Punkt auf der Liste.

»Von jetzt an möchte ich, dass du mich weckst, falls ich noch schlafe, wenn du gehst.«

In seinen Worten schwang eine wilde Entschlossenheit mit, die mich bewog, ihn eingehend zu mustern.

Er sah so umwerfend gut wie immer aus, allerdings mit harten Zügen.

Vielleicht gehörte das dazu, wenn man eine feste Beziehung hatte. Oder vielleicht auch nur zu einer Beziehung mit Hagen.

Er wirkte entschieden zu ernst. Und ich war im Grunde ein Nerd. In wie große Schwierigkeiten konnte ich geraten?

»Verheimlichst du mir irgendwas? Schwebe ich in irgendeiner Gefahr? Oder ist das nur deine besitzergreifende Seite, die Amok läuft?« Ich richtete mich auf die Zehenspitzen auf, grinste und drückte ihm einen flüchtigen Kuss auf die Lippen.

Allerdings bemerkte ich in seinen Augen etwas, das mich vermuten ließ, dass ich mit meiner scherzhaften Äußerung den Nagel auf den Kopf getroffen hatte.

»Ich will irgendwohin, wo wir ungestört sind.«

»Hm.« Ich sah mich um. »Okay.«

Wir befanden uns in einer offenen Lagerhalle, die nicht viel an Möglichkeiten für Privatsphäre bot.

»Wir können ins isolierte Labor.« Ich zeigte in die Richtung meines Chemielabors. »Ungestörter als dort haben wir es hier nirgends. Obwohl du vielleicht den Geruch der gärenden Gerste störend finden könntest.«

»Ich hab 'ne bessere Idee. Lass uns in meinem Auto reden.«

»Adrian«, rief ich.

»Ja«, antwortete er und schaute von den Monitoren auf.

»Halt Zack bei Laune und lass ihn auf keinen Fall an einer der Maschinen herumspielen. Zack hat diesen Drang, Dinge anzufassen, die nicht ihm gehören.«

»Herrgott noch mal, Persephone. Ich hab mir ein einziges Mal dein Auto für eine kurze Spritztour genommen, und du tust so, als hätte ich es geschrottet oder so.«

»Du hast mich von den anderen Pokerspielern ablenken lassen, damit du dich rausschleichen und es dir krallen konntest.«

»Du bist zu besessen von dem Wagen.« Ein Grinsen trat in Zacks Züge. »Ich muss zugeben, es war schon 'ne tolle Fahrt.«

Ich verdrehte die Augen. »Nichts anfassen.« Ich wedelte mit einem warnenden Finger in Zacks Richtung, bevor ich mich von Hagen zum Auto führen ließ.

»Außer dir kenne ich niemanden, der damit durchkommt, Zack wie einen dummen Jungen zu behandeln. Nur, falls du's nicht weißt, Zacharias Lykaios ist wahrscheinlich einer der skrupellosesten Geschäftsmänner weit und breit.«

»Zack ist Zack. Der Junge, der mich früher geärgert, an den Haaren gezogen und mit mir Unfug getrieben hat. Wären die Umstände für uns alle anders gewesen, hätten Zack und ich im Doppelpack unseren Müttern graue Haare beschert, davon bin ich überzeugt.«

Hagen schwieg, als würde er über meine Antwort nachdenken.

Als wir schließlich in seinem Auto saßen, wirkte er immer noch grüblerisch.

Kaum hatte er die Tür auf der Fahrerseite geschlossen, sagte er: »Warum bist du nie mit Zack zusammengekommen? Die Chemie zwischen euch lässt sich nicht übersehen. Verdammt, auch mit Pierce hast du eine Vergangenheit.«

Naserümpfend runzelte ich die Stirn. »Es gibt unzählige Gründe, warum ich sie nicht anziehend finde.«

»Nenn sie mir.«

»Das ist jetzt ein Scherz, oder?«

»Du hast gerade gesagt, Zack und du hätten unseren Müttern im Doppelpack das Leben schwer gemacht.«

Hagen umklammerte das Lenkrad. Oh Mann. Er war ernsthaft eifersüchtig auf seinen Bruder. Für einen so selbstbewussten Mann schien er sich seiner Attraktivität ziemlich unsicher zu sein.

Ich seufzte tief. »Hagen. Sie sind einfach nicht du.«

Das Lodern in seinen Augen ließ nach.

»Komm her.«

Ich sah mich um. »Was meinst du? Auf deinen Schoß?«

Er nickte und drückte den Knopf, um seinen Sitz bis zum Anschlag nach hinten zu kippen.

»Aber ich hab einen Rock an.«

»Ich weiß.«

»Hier sind überall Kameras. Mein Bruder muss nicht sehen, wie ich auf dem Schoß seines Chefs reite.«

»Zack hat ihn wahrscheinlich in ein Gespräch über irgendeine neue Sicherheitssoftware verstrickt, die Adrian für ihn entwickelt.«

Zack war berüchtigt dafür, aus jedem Tag das Maximum an Arbeit herauszuholen.

»Na schön.« Ich kletterte über die Mittelkonsole und platzierte die Beine zu beiden Seiten seiner Oberschenkel, während ich mich dabei an seinen Schultern abstützte. »Was jetzt?«

Seine Hände schoben sich unter meinen Rock, über meine Hüften und zu meinen Pobacken. Er rieb seine harte Länge am bereits durchnässten Schritt meiner Unterwäsche.

»Hagen«, stieß ich japsend hervor und stöhnte, als sein Daumen nach vorn wanderte und meinen Kitzler streifte.

»Ich will dich hier ficken. Auf der Stelle. Ich will das Ding zerreißen, von dem du weißt, dass du es gar nicht tragen solltest. Und ich will mich tief genug in dir vergraben, um dich dauerhaft zu zeichnen. Ich will es dir so hart besorgen, dass danach jeder weiß, wem du gehörst.«

Das wollte ich auch.

»Ja. Was immer du willst, Hagen.«

»Aber da ich weiß, dass du von unseren frühmorgendlichen Eskapaden noch wund bist, müssen wir uns mit ein bisschen Vorspiel begnügen.«

Unwillkürlich verspürte ich Enttäuschung. Nur zu gern hätte ich ihn in meiner sehnsüchtigen Pussy gehabt. Aber er hatte recht. Ich brauchte etwas Erholungszeit. Von null Sex auf vier- bis fünfmal täglich zu kommen, bedurfte etwas Eingewöhnung.

»Was soll das heißen?«, fragte ich.

»Es heißt, dass ich dich nicht ficken werde. Aber ich werde dich dermaßen aufgeilen, dass du bei der kleinsten Berührung kommst.«

»Okay.«

»Ich möchte, dass du damit anfängst, deine hübsche Muschi am Saum meiner Hose auf und ab gleiten zu lassen.«

Ich befolgte seine Anweisung und rieb meine mit einem Stringtanga bekleidete Spalte über die Nähte seiner Jeans. Meine empfindliche Lustperle schmerzte, als ich noch feuchter wurde.

»Jetzt will ich, dass du dich so über meinen harten Schwanz bewegst, als würdest du mich reiten.«

Ich verlagerte die Hüften, rieb meine feuchte Hitze an Hagen und ahmte nach, wie ich mich an ihm bewegt hätte, wenn keine Barrieren aus Stoff zwischen uns gewesen wären.

Plötzlich entflammte das vertraute Kribbeln, das ich jedes Mal erlebte, wenn ich mit Hagen zusammen war, und mein Körper übernahm die Kontrolle. Ich wippte auf seiner prallen, dicken Länge, bis ich zerbarst, mich aufbäumte, aufschrie und so heftig kam, dass ich dachte, ich würde die Besinnung verlieren.

»Hagen. Oh Gott, Hagen«, stieß ich hervor und starrte in seine Augen.

»Das war wunderschön.« Hagens Worte klangen belegt und strotzten vor Verlangen.

Mein Gesicht fühlte sich gerötet an, mein Herzschlag ging unregelmäßig, während ich langsam von meinem Höhenflug zurück zur Erde schwebte.

Ohne nachzudenken, fasste ich zwischen uns, bis sich meine Hand um seinen Gürtel schloss. Als ich das Leder durch die Schlaufen ziehen wollte, bremste Hagen mich.

»Was machst du da?«

Ich bedachte ihn mit einem verruchten Grinsen. »Vorspiel.«

»Ich werde dich nicht ficken.«

»Ich weiß.«

Nachdem ich sein bestes Stück befreit hatte, ließ ich die Hand an seiner harten, mächtigen Länge auf und ab gleiten.

»Starlight.« Er sprach meinen Namen aus, als wäre er ein Gebet. Was mir einen wohligen Schauder über den Rücken laufen ließ.

Ich küsste ihn, ergriff seine Hände und zog sie unter mein Shirt, legte sie auf meine Brüste. »Ich will was versuchen, worüber ich in einem Buch gelesen habe.«

Er kniff mich in die Brustwarzen, und mein Innerstes spannte sich an. »Und was?«

»Etwas Ähnliches wie das gerade eben. Aber diesmal will ich, dass wir beide kommen, indem du zwischen meinen Lippen gleitest – ohne etwas zwischen uns.«

Für den Bruchteil einer Sekunde dachte ich, er würde ablehnen, dann jedoch grinste er. »Zeig es mir.«

Beim sinnlichen Lodern in seinen blauen Augen kam Nervosität in mir auf. Immerhin hatte ich keine Ahnung, was ich da tat. Es war offensichtlich, dass er mir gerade die Zügel überlassen hatte. Gott, ich hoffte, was in dem Liebesroman stand, würde sich als richtig erweisen.

Ich schob meinen Tanga zur Seite, packte Hagens pralle Härte und brachte sie an meinen Schamlippen in Position. Dann wogte ich mit den Hüften, um daran entlangzugleiten und ihn mit den Säften meiner Erregung zu beschichten.

Das Gefühl war berauschend, als er mitmachte, sich vor und zurück bewegte. Es war, als hätte ich die Kontrolle, gleichzeitig aber auch nicht. Und an der benommenen Seligkeit in Hagens Zügen erkannte ich, dass auch er das noch nie gemacht hatte.

Den Gedanken begleitete ein Anflug von Selbstsicherheit, womit ich nicht gerechnet hatte. Er war der Erfahrene. Der Mann mit einer Unzahl von Geliebten und Eroberungen. Und dennoch bescherte *ich* ihm gerade etwas, das er noch nicht kannte.

Je mehr ich mich bewegte, desto mehr wuchs das Verlangen in mir. Bald übernahm mein Körper wieder die Kontrolle und verstärkte die rotierenden Bewegungen an ihm. Ich warf den Kopf zurück und spürte, wie sich ein weiterer Orgasmus anbahnte. Gleichzeitig drang ein tiefer, kehliger Laut von Hagens Lippen.

»Ich bin so kurz davor. Fuck. Das ist so geil. Ich weiß nicht, wie lange ich noch durchhalte.«

Hagen ließ den Daumen über meine Lustperle streichen, und ich explodierte. Ekstase schwappte durch meinen Körper. Ich bäumte mich auf und presste mich härter an ihn. Meine Fingernägel bohrten sich in seine Schultern, während ich den Orgasmus voll auskostete.

Als Nächstes bekam ich mit, dass Hagen mich hochhob, seine pulsierende Erektion an meiner Pforte in Position brachte – und kam, sich mit einem heißen Strahl in mich ergoss. Er hielt mich über sich, bis er den letzten Rest seiner Entladung in mich gepumpt hatte.

11

Hagen

»Was jetzt?«, fragte Starlight, während sie sich an meinen Hals schmiegte.

»Das war dein Plan, schon vergessen?«, erinnerte ich sie.

Diese Frau hatte meine Welt erschüttert. Ihre Unschuld und ihr Erkundungsdrang warfen mich aus der Bahn. Von Sex in der Öffentlichkeit hatte ich nie etwas gehalten. Das war bisher eine unumstößliche Regel.

Und nun war ich vor mindestens einem Dutzend Kameras und zwei Leuten gekommen, die uns in diesem Moment wahrscheinlich am liebsten umbringen wollten.

Eigentlich sollte ich Starlight erzählen, was ich über das Testament erfahren hatte. Stattdessen verzehrten mich eine Eifersucht und ein Verlangen, wie ich sie noch bei keiner anderen Frau erlebt hatte.

»Hagen?« Sie hob den Kopf von meiner Schulter. »Warum bist du in mir gekommen? Wolltest du mich wie ein Höhlenmensch markieren?«

»Ja«, antwortete ich ehrlich, bevor mir etwas anderes einfiel.

Ich wollte jeden Quadratzentimeter von ihr innen und außen markieren. Jeder Mann im Umkreis von dreißig Metern sollte wissen, dass sie mir gehörte.

Ich wollte sie für immer. Sie sollte die Mutter meiner Kinder werden. Ich wollte sie ... Scheiße, was zur Hölle dachte ich mir eigentlich?

Diese Frau ließ mich zu viel empfinden, und dabei hatten wir gerade erst angefangen. Ich musste mich in den Griff bekommen.

»Und?«

»Und was?«, fragte ich und hoffte, die Kälte meines Tons würde meinen Verstand wieder in Ordnung bringen. »Du bist meine Frau. Ich kann dich mit meiner Sahne markieren, wo, wann und wie ich will.« Ich schloss die Augen und lehnte mich an die Kopfstütze des Sitzes zurück.

»Aha. Okay.« Sie rutschte von mir und kehrte auf den Beifahrersitz zurück. »Du hast mir gezeigt, wo mein Platz ist. Ich gehöre dir, bis du genug von mir hast. Das hast du eh von Anfang an gesagt, nicht wahr?«

Sofort bereute ich meine Worte, sowohl jene vor ein paar Wochen als auch die von gerade eben. Ich klang wie ein Arschloch. Sie war mehr für mich, als sie je ahnen konnte.

»Starlight.«

Sie weigerte sich, mich anzusehen, während sie ihre Kleidung zurechtzupfte. Ihr Gesichtsausdruck wirkte gekränkt, und in ihren wunderschönen grünen Augen schimmerten Tränen.

»Es tut mir leid. Ich hab's nicht so gemeint.«

»Spielt keine Rolle. Sag mir einfach, worüber du mit mir reden wolltest, damit ich wieder an die Arbeit kann.« Sie verschränkte fest die Arme vor der Brust und nahm steife Haltung ein.

»Es tut mir leid«, wiederholte ich.

»Und ich hab gesagt, es spielt keine Rolle. Wir treiben es wie vereinbart, du hilfst mir, Daras Beteiligung an Papas Tod zu beweisen, und dann kannst du zu deiner nächsten kurzfristigen Eroberung weiterziehen.«

»Verdammt noch mal. So ist es zwischen uns nicht. War es nie und wird nie sein.« Ich vermasselte es völlig.

»Was du nicht sagst.« Sie drehte den Körper von mir weg.

Ich lege die Hände auf ihre Hüften und wollte sie zurück zu mir drehen. Damit handelte ich mir ein, dass sie mich schubste. »Sieh mich an, Süße.«

Mit einem resignierten Seufzen sagte sie: »Ich bin nicht wie deine anderen Frauen. Ich kenne die Regeln nicht. Es ist wohl besser, wenn wir es beenden, bevor ich zu tief hineinschlittere und verletzt werde.«

Bevor ich etwas erwidern konnte, öffnete sie die Autotür und stieg aus. Was zum …

Ich sprang hinaus und stapfte an ihr vorbei, um ihr den Weg zurück zur Lagerhalle zu versperren. Finster schaute sie zu mir hoch und begann, mit dem Fuß zu klopfen.

»Geh mir aus dem Weg, Hagen. Sonst trete ich dir in den Arsch, auch wenn du über einen Kopf größer bist als ich.«

Es war wohl nicht der richtige Zeitpunkt, um ihr zu sagen,

dass ich nur zu gern gesehen hätte, wie sie es versuchte. »Wir beenden es nicht. Ich hab Mist gebaut, war ein Arsch.«

»Warum?«

Ich zögerte, fuhr mir mit der Hand durchs Haar und beschloss, es ihr zu erklären. »Weil du mich Dinge fühlen, Dinge wollen lässt. Ich hab keine Ahnung, wie ich damit umgehen soll. In solchen Fällen ist mein erster Instinkt immer, meine Emotionen abzuschalten. Das ist auch für mich Neuland.«

»Oh.« Ihre Wut legte sich, die Verbissenheit ihrer Kieferpartie lockerte sich. »Und was sind wir jetzt? Ja, ich weiß, wir sind erst seit ein paar Wochen zusammen. Aber ich muss das irgendwie verarbeiten.«

Ich trat auf sie zu. »Wir sind Starlight und Hagen.«

»Und das bedeutet was genau?«

»Dass wir ein Paar sind.«

»Wie lange?«

Für immer, wollte ich sagen. Aber das hätte ihr höchstwahrscheinlich eine Heidenangst eingejagt. Also antwortete ich stattdessen: »Bis du entscheidest, dass es vorbei ist.«

Sie runzelte die Stirn. »Ich mein's ernst.«

»Ich auch. Wenn es zu einer Trennung kommt, dann geht sie von dir aus. Und nur der Ordnung halber: Das zwischen uns läuft schon seit über einem Jahrzehnt. Anderen an die Wäsche zu gehen, war nur die Überbrückung bis zu unserer intimeren Beziehung.«

Starlight schwieg, während sich in ihrem Gesicht verschiedene Emotionen abwechselten. Sie *wollte* mir glauben, blieb jedoch unsicher.

»Starlight, hast du gehört, was ich gesagt habe?«

»Ich wünschte, du würdest aufhören, mich so zu nennen. Ich hasse meinen zweiten Vornamen.«

»Ich weiß – deshalb gefällt er mir so. Niemand außer mir benutzt ihn.«

Sie verdrehte die Augen, als ich den Arm um ihre Taille schlang und sie zu mir zog.

»Verzeihst du mir, dass ich ein Idiot bin?«

»Denke schon. Nur kann ich mit abwechselnd warm und kalt nicht gut umgehen. Mag sein, dass ich nach außen wie ein Mauerblümchen wirke, aber das bin ich nicht. Schon gar nicht bei Leuten, die mich gut kennen. Du bist entweder drin oder draußen.«

»Ich bin definitiv drin. Nur kann ich nicht garantieren, dass ich nicht wieder Mist baue. In einer Beziehung zu sein, ist für mich genauso neu wie für dich.«

»Also ist das zwischen uns eine Beziehung? Heißt das, wir treffen uns nicht mit anderen?«

Eine Falte bildete sich zwischen meinen Brauen. Die Vorstellung, andere Frauen auch nur zu berühren, nachdem ich eine Kostprobe von Starlight bekommen hatte, empfand ich als regelrecht abstoßend. »Heißt es. Als ich gesagt habe, dass du meine Frau bist, habe ich es auch so gemeint. Egal, was die Öffentlichkeit glaubt, ich hatte nie mehr als eine Geliebte gleichzeitig. Verdammt, mit den meisten Ex-Freundinnen habe ich immer noch ein freundschaftliches Verhältnis.«

»Okay. Gut zu wissen.«

Was sollte das bedeuten? Vielleicht hätte ich meine Ex-Freundinnen lieber nicht erwähnen sollen.

Ich hatte vorher noch nie in meinem Leben das Gefühl gehabt, keinen Schimmer zu haben, was zum Teufel ich tat. Es war, als wäre ich wieder ein Teenager, der herauszufinden versucht, wie man mit einem Mädchen zusammen ist, kein Zweiunddreißigjähriger mit jahrelanger Erfahrung.

Starlight schwieg einige Augenblicke, und als wir den Eingang zur Lagerhalle erreichten, sagte sie: »Hagen, kann ich dir eine ernste Frage stellen?«

Das klang nicht gut. »Klar.«

»Warum förderst du dein negatives Image? Du bist überhaupt nicht so, wie alle glauben. Wäre es so schlimm, wenn alle den anständigen, fürsorglichen Mann zu sehen bekämen?«

Ich nahm ihr Gesicht in die Hände. »Die Welt sieht, was sie sehen will. Das kann ich nicht ändern. Außerdem spielt meine Vergangenheit in meinen Ruf hinein. Das meiste, was man mir vorwirft, habe ich getan. Du bist diejenige, die diese Dunkelheit in mir nicht sieht.«

»Oder ich bin diejenige, der du den wahren Mann hinter der Fassade zeigst.« Sie zog die Tür zur Lagerhalle auf. »Da du und Zack in mein geheimes Versteck geplatzt seid, zeige ich euch mal, wie es bei PSK läuft und welche herrische Seite Persephone Kipos besitzt.«

»Herrisch? Das muss ich sehen.«

Hagen

DIE NÄCHSTE STUNDE lang verging mir Hören und Sehen. Starlight erwies sich als definitiv herrisch. Keine Spur vom unscheinbaren Mauerblümchen. In geschäftlicher Hinsicht glich sie einem Ausbilder bei der Armee. Wenn sie eine Frage stellte, wollte sie Antworten. Wenn sie mit einer Vertriebsvereinbarung nicht zufrieden war, erwartete sie Neuverhandlungen.

Einen Moment lang dachte ich, der Leiter ihrer Abfüllung würde sich in die Hose machen, als Starlight erfuhr, dass er den Lieferanten der Flaschen gewechselt hatte, die sie für Firewater bevorzugte. Genial fand ich, dass sie Wissenschaft und das Argument der Geschmacksveränderung gegen die Verwendung der »suboptimalen Flaschen« anführte, wie sie es ausdrückte.

Sogar Zack zeigte sich beeindruckt davon, diese Seite von ihr kennenzulernen. Sie mochte ein kleineres Imperium leiten als er, aber sie tat es mehr als effizient.

Starlight kannte ihr Geschäft in- und auswendig. Das erklärte auch ihren doppelten Abschluss in Betriebswirtschaft und Chemie. Für mich wurde offensichtlich, dass Kipos International nie ihr Traum gewesen war. Sie kämpfte nur für Adrian so verbissen um die Rettung des Konzerns.

In Hinblick auf Kipos verkörperte ihr Bruder den Katalysator für alles, was Starlight tat. Für ihn hatte sie Daras unterdrückendes, manipulatives Verhalten ertragen, statt die Stadt zu verlassen und nie zurückzuschauen.

Sie brauchte die Firma ihres Vaters nicht, um zu überleben. Mit dem von ihrer Mutter geerbten Vermögen wäre sie für den Rest ihres Lebens gut versorgt. Ganz zu schweigen davon, was sie erhalten hatte, als ihr Großvater mütterlicherseits sein indisches Schifffahrtsimperium verkauft hatte.

Die Tatsache, dass sie ihr Vermögen abgesehen von Anfangsinvestitionen in PSK Distilleries kaum angerührt hatte, fand ich bemerkenswert. Sie könnte es sich locker leisten, sich wie andere reiche Erbinnen aufzuführen, indem sie sich die Zeit mit Trinken und Shoppen vertriebe und eine völlige Verschwendung von kostbarer Atemluft wäre. Stattdessen hatte sie entschieden, etwas Produktives aus ihrem Leben zu machen.

Wie alles andere hatte ich auch ihre finanzielle Situation im Auge behalten. Wäre das Geld nicht in einem Treuhandfonds gebunden gewesen, hätte ich es Dara durchaus zugetraut, jeden Cent davon zu verprassen.

Eines Tages würde ich Starlight beichten müssen, was ich getan hatte. Ich hoffte nur, sie würde nicht ausflippen. Schließlich wollte ich sie nur beschützen.

Aber wem wollte ich etwas vormachen? Sie würde *total* ausrasten.

»Worüber denkst du so angestrengt nach?«, fragte Starlight, als sie mit ihrem Rucksack über einer Schulter aus dem Labor kam.

»Du hast hier einen bemerkenswerten Betrieb. Ich bin mir nicht sicher, ob ich dich dafür bewundern soll, dass du in den letzten Jahren zwei energieraubende Vollzeitjobs hattest, oder ob ich überprüfen soll, ob du ein Roboter bist.«

Sie stellte den Rucksack ein Stück vor meinen Füßen auf den Boden und lächelte zu mir hoch. »Ich glaube, Mr. Lykaios, Sie haben schon alles von mir gesehen. Bin ich eine Frau oder ein Roboter?«

»Eindeutig eine Frau.« Ich packte sie an der Taille und zog sie zu mir, hielt aber inne, als Zack und Adrian hereinkamen.

Adrian bedachte mich mit einem irritierten Blick und schnappte sich seinen eigenen Rucksack. »Zack sagt, wir vier müssen reden. Wenn du damit fertig bist, meine Schwester zu begrapschen, schlage ich vor, wir brechen zu Zacks Penthouse im *Aegis* auf. Dort ist es sicher. Und wenn wir fertig sind, kann ich im Sicherheitsbüro noch ein paar Arbeiten prüfen, bevor ich zurück ins Studentenwohnheim fahre.«

Starlight löste sich aus meinem Griff. »Lass mich rausfinden, was er hat.«

Sie hängte sich bei Adrian an, und die beiden begannen ein angeregtes Gespräch.

Zack näherte sich mir und schüttelte den Kopf.

»Was ist?«

»Du solltest nächstes Mal darauf achten, dass die Kameras nicht direkt auf dein Auto gerichtet sind. Adrian hat erst noch von der neuen Software geschwärmt, die er für dich entwickelt hat, und auf einmal wollte er dir am liebsten in den Arsch treten. Kein Bruder will sehen, wie seine Schwester die Hände eines Kerls unter ihr Shirt schiebt, während sie rittlings auf dem Kerl sitzt.«

»Sie ist auf mich draufgeklettert. Ich hab nur Anweisungen befolgt.« Ich konnte mir ein Grinsen nicht verkneifen.

»Sie ist keine Frau für was Kurzfristiges, Hagen. Wie sehen deine Pläne in Hinblick auf sie aus?«

Meine gute Laune verpuffte, und ich knirschte mit den Zähnen. Nur zu gern hätte ich ihm gesagt, dass es ihn nichts anging. Aber er verdiente eine Antwort. Starlight bedeutete ihm etwas.

»Vielleicht verdiene ich jemanden wie sie nicht, aber ich bin mir nicht sicher, ob ich sie wieder gehen lassen kann.«

»Und warum verdienst du sie nicht?«

»Willst du mich verarschen? Meine Hände sind dreckig. Ganz gleich, wie sehr ich mich endgültig von allem lösen will, was irgendwie mit Dracos Geschäften zu tun hat, ich werde immer in seiner Schuld stehen. Es gibt für mich kein Reinwaschen von meiner Vergangenheit, und sie braucht einen Mann ohne mein Gepäck.«

»Hör zu. Es ist dein Leben, aber Penny scheint mir nicht der Typ zu sein, der sich davon abschrecken lässt. Ich hab so das Gefühl, dass sie vorhat, dich zu behalten.«

12

Penny

EINE STUNDE später trafen wir im *Aegis* ein, Zacks größter Immobilie in Las Vegas. Mir blieb gerade mal die Zeit, die wir zu den privaten Aufzügen brauchten, um die Opulenz des Hotels und des Casinos auf mich wirken zu lassen. Während sich das *Ida* durch klare Linien mit vereinzelten Farbakzenten auszeichnete, bestach das *Aegis* durch sattere Farben in dunklen Schattierungen und vermittelte ein Flair von Dekadenz. Es war die erste Mega-Anlage, die Zack nach seinem Ausstieg aus der Welt des Glücksspiels und seinem Einstieg in die Immobilienbranche entwickelt hatte.

»Wir treffen uns oben«, sagte Zack. »Ich suche Pierce. Er sollte bei dem Gespräch dabei sein.«

Hagen nickte und drückte den Rufknopf für den Aufzug. Unangenehme Stille breitete sich aus.

Hagens Hand streifte mein Kreuz, als ich in die Kabine stieg, was Adrian ein Stirnrunzeln entlockte.

»Was ist jetzt wieder los mit dir? Ich dachte, das hätten wir in der Lagerhalle geklärt.« Mürrisch starrte ich Adrian an.

»Nichts.« Er verschränkte die Arme vor der Brust und lehnte sich an die Wand.

»Offensichtlich ist sehr wohl etwas, und es hat mit Hagen und mir zu tun. Was immer du noch zu sagen hast, raus damit.«

Ich hatte gedacht, mein Gespräch mit Adrian im Lager hätte sein Problem damit gelöst, dass er Hagen und mich beim Rummachen im Auto ertappt hatte. Ich konnte nachvollziehen, dass niemand Geschwister dabei sehen wollte. Deshalb hatte ich mich auch bei ihm entschuldigt. Aber er schien immer noch nicht darüber hinweg zu sein.

»Nicht jetzt, Penny.«

Plötzlich ging ein Ruck durch den Aufzug, als Hagen die Stopp-Taste am Bedienfeld drückte.

»Offensichtlich hast du mir was zu sagen.«

Adrian fuhr sich frustriert mit der Hand durch die Haare. »Vergiss es.«

Sein schmollender Gesichtsausdruck führte mir vor Augen, wie jung er noch war, ganz gleich, wie reif er zu sein schien. Wir beide hatten immer ein Gespann gegen den Rest der Welt gebildet.

»Nein. Wenn du ein Problem mit mir hast, will ich es hören.« Hagen lehnte sich mit dem Rücken an die gegenüberliegende Kabinenwand und zog mich an sich. »Wir können den ganzen Tag hier warten.«

»Na schön. Als ich dich gebeten habe, ihr eine Unterkunft

zu besorgen, hab ich nicht damit gerechnet, dass ihr gleich zusammenziehen würdet.«

»Das war ihre Entscheidung. Dabei hatte ich ehrlich nichts mitzureden. Tatsächlich hab ich versucht, sie davon abzubringen.«

»Stimmt das?« Adrian richtete die Aufmerksamkeit auf mich und fügte hinzu: »Ich werd's merken, wenn du lügst.«

»Er hat mir die Wahl gelassen, in ein Apartment in einer anderen Etage zu ziehen oder seines mit ihm zu teilen. Ich habe mich für seines entschieden.« Damit verschränkte ich die Arme zur selben defensiven Haltung wie Adrian. »Außerdem: Hast nicht du gesagt, ich soll dem Verlangen nachgeben, dass ich schon so lange hatte?«

Adrians Augen wurden groß, und sein Gesicht rötete sich vor Verlegenheit. »Penny, Herrgott noch mal.«

Hagen sah mich mit hochgezogener Augenbraue an. Als sich seine Mundwinkel leicht krümmten, verspürte ich ein Flattern im Bauch.

Hagens Aufmerksamkeit schwenkte zurück zu Adrian. »Jetzt sag schon, wo der Schuh wirklich drückt. Wie gesagt, wir können den ganzen Tag hier drin warten.«

»Mir ist schon klar, dass ihr Sex habt, aber echt jetzt, sie ist meine Schwester, Mann. Ich will nicht sehen, wie du sie befummelst.«

Als ich den Mund öffnete, um zu wiederholen, dass es meine Schuld war, drückte Hagen meinen Po, womit er mir zu verstehen gab, ich sollte schweigen.

»Verstanden. Wir halten es in der Öffentlichkeit jugendfrei. Sonst noch was?«

»Wenn du sie in irgendeiner Weise verletzt, sorge ich

dafür, dass die gesamte Sicherheitsinfrastruktur jeder Tochtergesellschaft von HPZ Holdings innerhalb von Sekunden zusammenbricht. Ich hab vielleicht nicht die Muskeln, aber den Verstand, um dich fertig zu machen.«

Seine entschlossene Kieferpartie und sein herausfordernder Blick versetzten mir einen Stich im Herzen.

»Wie ich zu deiner Schwester schon gesagt habe, nur sie hat die Macht, das zwischen uns zu beenden. So wie ich das sehe, hat sie mich in der Hand.«

Ich drehte den Kopf und sah Hagen über die Schulter an. »Tatsächlich?«

»Auf jeden Fall.«

Sein eindringlicher Blick ließ die Schmetterlinge in meinem Bauch wild mit den Flügeln schlagen.

Adrian unterbrach uns mit den Worten: »Mir bereitet Sorgen, dass ihr zwei es zu schnell angeht. Wie lange ist es her, so um die achtundvierzig Stunden?«

Der sarkastische Unterton in seiner Stimme weckte in mir den Drang, ihn zu schlagen. Aber ich wusste, dass er von Besorgnis herrührte, also ließ ich es gut sein.

»Drei Wochen. Aber meiner Einschätzung nach hat es sich über Jahre angebahnt.« Hagen starrte mich weiter an. »Wir haben uns nur von den Umständen zum Handeln verleiten lassen.«

Bevor Adrian etwas darauf erwidern konnte, setzte sich der Aufzug unverhofft in Bewegung, und Zacks Stimme ertönte aus dem Lautsprecher am Bedienfeld. »He, ihr Penner, verlegt die Diskussion gefälligst ins Penthouse. Den Aufzug brauchen auch andere.«

Penny

FÜNFZEHN MINUTEN später saß ich neben Adrian auf der Couch in Zacks palastartigem Wohnzimmer. Er bewohnte die beiden obersten Stockwerke des *Aegis*. Das Wohnzimmer, die Terrasse und die Küche nahmen die gesamte untere Etage ein. Ganz gleich, wo man sich aufhielt, man hatte immer eine Aussicht auf den Strip.

Wie bei Hagen zu Hause beherrschten schlichte, klare Farben und Gestaltung die Umgebung. Der Ort strahlte Reichtum aus, aber auf unaufdringliche Weise. Ein krasser Gegensatz zu dem Hotel unter uns mit seinem dekadenten Flair.

Hagen kam auf mich zu, reichte mir ein Glas Wein und nahm auf meiner anderen Seite Platz. »Zack, übernimmst du das oder soll ich?«

»Nur zu.« Zack lehnte an der Bar aus Marmor nahe seiner Küche und nippte an seinem Drink.

»Hat einer von euch das Testament eures Vaters gelesen? Das kurz vor seinem Tod aufgesetzt wurde?«

Ich runzelte die Stirn. »Ich habe eine Kopie des Testaments, und es wurde kurz nach Adrians Geburt aufgesetzt. Es gibt kein anderes.«

Pierce und Hagen wechselten einen Blick.

»Von wem hast du deine Kopie?« Pierce öffnete einen Ordner und legte ihn vor Adrian und mir auf den Tisch.

»Vom Familienanwalt, Trey Ritchman. Er war schon für die Familie tätig, bevor ich geboren wurde.« Ich hatte den Mann nie gemocht. Er hatte mich immer an einen schmierigen Gebrauchtwagenverkäufer erinnert. Außerdem schien er sich nach Daras Erscheinen auf der Bühne entschieden zu sehr um ihre rechtlichen Bedürfnisse zu kümmern.

Würde er uns eine andere Fassung des Testaments vorenthalten? Ja, würde er.

»Euer Vater hat dieses hier von einer anderen Kanzlei erstellen lassen. Und Dara wollte nicht, dass ihr davon erfahrt, davon sind wir überzeugt.«

Adrian ergriff die Unterlagen und begann, sie zu lesen. Sein Gesicht lief hochrot an, und eine Ader auf seiner Stirn begann zu pulsieren.

»Adrian? Was ist?« Ich berührte ihn am Arm, aber eine lange Weile schwieg er.

»Falls ich noch irgendwelche Zweifel hatte, sind sie damit endgültig ausgeräumt. Sie hat Papa umbringen lassen.«

»Was?« Ich wollte ihm die Unterlagen aus der Hand nehmen, aber er entzog sie meinem Griff und las weiter.

»Papa hat sie im Wesentlichen aus seinem Testament gestrichen«, fuhr er fort. »Sobald ich einundzwanzig werde, behält sie nur dann etwas, wenn ...«

»Wenn Kipos verkauft wird«, beendete ich den Satz.

»Woher weißt du das?«, fragte Zack und setzte sich auf den Sessel mir gegenüber.

»Weil der Finanzchef von PSK das Angebot erhalten hat, Stammaktien oder Kipos insgesamt zu kaufen.«

»Wag es ja nicht, Penny«, befahl Adrian. »Ich lasse nicht

zu, dass du dein Erbe für ein Unternehmen ausgibst, das
keiner von uns beiden will.«

Resigniert seufzte ich, bevor ich gestand: »Ich will nicht
lügen. Ich hab mit dem Gedanken gespielt. Aber selbst mit
dem Geld von meinem Großvater hätte ich nicht genug
Kapital für den Kauf.«

»Warum hast du nichts gesagt?«

»Adrian, ich bin mir nicht sicher, ob dir das klar ist, aber
die Motivation deiner Schwester für so ziemlich alles, was sie
tut, bist *du*.« Hagen strich mit den Fingern meinen Rücken
rauf und runter.

»Penny, du musst mich nicht bemuttern. Ich bin ein
erwachsener Mann. Wenn ich arbeiten muss wie der Rest der
Welt, dann mache ich das.«

»Verdammt noch mal.« Mein Temperament flammte auf.
»Ich hab auf dich aufgepasst, seit du ein Baby warst, und auf
einmal soll ich völlig loslassen? Wie soll ich das schaffen?
Kipos ist dein Erbe.«

»Ein Erbe, das ich nicht will«, konterte er und strahlte
dabei in Wellen spürbare Verärgerung aus. »Soll sie das Geld
ruhig haben. Sie wird innerhalb weniger Jahre alles
verprassen. Dann muss sie eine andere Möglichkeit finden,
ihren Lebensstil zu finanzieren.«

»Für dich wär's also in Ordnung, wenn Dara gewinnt?
Wenn sie alles einsackt?«

»Nein, ich sage nur, soll sie doch versuchen, die Aktien zu
verkaufen. Das war von Anfang an der Plan. Ein Verkauf kann
sowieso nur zustande kommen, wenn du zustimmst. Laut
Testament muss ein blutsverwandter Erbe von Kipos jede
größere Transaktion des Unternehmens unterschreiben und

genehmigen. Dazu gehören Fusionen, Stammaktienverkäufe, Großaufträge und ein vollständiger Verkauf.«

»Das bringt uns zum nächsten Punkt der Diskussion«, warf Hagen ein, stand auf und ging zur Bar, um sich einen weiteren Drink zu holen. »Du bist jetzt Daras Zielscheibe Nummer eins.«

»Und das bedeutet?«

Hagen zögerte, mir zu antworten. »Der *Oyabun* hat mir heute mitgeteilt, dass einige seiner Kontakte ungewöhnlich interessiert an dir sind. In seiner Welt bedeutet das, Dara hat ein Kopfgeld auf dich ausgesetzt, wenn du ihren Plänen für den Konzern nicht zustimmst. Zum Glück für dich und mein Seelenheil betrachtet Draco Jackson dich als Enkelin und hat verlautbaren lassen, dass er sich jeden vornimmt, der dich auch nur anfasst.«

Ich legte den Kopf schief und musterte ihn. »Ist das dein Ernst?« So wahnsinnig konnte Dara nicht sein.

Aber wem wollte ich etwas vormachen? Die Frau hatte ein ultimatives Ziel, und das bestand in Millionen Dollar auf ihrem Bankkonto. Ich verkörperte dabei ein Hindernis, und sie würde nicht zögern, mich aus dem Weg zu räumen.

»Ja«, antwortete Zack. »Aber Dracos Schutz bedeutet nicht, dass du in Sicherheit bist.«

»Und was heißt das jetzt wieder? Soll ich Tag und Nacht mit einem Bodyguard herumlaufen? Wenn das die Lösung ist, dann sage ich, sie kommt nicht in Frage. Ich weiß, dass Hagen mich beschatten lässt. Das sollte reichen.«

Pierce stupste Hagen in der Schulter, als er sich neben ihn stellte. »Ich hab doch gesagt, sie ist clever. Dein Mann ist nicht so gut, wie du gedacht hast.«

»Dann beauftrage ich jemand anderen. Sie hat die schlechte Angewohnheit, sich in potenziell gefährliche Situationen zu begeben. Ich will sie in Sicherheit wissen. Wenn sie nicht bei einem von uns ist, muss sie ständig unser Team um sich haben.«

»Irgendwie hab ich das Gefühl, sie weiß schon, wie sie auf sich aufpasst.« Pierce grinste in meine Richtung.

»*Sie* ist anwesend.« Ich stapfte hinüber und bedachte die beiden Brüder mit einem finsteren Blick. »*Sie* braucht eure Gruppe großer, muskelbepackter Kerle nicht, um sie zu beschützen.«

»Starlight, stell mich nicht auf die Probe«, warnte Hagen. »Du hast für mich höchste Priorität, und nichts wird mich davon abhalten, dich zu beschützen.«

Ich ignorierte seine Worte und pikte ihn mit einem Finger in die Brust. »Nur damit du Bescheid weißt: Wann immer ich geschäftlich im Ausland unterwegs bin, habe ich Bodyguards dabei, die meine Sicherheit gewährleisten. Glaubst du ernsthaft, ich würde in die Dschungel Asiens reisen, um eine seltene Pflanze zu suchen, ohne Sicherheitsvorkehrungen zu treffen?«

Hagen ergriff meine Hand und drückte sie an seine Brust. Die Wärme, die von seinem Körper ausging, fand ich ablenkend.

»Das kann nicht dein Ernst sein. Die Frauen, die du bei solchen Gelegenheiten bei dir hast, sind genauso klein wie du. Was zur Hölle sollen sie schon ausrichten? Mit ihren Nagelfeilen auf Angreifer einstechen und sie mit ihren Designerhandtaschen schlagen?«

»Äh, Hagen.« Adrian schaute zwischen ihm und mir hin

und her und seufzte gedehnt. »In deinem eigenen Interesse und auf die Gefahr hin, meine Schwester noch mehr zu verärgern, würde ich an deiner Stelle die Klappe halten.«

»Nein, lass ihn weiterreden.« Ich versuchte, mich ruckartig aus Hagens Griff zu befreien, aber er rührte sich nicht. »Komm diesem überdimensionierten chauvinistischen Arsch nicht auch noch zu Hilfe. Diese Frauen gehören zu einigen der besten Personenschutzagenturen der Welt. Ihre Größe sagt gar nichts. Jede von ihnen könnte dich fertig machen, bevor du wüsstest, wie dir geschieht.«

Dann setzte ich ohne Vorwarnung einen der Tricks ein, die ich von Ameera gelernt hatte, einer Mitarbeiterin einer im Untergrund agierenden Menschenrechtsorganisation. Ich ließ mich fallen, drehte mich dabei leicht und warf Hagen über mich hinweg auf den Boden.

Völlige Stille kehrte ein.

»Willst du mir noch mal erklären, dass kleine Frauen sich nicht wehren können?« Ich rückte mein zerknittertes Shirt zurecht.

Hagen lag auf dem Boden und starrte mich an, als wäre mir ein hässlicher zweiter Kopf gewachsen. Sein Gesicht hatte sich gerötet, und wenn ich mich nicht irrte, war er erregt.

Was zum ... Ich hatte ihn gerade auf dem Hintern landen lassen, und es geilte ihn auf?

Aus diesem Mann würde ich nie schlau werden.

Die durch meinen Kopf pulsierende Wut wurde zunehmend schlimmer. Ich wusste, wenn ich mich nicht in den Griff bekäme, blühte mir Migräne.

Zack lehnte sich auf seinem Stuhl grinsend vor, als sich Hagen in sitzende Haltung aufrappelte. »Hagen, ich würde aufhören, solange es noch geht. Du hast doch selbst gesagt, dass Penny nicht so naiv ist, wie alle glauben. Vielleicht solltest du anfangen, auf deinen eigenen Rat zu hören. Ich bin sicher, sonst befördert sie deinen Arsch mit Vergnügen ins nächste Jahrhundert.«

13

Hagen

ICH BEOBACHTETE, wie Starlight aus dem Wohnzimmer auf den um das gesamte Gebäude verlaufenden Balkon stapfte. Noch nie zuvor in meinem Leben hatte es mich aufgegeilt, wenn mich jemand auf den Boden befördert hatte.

Sie war nicht schwach, und es war arschig von mir zu glauben, sie wäre es. Doch das bedeutete nicht, dass ich gegen mein Bauchgefühl handeln und ihre Sicherheit ihr selbst überlassen würde. Wir mussten einen Kompromiss finden, mit dem wir beide gut leben könnten.

»Ich schlage vor, du bringst das in Ordnung. Wir drei gehen inzwischen nach unten und kümmern uns um ein paar geschäftliche Punkte«, kündigte Zack an und gab Adrian und Pierce einen Wink.

Mit skeptischem Blick stand Adrian auf und öffnete den

Mund, um etwas zu sagen, bremste sich aber, als Pierce zuerst das Wort ergriff.

»Lass uns gehen, Junge. Das ist kein Gespräch, für das du hier sein musst.«

Adrian stieß frustriert den Atem aus und stapfte zum Aufzug.

Ich richtete mich vom Boden auf und hoffte, dass niemand meinen Ständer bemerkte. Dann wartete ich, bis sich die Fahrstuhltüren schlossen, bevor ich Starlight nach draußen folgte.

Sie lehnte in der Ecke am Geländer und stützte den Kopf auf die Arme, während sie die Aussicht betrachtete.

»Starlight«, sagte ich vorsichtig.

Sie hob den Kopf, richtete sich auf und schaute über die Schulter zu mir. Die Wut, die mir aus ihren Augen entgegenstrahlte, hätte mich beinah einen Schritt zurückweichen lassen.

»Ich bin keine Idiotin, Hagen.«

»Das weiß ich.«

»Wenn das so wäre, hättest du nicht gedacht, ich würde mich kopflos in Gefahr begeben.«

»Dass ich dich beschützen will, ist eine automatische Reaktion. Wenn ich dir sage, wie lange ich das schon versuche, würdest du mich für einen Stalker halten.«

Wieso zum Teufel gab ich diesen Mist zu?

Ich ging zu ihr und stellte mich hinter sie. Einen Moment lang versteifte sie den Körper, bevor sie sich entspannte, als ich die Hand über ihren Bauch gleiten ließ und sie dann sanft an mich zog.

Ihr herrlicher Hintern drückte gegen die Erhebung meiner

Erektion. Prompt regte sich in mir der Wunsch, es ihr so hart zu besorgen, dass sie allem zustimmen würde, was ich verlangte, wenn ich sie nur kommen ließe. Aber so wollte ich ihre Einwilligung nicht.

Ich folgte der Richtung ihres Blicks und beobachtete das geschäftige Treiben auf dem Strip unter uns. Dass Tageslicht herrschte, änderte nichts am ständigen Chaos in Las Vegas. Aber hier bei Starlight hatte ich trotz ihrer Wut auf mich das Gefühl, dort zu sein, wo ich hingehörte.

»Ich wusste schon, dass du mich im Auge behältst. Von Firewater konntest du nur wissen, indem du mich beschatten lässt. Das habe ich mir nach unserem Beinah-Mittagessen zusammengereimt.«

»Beinah-Mittagessen?«

»Wir sind damals nie zum Essen gekommen, weißt du noch?« Ihre Wangen röteten sich.

Vor meinem geistigen Auge tauchte das Bild auf, wie sie den Körper über das Geländer beugte, während ich es ihr besorgte. Prompt sehnte sich meine ohnehin bereits pochende Härte nach ihr wie noch nie zuvor nach einer anderen Frau.

»Ja, ich erinnere mich. Wir sind direkt zum Dessert übergegangen.«

»Wie kann es ein Dessert sein, was passiert ist?« Sie drehte den Kopf und sah mich über die Schulter an.

»Ich hatte das Vergnügen, deine süßen Lippen zu schmecken und den Klang deiner Entladung zu hören. Und jetzt bin ich süchtig danach geworden. Eigentlich sollte das Dessert immer als Erstes im Menü kommen, wenn wir zusammen sind.«

Sie lehnte sich an mich, was mir ein Gefühl der Erleichterung bescherte. Ich vergrub das Gesicht im dezenten Duft ihres Shampoos.

»Zu viel Süßes ist nicht gut für Sie, Mr. Lykaios.«

»Bei mir dreht sich alles um sündhaftes Vergnügen.«

Der Klang von Sirenen auf dem Las Vegas Boulevard holte uns zurück in die Realität, und die Stimmung schwang um.

»Und was jetzt?« Sie starrte in die Ferne. »Ich hopse nicht aus einem vergoldeten Käfig in einen anderen. Dass du mich nur beschützen willst, macht es nicht weniger erdrückend.«

Das Letzte, was ich wollte, war, dass sie sich gefangen fühlte. Obwohl ich die Fantasie, sie an mein Bett zu fesseln, um ihre Sicherheit zu gewährleisten, mehr als reizvoll fand.

»Dara ist gefährlich. Und wenn sie verzweifelt genug wird, dann wird sie auf andere Mittel zurückgreifen, um dich zu verletzen. Ich will nicht noch eine Frau verlieren, die mir wichtig ist.«

Die indirekte Erwähnung meiner Mutter traf mich wie ein Pfeil ins Herz. Ich war nicht da gewesen, als Mama krank geworden war, und ich hatte es gerade noch rechtzeitig an ihr Bett geschafft, um mich zu verabschieden, bevor sie starb.

Abgesehen von Mama hatte ich noch nie Gefühle für eine andere Frau gehabt. Wie sollte ich Starlight dazu bringen, meine Männer auf sie aufpassen zu lassen, wenn ich es selbst gerade nicht konnte? Im Grunde wollte ich ja keinen Mann außer mir in ihrer Nähe haben.

»Hör mal, ich versteh ja, dass du dir Sorgen machst. Wenn sie Papa auf dem Gewissen hat, würde sie auch nicht zögern, mich loszuwerden. Aber ich will nicht erdrückt werden. Ich bin vielleicht nicht mehr bei Kipos, trotzdem habe ich einen Betrieb zu leiten.«

»Ich will dich nicht erdrücken. Ich will dich beschützen.«

Jeder anderen Frau hätte ich einfach befohlen zu tun, was ich ihr sagte.

Nein, das stimmte so nicht. Bei jeder anderen Frau wäre ich gegangen, sobald sie schwierig geworden wäre.

Verdammt, es schien, als wäre ich derjenige, der ihr hinterherlief und beinah darum bettelte, dass sie mich behielt wie einen armen ausgesetzten Welpen.

»Was also schlägst du vor? Dass ich dir rund um die Uhr nicht von der Seite weiche?«

»Oder umgekehrt. Ich glaube, ich wäre ein toller Laborassistent.«

»Klar. Ich kann schon vor mir sehen, wie der große Hagen Lykaios Anweisungen von mir entgegennimmt. Ich hab dir angesehen, wie leid dir mein Werksleiter getan hat, als ich ihn wegen der verspäteten Berichte zur Schnecke gemacht habe.«

Ich drehte sie zu mir herum und nahm sie zwischen meinem Körper und dem Geländer gefangen. »Nein, das hat mich angetörnt.«

Ich presste meinen Ständer gegen ihren Lusthügel. Sie packte meine Unterarme. Leichte Röte kroch in ihre Haut, das erste Anzeichen, dass sie erregt wurde.

»Triff eine Entscheidung. Entweder ich rund um die Uhr oder einer meiner Leute.«

Sie runzelte die Stirn. »Wie wär's mit jemandem von *meinen* Leuten? Sie haben mich auf jeder meiner internationalen Reisen begleitet. Würde das funktionieren?«

»Nur wenn ich sie vorher überprüfe.« Ich würde

niemanden auf Starlight aufpassen lassen, ohne dessen Hintergrund gründlich unter die Lupe genommen zu haben.

»Wahrscheinlich werden eher sie *dich* überprüfen müssen.«

Nun war ich derjenige, der die Stirn runzelte. »Was soll das heißen?«

»Du bist meine erste Beziehung. Sie werden sich vergewissern wollen, dass du meiner würdig bist.«

War ich eindeutig nicht. Trotzdem wollte ich sie nicht gehen lassen.

»Willst du damit sagen, sie sind so was wie eine Gruppe überfürsorglicher Schwestern?«

»So ähnlich. Wenn ich's mir recht überlege, bin ich mir fast sicher, dass sie mittlerweile alles an Informationen über dich ausgegraben haben. Sie sind sehr gründlich, wenn sie jemanden beschützen.«

»Für wen arbeiten sie, wenn sie nicht gerade dir durch die Welt folgen?«

»Lass mich nachdenken.« Sie tippte sich ans Kinn. »Zwei sind vom Mossad, fünf arbeiten für britische und amerikanische Geheimdienste und zwei für geheime Gruppen, von denen niemand etwas wissen soll.«

»Wie zum Teufel hast du sie gefunden? Mann läuft ja nicht zufällig einer Gruppe weiblicher Geheimagenten über den Weg, die sich als Personenschützer selbstständig machen.«

»Durch meine beste Freundin Amelia. Ihr verstorbener Mann hatte einigen von ihnen bei einem Fall geholfen, und sie haben sich angefreundet. Jetzt passen sie nicht nur auf Amelia und ihren Sohn auf, sondern auch auf jeden, den Amelia beschützt haben will.«

»Das erklärt nicht, wie du sie kennengelernt hast.«

»Ich war zu Besuch bei ihr in Griechenland, und sie hat mir wegen der Sicherheit in den Ohren gelegen, weil ich vorhatte, weiter nach Indonesien zu reisen. Dort wollte ich mich mit einem Lieferanten von Holunderblüten treffen.«

Ich starrte auf sie hinab. Wie lange gondelte sie eigentlich schon durch die Welt? Ich war erst vor wenigen Jahren auf ihre Neigung aufmerksam geworden, abgelegene tropische Orte zu besuchen. Und was hatte es mit dieser besten Freundin in Griechenland auf sich? Sie war bei keiner der Nachforschungen aufgetaucht, die ich in Auftrag gegeben hatte. In den Berichten stand nur, Starlight hätte eine Freundin namens Cara Thanos, Witwe von Stavros Thanos, einem griechischen Mogul der Unterhaltungsbranche.

Dann ereilte mich eine Erkenntnis.

Wieso zum Teufel war ich darauf nicht längst gekommen? Amelia war jene Amelia, mit der Pierce zusammen gewesen war. Sie hatte meinem Bruder das Herz gebrochen und nie zurückgeschaut. Und nach der Hochzeit mit diesem griechischen Playboy hatte sie angefangen, sich Cara zu nennen.

Ich war Amelia bei verschiedenen Gelegenheiten in meiner Kindheit begegnet. Als Tochter eines von Collins ehemaligen Glücksspielmanagern besuchte sie von Collin organisierte Partys und Veranstaltungen. Sie und Starlight hatten dieselbe Privatschule besucht wie meine Brüder und ich. Es lag Jahre zurück, dass ich Amelia zuletzt gesehen hatte. Bisher war mir nicht klar gewesen, dass sie und Starlight in Kontakt geblieben waren.

Ich verkniff mir alle neuen Fragen, die sich auftaten, und sagte stattdessen: »Erzähl weiter.«

»Amelia hat gemeint, sie hätte Freundinnen, die für meine Sicherheit sorgen könnten. Und um ihr die Sorge um mich zu nehmen, habe ich zugestimmt, mich mit ihnen zu treffen.« Sie verlagerte das Gewicht, bevor sie fortfuhr. »Als es dann so weit war, hat sich herausgestellt, dass wir uns gut miteinander verstehen. Nach einer Weile hat es sich so eingependelt: Wann immer ich eine Reise plane, schicke ich ihnen eine Nachricht, und wer gerade nicht irgendwo im Einsatz ist, trifft sich mit mir und begleitet mich. Meist ist es gar nicht für die Arbeit, sondern eher ein Mädelsausflug.«

»Mit anderen Worten, du hast eine Entourage internationaler Agentinnen, die dir den Rücken decken und mit denen du in den Urlaub reisen kannst.«

»Könnte man so sagen.«

»Dann zu einer anderen Frage, die mich quält. Wie schaffst du es überhaupt, so viel zu reisen, während Dara dich ständig im Auge hat?«

Mit strahlender Miene schaute sie zu mir hoch. »Ich habe einen Lockvogel.«

»Du hast ein *was*?«

»Einen Lockvogel. Meine Cousine Mina, die in Indien lebt, sieht fast genauso aus wie ich. Na ja, abgesehen von den Augen. Dara ist der Annahme, ich verbringe praktisch jeden Urlaub bei der Familie meiner Mama in Griechenland. Mina macht begeistert bei dem Katz-und-Maus-Spiel mit. Sie steht darauf. Für sie bietet es Erholungspausen von ihrer Familie, die sie ständig verkuppeln will, und von ihrem Job im Technikbereich. Mir ermöglicht es Freiheit.«

Allmählich beschlich mich das Gefühl, in Wirklichkeit keine Ahnung zu haben, wer diese Frau war. Lockvögel, Mossad-Agentinnen. Was um alles in der Welt ging hier ab? Kopfschmerzen bahnten sich an.

Starlight nahm mein Gesicht in die Hände. »Werde ich dir allmählich unheimlich?«

»Nein.«

»Lügner.«

Ich weigerte mich, zuzugeben, dass ich nicht mehr sicher war, was ich von ihr halten sollte.

»Wie gesagt, bin ich nicht so unschuldig, wie du denkst. Ja, ich bin nicht in allem erfahren, aber ich habe meine eigenen kleinen Geheimnisse.«

»Starlight, du hast mehr Geheimnisse als ich. Offensichtlich vertraust du mir, wenn du mir das alles erzählst.«

Eine Falte bildete sich zwischen ihren Brauen. »Natürlich vertraue ich dir. Hast du was anderes gedacht?«

Statt ihr zu antworten, fragte ich: »Weiß Adrian darüber Bescheid?«

»Ja. Er ist Teil meiner Deckung gegenüber Dara.«

»Letzte Frage: Warum hast du nicht eine deiner Damen eingesetzt, um dir zu helfen, die Antworten auf den Tod deines Vaters zu finden?«

»Dafür gibt's zwei Gründe. Erstens dürfen sie auf US-Boden in offizieller Funktion nur etwas tun, wenn sie damit beauftragt sind. Und wenn ich will, dass Dara zur Rechenschaft gezogen wird, muss rechtlich alles unantastbar sein. Sie können als privater Sicherheitsdienst arbeiten, solange sie zur Verfügung stehen, wenn sie von höherer Stelle gerufen werden.«

»Und?«

»Und zweitens ...« Sie zögerte kurz, bevor sie fortfuhr. »... hab ich eine Ausrede gebraucht, um dich zu sehen.«

»Aber du hättest dich nicht an mich gewandt, wenn Adrian es nicht arrangiert hätte.«

»Ich hatte vor, dich um Hilfe zu bitten, sobald Adrian seine Anteile gehabt hätte. Er hatte andere Pläne und hat mir vorgegriffen.«

Ihre Hand wanderte von meinem Arm zum Saum meines T-Shirts und dann darunter. Die hauchzarte Berührung fand ich erregender als von jeder anderen Frau, mit der ich es je getrieben hatte.

»Also hast du von Anfang an vorgehabt, mich zu verführen?«

Sie schrammte mit den Nägeln meinen Rücken hoch und runter. Eine wohlige Gänsehaut breitete sich darauf aus. »Ehrlich gesagt hatte ich gehofft, es würde andersrum sein. Außerdem wüsste ich gar nicht, wie ich dich verführen soll.«

»Du machst es gerade ganz hervorragend.« Ich hob sie an den Beinen hoch, schlang ihre Schenkel um meine Taille und drückte sie gegen meine sehnsüchtige Härte.

»Hagen«, stieß sie atemlos hervor und bohrte die Fingernägel tiefer in meine Haut. »Wir werden nicht Sex auf dem Balkon im Haus deines Bruders haben.«

Sie wölbte sich der Reibung entgegen, die ich zwischen unseren Körpern erzeugte.

»Bist du sicher? Wir könnten es auch nach drinnen verlagern. Oben ist ein Zimmer, das mir gehört.«

»Das können wir nicht machen.« Ihre Hüften pressten sich fester an mich, als sie den Kopf auf meine Schulter sinken ließ. »Ich hab's Adrian versprochen. Außerdem will ich nicht riskieren, dass er hier raufkommt.«

»Gutes Argument, Ms. Kipos. Adrian ist ein anständiger Junge. Ich will ihn nicht noch mehr verärgern, als ich's schon getan habe.«

Ich gab ihre Beine frei und ließ sie an meinem Körper nach unten gleiten, bis sie wieder mit beiden Füßen auf dem Boden stand.

Ein Stöhnen drang über ihre Lippen, und ich musste lächeln. »Du warst es doch, die den Sex gerade abgeblasen hat.«

»Ich weiß.« Sie drehte sich um und stützte die Hände auf das Geländer. »Sie sind sehr verlockend, mein lieber Mr. Lykaios.«

»Das Gefühl beruht auf Gegenseitigkeit. Da du dem Spaß jetzt einen Riegel vorgeschoben hast, können wir uns wieder dem zuwenden, womit das Gespräch begonnen hat.«

Starlight ließ ein Seufzen vernehmen. »Wie wär's damit? Bis meine Freundinnen hier sind, lasse ich mich entweder von dir oder von einen deiner Leute beschatten.«

Ich lächelte und verspürte Triumph.

»Aber sobald du erdrückend wirst, ist es vorbei.«

»Ich bin nie erdrückend.«

»Sag das mal Pierce und Zack. Sie haben mir erzählt, dass du Dracos Männer das ganze College über auf sie angesetzt hast, damit sie nicht in Schwierigkeiten geraten konnten. Zack hat gemeint, du hättest ihnen total die Tour dabei vermasselt, ihr Studentenleben auszukosten.«

»Meine Brüder sollten bei euren Pokerrunden lieber die Klappen halten.«

»Hey, sie zum Plaudern zu bringen, ist die beste Ablenkung. Was meinst du wohl, wie ich gegen sie gewinne?«

»Zack zufolge kannst du in Menschen lesen. Dann lässt du sie den Einsatz verdoppeln oder verdreifachen, bevor du ihnen mit deinen geheimen Erkenntnissen die Hosen ausziehst.«

»Ich gestehe gar nichts.«

»Willst du dich mal an den Spieltischen im *Ida* versuchen? Ich hab gehört, der Besitzer hat eine Schwäche für geheim agierende Chemikerinnen mit Smaragdaugen.«

»Warum nicht? Ich hab Zack über die Jahre mehr als genug abgeknöpft. Mal sehen, ob mir das Glück hold bleibt.«

14

Penny

»Wow. Hagen dreht durch, wenn er dich so sieht«, waren Pierce' erste Worte, als ich aus Hagens Privataufzug stieg.

Ich blickte auf das Pailletten-Minikleid mit nur einem Träger hinab, das Henna mir geschickt hatte. Dabei merke ich mir vor, mich bei ihr zu bedanken. Wenn es etwas gab, womit sie sich genauso gut auskannte wie mit dem Hotelgeschäft, dann war es Mode.

Der Stil schmeichelte meiner zierlichen Figur, und da sowohl meine Frisur als auch mein Make-up genau richtig saßen, fühlte ich mich sexy.

Das letzte Mal hatte ich mich so angezogen, als Amelia mich nach Ibiza für eine nächtliche Lokaltour mitgenommen hatte. Es war zu ihrem Geburtstag gewesen, ein paar Monate vor dem Tod ihres Ehemanns.

»Danke.« Ich hängte mich bei Pierce ein. »Siehst selbst nicht übel aus.«

Die Lykaios-Brüder waren unbestreitbar mit unverschämt gutem Aussehen gesegnet. Pierce besaß den athletischsten Körperbau der drei, eine Mischung zwischen einem schlanken Schwimmer und einem Profiboxer.

»Schönen Dank auch. Ich dachte mir, es wäre nur passend, wenn ich mich für die Besitzerin von jedermanns beliebtestem Whiskey in Schale schmeiße.«

Mir fiel auf, dass uns aus der Ferne zwei Männer mit Ohrstöpseln beobachteten. »Wo ist Hagen?«

»Er musste sich um etwas kümmern. Deshalb hat er mir aufgetragen, dich in die private Pokerlounge zu bringen.«

»Sollte ich mich geehrt fühlen, dass ich es gleich mit einigen der größten Kaliber von Las Vegas aufnehmen werde?«

Pierce grinste. »Das große Kaliber in dem Raum wirst du sein.«

»Wir werden sehen.«

Als wir durch das Hauptcasino schlenderten, wollte ich mich unwillkürlich der Begeisterung der verschiedenen Leute um die Tische anschließen.

»Nein.«

Ich sah Pierce an. »Was?«

»Ich hab die strikte Anweisung, dich direkt nach oben zu bringen.«

Ich bedachte ihn mit meiner Version des Dackelblicks, mit dem ich früher, als ich jünger war, meist meinen Willen bekommen konnte. »Bitte.«

Stöhnend schüttelte er den Kopf. »Hagen wird mich umbringen.«

Ich drückte ihn, streckte mich und küsste ihn auf die Wange. Dann nahm ich ihn an der Hand und zog ihn zu einem Blackjack-Tisch.

Ich wollte gerade in mein Portemonnaie nach meiner Karte greifen, um mich einzukaufen, da reichte Pierce mir eine Karte. »So bleibt es wenigstens ausgeglichen, wenn du gewinnst. Wir können kein Geld verlieren, wenn es bereits dem Casino gehört.«

Ich zog die Karte aus seinen Fingern, steckte sie in den Schlitz am Tisch und bezog fünftausend Dollar in Chips.

»Ziemlich üppiger Vorschuss.«

»Ich kenne die Besitzer. Wird ihnen nichts ausmachen.«

Die nächsten zwanzig Minuten lang probierten wir verschiedene Spiele im Casino aus. Ich gewann deutlich mehr, als ich verlor, und lag bald mit etwa zehntausend Dollar im Plus.

»Pierce, kann ich dich was fragen?«

»So, wie du's formulierst, beschleicht mich das Gefühl, ich stecke in Schwierigkeiten.«

»Nein, nichts dergleichen. Ist nur etwas, das ich mich schon seit Jahren frage.«

»Schieß los.«

»Bist du immer noch in Amelia verliebt?«

Sein Gesichtsausdruck verfinsterte sich. »Das ist ewig her. Sie hat einen anderen geheiratet.«

»Ich weiß. Nur manchmal komme ich ins Grübeln. Du hast nie mit irgendjemandem eine ernsthafte Beziehung.«

»Versuch dich nicht als Kupplerin. Ich weiß, ihr zwei seid

wie Pech und Schwefel, aber sie liegt in meiner Vergangenheit.«

»Na schön. Ich lass es gut sein. Du sollst nur wissen, dass nicht alles so war, wie es zu der Zeit damals zu sein schien.«

Pierce seufzte und küsste mich auf die Stirn. »Danke, dass du unparteiisch geblieben bist, als es den Bach runtergegangen ist.«

»Ihr seid beide meine Familie.« Ich schaute in einen anderen Bereich des Raums und fand eine günstige Gelegenheit, das Thema zu wechseln. »Roulette. Komm mit.«

Wir suchten uns einen Platz am Tisch und warteten, bis sich die anderen Plätze füllten.

»*Faites vos jeux*«, rief der Croupier.

Ich setzte alle meine Chips auf die Dreizehn schwarz und grinste Pierce an.

»Typisch, dass du alles auf eine Karte setzt. Hast du schon je zum Anfang eine andere Zahl ausgewählt?«

»Ne. Ist meine Glückszahl.«

»Das hat nicht zufällig was mit dem schwarzen Schaf der Familie zu tun, dessen Lieblingszahl dreizehn ist?«

»Vielleicht.«

»*Rien ne va plus.*« Der Croupier ließ die Kugel auf die Roulette-Scheibe fallen.

Ich konzentrierte mich auf die Kugel. Als ich davon aufschaute, erblickte ich Hagen, der mich beobachtete.

Mein Herzschlag beschleunigte sich. Es sollte verboten sein, so gut auszusehen. Hagen trug einen schwarzen Maßanzug, der den durchtrainierten Körper darunter betonte.

Er nippte an einem vertrauten roten Drink mit einem großen runden Eiswürfel darin.

Seine Augen loderten vor Lust. Ich leckte mir über die Lippen und spürte, wie meine Mitte anschwoll und feucht wurde.

»Dreizehn schwarz«, verkündete der Croupier.

Hagen zog die Brauen hoch, als er sah, wie der Croupier meinen Gewinn zu mir schob. Ich zuckte mit den Schultern und bildete mit den Lippen: *Anfängerglück.*

Er stellte sein Glas auf das Tablett eines nahen Kellners und marschierte auf mich zu.

»Wie ich sehe, ist der große Bruder hier. Damit bin ich jetzt wieder Luft«, meinte Pierce.

Hagen blieb knapp vor mir stehen und sagte über meine Schulter: »Zieh Leine. Du wirst nicht mehr gebraucht.«

Ich wandte mich an Pierce. »Danke, dass du mich herumgeführt hast.«

»Bis später, Kurze.« Pierce küsste mich auf die Wange.

Als ich zurück zu Hagen schaute, runzelte er die Stirn. »Was ist?«

Seine Hand legte sich um meine Taille. »Du gehörst mir.«

»Ja.«

Hagen gab einem Mann, der in der Ecke stand, ein Zeichen. Gleich darauf sammelte er meine Chips ein.

»Dein Gewinn wird in die Lounge geliefert.«

»Gehen wir irgendwohin?«

»Ja. Ich hab erfahren, dass du eine Schwäche für Backwaren hast. Genehmigen wir uns ein Dessert.« Als sich seine Mundwinkel verschmitzt krümmten, wusste ich, dass er

an seine spezielle Version eines Desserts dachte, die wir vor
nicht allzu langer Zeit genossen hatten.

»Das hat dir Damian erzählt.«

Statt zu antworten, streckte er die Hand aus. Ich legte die
meine in seine und ließ mich von ihm zur Patisserie führen.
Als wir uns näherten, kam eine Frau in adretter Kochmontur
auf uns zu.

»Mr. Lykaios, wir haben einen Tisch für Sie bereit. Ich
hoffe, Sie genießen es.« Sie lächelte, als wir an ihr vorbei in
Richtung unseres Tisches gingen.

»Ist das ...«

»Ja«, antwortete Hagen, bevor ich die Frage zu Ende
stellen konnte. »Das ist ihre Patisserie.«

Ich war geradezu besessen von Micola Trudeau und ihrem
einzigartigen Kochstil. Sie war französischer und griechischer
Herkunft und kreierte dementsprechend weder
ausschließlich griechische noch ausschließlich französische
Gerichte, sondern eine Kombination aus beidem.

»Ich werd sie so was von bitten, mir das eine oder andere
beizubringen, bevor ich gehe.«

Mitten im Schritt bremste Hagen ab und sah mich an.
»Hast du vor, irgendwo hinzugehen?«

»Na ja, ich war mir nicht sicher, ob es dir ernst damit ist,
dass ich längerfristig bleiben soll.«

Scheiße, warum hab ich das gerade gestanden?

»Starlight, wie gesagt, die Einzige, die das zwischen uns
beenden kann, bist du.«

»Damit überlässt du mir eine Menge Macht.«

»Ich weiß.« Er küsste mich auf die Stirn. »Zeit für Dessert,
bevor du deine Gegner kennenlernst.«

»Bei dir klingt es, als würde ich gleich gegen eine Gruppe von Söldnern antreten.«

»Nah dran. Die Männer und Frauen, die du heute Abend kennenlernst, sind die Besten auf ihrem Gebiet. Ist also wohl überflüssig zu erwähnen, dass sie Poker so spielen, wie sie Geschäfte abwickeln.«

»Mache ich auch.«

»Deshalb weiß ich, dass du in die Runde passt.«

Wir nahmen Platz, flirteten und unterhielten uns zwanglos, während wir aßen. Es war wie ein Date, und ich liebte es.

Als ein Kellner meinen Kaffee nachfüllte, sagte Hagen: »Ich will, dass du so viel wie möglich über die Leute erfährst, mit denen du spielen wirst. Sie werden über dich recherchiert haben und nicht zögern, jeden Vorteil zu nutzen.«

»Okay. Das ist nur zu erwarten.« Ich hob meine Tasse an und trank einen Schluck. »Raus mit den Einzelheiten.«

Hagen stellte seine Untertasse ab und lehnte sich zurück. »Hector Cortez betreibt den gesamten Obst- und Kartoffelexport aus Peru. Er hat eine antiquierte Denkweise über Frauen und ihren Platz in der Welt.«

»Ich werd mich bemühen, ihn nicht mit dem Absatz meines Schuhs zu erstechen, wenn er mich verärgert.« Ich lächelte zu Hagen hoch, und er schüttelte den Kopf.

»Jason Sev«, fuhr Hagen fort, ohne seine Belustigung über meine Äußerung zu verbergen. »Er ist norwegischer Aristokrat. Der Mann feiert gern und führt den typischen europäischen Lebensstil eines reichen Jetsetters.

Kacee Hightower ist Milliardär aus Texas. Er ist ruppig und unverblümt, ein Mann, von dem man sich gern den

Rücken decken lässt. Ich vermute, er wird dir von allen Spielern am sympathischsten sein.

Navin und Ming Seif sind Zwillinge, die alles zusammen machen. Sie sind in der Technologiebranche und reden selten, wenn überhaupt. Aber sie setzen Millionen, ohne mit der Wimper zu zucken, wenn sie auch nur die entfernteste Chance sehen, mit ihrem Blatt zu gewinnen.

Die letzte Spielerin ist Briana Amici. Ich denke, ihr beide werdet gut miteinander auskommen. Sie ist Erbin eines Olivenöl-Vermögens. Eigentlich könnte sie ihre Tage mit Reisen und Mode ausfüllen, verbringt aber lieber Zeit auf ihren Olivenfeldern.«

»Und was hast du ihnen über mich erzählt?«, fragte ich, nachdem ich den letzten Bissen meines Gebäcks geschluckt hatte.

»Dass du unfassbar schön bist, einen dazu passenden Verstand besitzt und einen Mann locker zu Boden befördern kannst, wenn er dich wütend genug macht.«

»Ich mein's ernst.«

»Sie wissen, dass du die Kipos-Erbin und meine feste Freundin bist.«

»Mit anderen Worten, sie glauben, dass ich nur bei ihnen am Tisch sitze, weil ich mit dir schlafe?«

»Durch deine Abschlüsse werden alle wissen, dass du schlau bist. Aber sie werden vermuten, dass dir Beziehungen deine Position bei Kipos verschafft und dich erfolgreich gemacht haben. Es ist deine Aufgabe, sie unterschätzen zu lassen, wie intelligent du wirklich bist. Hast du nicht genau das über die Jahre perfektioniert?«

»Denke schon.« Ich runzelte die Stirn. »Bei Dara hatte ich keine andere Wahl.«

»Stell dir heute Abend wie dein erstes Spiel mit Ding eins und Ding zwei vor.«

»Ich bin mir nicht sicher, ob Pierce und Zack mit deiner Beschreibung für sie einverstanden wären.« Kurz verstummte ich. »Bin ich denn deine feste Freundin?«

»Du bist mehr als das, aber vorerst nennen wir dich so.«

»Was bist du dann für mich?«

Ein verlegenes Grinsen huschte über seine Züge. »Dein Meister der Sünde. Immerhin hast du mich damit beauftragt, Persephone zu verderben.«

Penny

ZWANZIG MINUTEN später nahm ich nach einer kurzen Vorstellungsrunde meinen Platz am Pokertisch ein. Alle Plätze bis auf einen waren besetzt. Die Leute um mich herum musterten nicht nur mich, sondern auch sich gegenseitig. Ich hatte erfahren, dass außer den Zwillingen noch niemand der Anwesenden zusammen gespielt hatte.

Der Dealer schaute zu Hagen, der auf die Armbanduhr sah und ihm bedeutete, noch zu warten. Wenige Augenblicke später schlenderte eine langbeinige Blondine mit einer Bombenfigur herein.

»Tut mir leid, meine Lieben. Ich wurde aufgehalten«, sagte

sie mit schwerem italienischem Akzent. Sie trug einen katzenartigen Bodysuit mit oberschenkelhohen Stiefeln. Den Domina-Look hatte sie perfekt drauf. Fehlte nur noch eine Peitsche.

Freudige Erregung stieg in mir auf. Um ein Haar wäre ich aufgesprungen, um zu ihr zu laufen und sie zu umarmen. Die Erste aus meiner Mädelstruppe war eingetroffen, noch dazu in Form der italienischen Erbin, die sie tatsächlich war.

»Und wer sind Sie?« Als sie in meine Richtung schlenderte und vorgab, mich nicht zu kennen, begutachtete sie mein Outfit vom Scheitel bis zur Sohle, bevor sie meinte: »Das Kleid gefällt mir.«

Hagen stellte sich hinter mich. »Briana Amici, das ist Persephone Kipos.«

Als sie mir die Hand schüttelte, spürte ich, wie sie mir etwas zusteckte. Ich wusste, worum es sich handelte – um einen Peilsender in Form eines Rings.

»Freut mich, Sie kennenzulernen. Ich liebe das Olivenöl Ihrer Familie. Habe ich immer zu Hause.«

»Schön zu sehen, dass manche Qualität dem Vorzug gegenüber dem Mist geben, den sie in Supermärkten verkaufen.«

Sie nahm ihren Platz mir gegenüber ein und ergriff den Cocktail, den ein Kellner vor sie stellte.

Ich senkte die Hände auf den Schoß und steckte mir den Peilsender an den rechten Ringfinger.

Hagen bemerkte es, beugte sich zu mir und flüsterte: »Ich nehme an, du kennst sie.«

»Richtig.«

Dann fügte er hinzu: »Bitte sag, dass sie nicht zu deiner Truppe gehört.«

»Doch, tut sie. Normalerweise ist sie die Teamleiterin.«

Seine Lippen streiften meinen Hals, was mir einen wohligen Schauder über den Rücken jagte. »Nur du kannst die temperamentvollste Diva weit und breit als Mitglied deines Sicherheitsteams haben.«

»Das ist gespielt.« Ich lehnte mich in seine Berührung.

»Wie ich schon mal festgestellt habe: Du steckst voller Geheimnisse.«

»Fangen wir an«, schlug Ming vor, einer der Zwillinge.

Hagen trat zurück und gab dem Dealer mit einem Nicken grünes Licht.

Die nächsten zwei Stunden lang spielten wir. Die ersten paar Runden verlor ich, studierte die anderen in der Gruppe und achtete auf die feinen Nuancen, die ihre Gedankengänge verrieten. Ich war mir ziemlich sicher, dass sich Hagen mittlerweile am Kopf kratzte und sich fragte, wie ich seine Brüder schlagen konnte.

»Call«, sagte der Dealer und erwartete, dass jeder am Tisch deklarierte, ob er mitging oder passte. Die Zwillinge und Jason stiegen aus. Somit blieben ich und drei andere im Spiel.

»Sind Sie sicher, dass Sie nicht passen wollen, Lady? Vielleicht wären Sie mit den Spielautomaten unten besser bedient.« Hector bedachte mich mit einem herablassenden Lächeln.

Hagens Warnung über Hectors Einstellung gegenüber Frauen bewahrheitete sich mehr als offensichtlich. Der Mann schaffte keine Runde ohne irgendeinen untergriffigen Kommentar.

»Nein. Ich bin genau da, wo ich sein sollte.«

»Lassen Sie die Frau in Frieden.« Briana bedachte Hector mit einem finsteren Blick. »Wir haben genug von Ihren chauvinistischen Sprüchen.«

Hector ignorierte sie, lehnte sich zurück und spähte hinüber zu Hagen, der das Spiel von einer Sofagruppe in der Ecke aus beobachtete.

»Ihre Freundin ist hübsch anzusehen und sicher spitze im Bett, aber ein High Roller ist sie nicht.«

Eine an Hagens Schläfe pulsierende Ader verriet mir, dass er kurz davorstand, Hector ins nächste Jahrhundert zu prügeln.

»Manchmal kann der erste Eindruck täuschen.« Hagen schaute in meine Richtung und schenkte mir ein verruchtes Grinsen, das direkt in mein Innerstes fuhr. »Die gefährlichsten Gegner tarnen sich mit einer harmlosen Verpackung.«

»Ich wette, sie hat nicht mehr als ein Paar. Also los, Hosen runter.«

Ich verkniff mir ein Grinsen und konnte es kaum erwarten, das Gesicht dieses Arschlochs zu sehen.

Als ich die Karten aufdeckte, ließ ich mir keine Reaktion anmerken, lehne mich nur zurück und ergriff meinen Drink.

»Ha-ha.« Briana klatschte in die Hände. »Hector, Sie sollten besser etwas haben, das einen Straight Flush schlägt.«

»Was?« Er starrte auf seine Karten hinab. »Wie zum Teufel kann das sein?«

»Sieht so aus, als wäre unser kleines Mauerblümchen hier

eine versteckte Killerin.« Kacee ergriff sein Glas, erhob es und stieß mit mir an. »Ich merke schon, dieses Spiel wird noch interessant.«

Wir machten weitere anderthalb Stunden weiter. Die Zwillinge, Jason und Hector stiegen aus, als Hagen das Ende des Spiels in dreißig Minuten ankündigte.

»Passe«, verkündete Kacee, ließ die Karten auf den Tisch fallen und schüttelte den Kopf. »Das macht jetzt fünfmal hintereinander. Bitte sagen Sie, dass Sie was Besseres als zwei Paare haben.«

»Natürlich nicht, Darling«, säuselte Briana, während sie die Olive in ihrem Martini umrührte. »Stimmt's?«

Mit einem verlegenen Grinsen deckte ich Karten auf, mit denen ich verloren hätte, wäre Kacee im Spiel geblieben.

»Sie hatten gar nichts. Verdammt, mir ist seit Jahren niemand untergekommen, der besser blufft. Dieses süße Lächeln wickelt einen ein, und bevor man sich versieht, ist man über hundert Riesen los.« Kacee ergriff seine Zigarre, paffte ein paar Züge daran und legte sie auf dem Aschenbecher ab. »Sie müssen für mich arbeiten.«

»Sie braucht Ihr Geld nicht. Sie hat ein eigenes Vermögen.« Briana grinste. »Außerdem wäre ein gewisser eifersüchtiger Nachtclubbesitzer ziemlich verärgert, wenn sie zur Konkurrenz ginge.«

Kacee sah Hagen an. »Sie stecken ihr besser schnell einen Ring an den Finger, sonst schnappe ich sie mir.«

Ich errötete. Darüber hatten wir beide weder nachgedacht noch gesprochen. Verdammt, wir waren erst seit knapp drei Wochen ein Paar.

»Ich arbeite daran.«

Was?

Jäh wirbelte ich auf dem Sitz herum und sah Hagen in die Augen. Aus seinem Blick sprach ein bisschen Humor, aber auch ein bisschen Wahrheit.

Das konnte nicht sein Ernst sein. Oder doch?

Herausfordernd zog er eine Augenbraue hoch.

Mein Herzschlag pulsierte laut durch meine Ohren, als mich unverhofft die Sehnsucht erfüllte, wahrhaftig ihm zu gehören. Jahrelang hatte es nur Adrian und mich gegeben. Meine Rolle hatte darin bestanden, meinen Bruder zu beschützen und mein Bestes dabei zu geben, ihn großzuziehen, während ich selbst noch erwachsen wurde. Aber in all der Zeit hatte ich nie das Gefühl gehabt, dass es jemanden gab, der mir gehörte.

Dass Hagen andeutete, er könnte eine Zukunft mit mir wollen, ließ mich nervös werden und befürchten, ich könnte mich davon hinreißen lassen.

Bevor ich reagieren konnte, betrat eine Gruppe von Männern die Lounge, gefolgt von einigen von Hagens Sicherheitsleuten und zwei sichtlich verärgerten Lykaios-Brüdern.

»Wir sind hier, um uns der Party anzuschließen.«

15

Penny

DIE ATMOSPHÄRE IM RAUM WURDE KALT, UND die ungezwungene Stimmung verpuffte.

Es ließ sich nicht übersehen, dass die Gruppe nicht willkommen war.

Hagen schaute zu Zack. »Warum sind sie hier? Ich dachte, wir hätten eine Vereinbarung.«

Die Männer begannen, Drinks zu bestellen. Ihr Akzent klang osteuropäisch, aber das Land, konnte ich nicht zuordnen.

»Sie haben eine unerwartete Kehrtwende beschlossen. Ich denke, du solltest ein zivilisiertes Gespräch mit ihrem Boss führen. Offen gestanden hab ich keine Lust, noch mehr Energie aufzuwenden, um mich mit ihrem Bullshit auseinanderzusetzen.«

»Wir wollen einsteigen«, meldete sich ein großer Kerl hinten in der Gruppe zu Wort, während er alle von oben bis unten musterte. Schließlich richtete er die Aufmerksamkeit auf mich. Über seine Züge huschte ein Anflug von Überraschung, bevor er berechnend grinste.

Oh Mist, das war der Typ aus Daras Büro von dem Tag, an dem sie mich gefeuert hatte. Tatsächlich hatte ich ihn über die Jahre öfter gesehen – in ihrem Büro, in ihrem Penthouse und auf Reisen mit ihr.

Wie hieß er noch gleich? *Erin Kapok.*

Ich erinnerte mich, dass Adrian irgendeinen ukrainischen Lover erwähnt hatte, mit dem sich Dara in den letzten Jahren immer wieder mal zwanglos vergnügte. Laut Adrian arbeitete er für ein europäisches Mafiasyndikat.

Dara war es ohne Weiteres zuzutrauen, dass sie es mit einem Mafioso trieb, um ihn Drecksarbeit für sie erledigen zu lassen.

»Hagen, das ist einer von Daras Lovern«, flüsterte ich.

Er rückte näher zu mir und erwiderte mit leiser Stimme: »Dann fängt es allmählich an, einen Sinn zu ergeben. Was immer er sagt, antworte nicht.«

Ich wollte dagegen protestieren, schwieg aber, als Kapok mich eindringlich anstarrte. Er wusste, dass ich ihn erkannt hatte. Ein paar weitere von Kapoks Männern betraten den Raum, hielten sich aber in der Nähe der Tür zurück, beobachteten das Geschehen und versuchten zu begreifen, was vor sich ging. Sie raunten untereinander in einer Sprache, die ich nicht verstand. Ich konnte nur annehmen, dass es sich um Ukrainisch handelte. Alle wirkten irritiert von Kapok, traten aber zur Seite und sahen zu.

»Tut mir leid, Kapok, das Spiel ist vorbei. Wir essen demnächst«, sagte Zack, während sich Hagen zwischen Erin und mir in Stellung brachte und ihm die Sicht auf mich versperrte. »In der Lounge nebenan ist noch Platz für ein paar Spieler, wenn Sie unbedingt einsteigen wollen.«

»Wie hoch ist der Buy-In?«, wollte Kapok wissen und verlagerte das Gewicht so, dass er mich wieder sehen konnte.

»Zweihunderttausend. Wie immer. Wenn Sie Jamie folgen, sie bringt Sie nach nebenan.« Zacks Stimme erklang kalt und mit der kompromisslosen Autorität, für die man ihn öffentlich kannte.

Kapok setzte sich in Bewegung, hielt jedoch noch einmal inne. »Ich hätte da eine Frage.«

Alle warteten. Ich ahnte, dass seine nächsten Worte eine gegen mich gerichtete Beleidigung sein würden. Er war intensiv auf mich fixiert, und Hagen hatte mit seiner beschützenden Geste mir gegenüber verraten, dass ich ihm wichtig war.

»Hat sich die Lykaios-Hure auch eingekauft oder hat sie damit bezahlt, dass sie die Beine breitgemacht hat? Laut ihrer Stiefmutter treibt sie es mit euch allen.«

Im Raum wurde es totenstill.

Briana sprang auf, und ich zuckte zusammen, weil ich fürchtete, sie würde gleich ihre Waffe ziehen und ihn abknallen. Stattdessen rief sie: »*Stronzo.*«

»Jetzt pass mal auf, Jungchen. Sie ist eine Dame, und du wirst ihr Respekt zeigen.« Kacee setzte dazu an, aufzustehen, hielt aber abrupt inne, als sich Hagen auf Kapok stürzen wollte.

»Du Drecksack. Wag es bloß nicht, sie je wieder so zu nennen.«

Schnell packte ich Hagen am Arm und huschte vor ihn, bevor er mit der geballten Faust ausholen und Kapok schlagen konnte.

Hagen wollte mich wieder hinter sich schieben, doch ich rührte mich nicht von der Stelle.

Genau die Reaktion wollte Kapok provozieren. Seine Miene vermittelte eine süffisante Zufriedenheit. Den gleichen Blick hatte ich unzählige Male bei Dara gesehen, wenn ich ihre Beleidigungen über mich ergehen lassen hatte.

Aber ich wollte den Mistkerl nicht damit durchkommen lassen, mich zu erniedrigen. Wenn er glauben wollte, dass ich es mit allen trieb, fein – wen juckte es schon?

In dem Moment stürmten zusätzliche Sicherheitsleute herein und sahen Zack an, der mit dem Kopf auf Kapok deutete.

»Schafft ihn raus. Er hat Hausverbot.«

»Hände weg von mir.« Kapok wehrte sich gegen ihren Zugriff. »Gib es zu. Dara hatte recht.«

»Na schön. Wenn Sie das glauben wollen. Ich bin die Lykaios-Hure. Besser die Hure der Brüder als die von Dara.«

»Starlight.« In Hagens Augen loderte immer noch blanke Wut. »Ich hab gesagt, du sollst still sein.«

»Ich wollte nur ...«

Er schnitt mir das Wort ab. »Geh mit Pierce, während Zack und ich uns um diesen Abschaum kümmern.«

»Er ist es nicht wert, Hagen.«

»Pierce. Schaff sie hier raus.« Hagens Stimme klang eisiger, als ich sie je zuvor gehört hatte.

Zack ergriff das Wort. »Meine Damen und Herren, wenn Sie bitte mitkommen, wir haben einen kleinen Empfang für Sie vorbereitet.«

Pierce zog mich aus dem Raum, der sich nach und nach leerte.

»Das ist mein Kampf. Verdammt noch mal, Pierce.«

»Nein, es ist seiner. Hagen ist ein Vollstrecker. Das endet nicht einfach, nur weil er nicht mehr direkt für Draco arbeitet.«

»Was soll das jetzt wieder heißen?« Ich riss mich von ihm los, um in den Aufzug zu steigen.

»Mit Hagen zusammen zu sein, bedeutet, sich auch mit der dunklen Seite seiner Aktivitäten auseinanderzusetzen. Er ist nicht der Märchenprinz aus deiner Fantasie. Hagen ist tödlich und wird nicht zögern, sich die Hände schmutzig zu machen. Schon gar nicht, wenn jemand, der es besser wissen müsste, seine Frau beleidigt.«

»Bei dir klingt es so, als wäre ich so was wie eine Belastung.« Ich verschränkte die Arme vor der Brust, als wir den Fahrstuhl betraten.

»Im Grunde bist du das. Du bist seine Schwäche. Hagen hat den Ruf, in fast jeder Situation die Ruhe zu bewahren. Seine Reaktion, als Kapok dich beleidigt hat, beweist, dass du seine Schwäche bist. Leute wie Kapoks Boss werden nicht zögern, diese Information zu nutzen. Wenn sich Hagen darum nicht kümmert, bringt es dich in größere Gefahr als deine Probleme mit Dara.«

»Soll das heißen, Hagen wird klarstellen, dass sich jeder, der sich mit mir anlegt, auch mit ihm anlegt?«

»Genau.«

»Das ist ziemlich altbacken.«

»So ist das Leben mit Hagen. Du gehörst zu ihm, also werden bestimmte Leute versuchen, dich gegen ihn zu benutzen. Du sollst nur wissen, dass Hagen jeden umbringen wird, der dich verletzen will. Dazu wird er auch die Werkzeuge einsetzen, die er als Dracos rechte Hand kennengelernt hat.« Er sah, wie ich zusammenzuckte. »Er liebt dich, Penny – hat er immer getan. Du musst entscheiden, ob du damit umgehen kannst oder nicht. Wenn nicht, dann mach besser sofort Schluss.«

16

Penny

»TRINK NOCH EINEN. Das wird dir helfen, dich zu beruhigen«, meinte meine Cousine Henna zu mir, als sie den dritten Tequila vor mir abstellte.

Wir saßen auf der Terrassenbar eines der Außenrestaurants im *Ida*. Die kühle Abendbrise hätte sich erfrischend anfühlen sollen. Stattdessen irritierte sie mich nur, weil ich draußen hockte, während die Männer drinnen die Lage klärten.

»Bist du nicht der Feind? Warum hat Zack dich hergerufen? Du arbeitest für seinen Vater.«

Henna band sich das lange schwarze Haar zu einem Zopf zusammen und beugte sich grinsend vor. »Weil du zwei der Lykaios-Brüder in Angst und Schrecken versetzt hast. Ich glaube, keiner von ihnen hat dich je so stinksauer erlebt. Und es war nicht Zack, der angerufen hat. Das war Pierce.«

Ich dachte darüber nach und seufzte.

»Ich kenne dich besser als die meisten. Du bist kurz davor, in Schweigestimmung zu verfallen. Dann brütest du vor dich hin und wirst immer wütender, bis du überkochst und auf Hagen losgehst.«

»Und wenn schon«, murmelte ich. »Er hätte es verdient.«

Sie schüttelte den Kopf und grinste mich an. »Du bist so süß, wenn du wütend bist. Komm schon. Trink noch einen mit mir. Kühlt dein Mütchen vielleicht ab.«

Sie stieß mit mir an, und wir spulten das übliche Tequila-Ritual aus Lecken, Runterstürzen und Lutschen an der Zitronenscheibe ab.

Ich ließ die feurige Flüssigkeit meine Kehle hinunterbrennen. Sofort erschien nach einer Geste von Henna eine weitere Runde.

»Ich glaub, du willst mich betrunken machen.«

»Nein, ich will dich entspannen, bevor du in dein Penthouse im Himmel und zu dem Mann raufgehst, der dort auf dich wartet. Übrigens, Pierce glaubt, du wirst dich revanchieren, indem du den Preis für deinen Alkohol erhöhst.«

»Der Gedanke ist mir durch den Kopf gegangen«, erwiderte ich darauf. »Aber Hagen hatte schon recht. Ich hätte den Mund halten sollen.«

Als Pierce mich aus der Lounge gezogen hatte, war ich bereit gewesen zu kämpfen. Ich war stinkwütend, weil sie mich davon abhalten wollten, für mich selbst einzutreten.

Als er angedeutet hatte, ich wäre Hagens Schwäche, hatte sich mein Zorn verflüchtigt.

Ich war zwar immer noch wütend, weil sich Hagen mit Kapok auseinandersetzen und eine Nachricht an dessen Boss übermitteln musste, aber ich war auf keinen der Brüder sauer.

Hagen hatte sich die Rolle als Dracos Vollstrecker nicht ausgesucht, er war dafür ausgesucht worden. Ich hatte von Anfang an akzeptiert, dass sein Leben gewisse Seiten hatte, die nicht angenehm waren und von der Öffentlichkeit nicht akzeptiert wurden.

Er wollte nicht, dass ich die dunkleren Aspekte kennenlernte. Und weil ich mein Temperament nicht im Zaum halten konnte, war ihm keine andere Wahl geblieben, als sie mir zu zeigen.

»Erklärst du mir das näher?«, fragte Henna.

Briana ließ sich auf dem Hocker neben mir nieder. »Lass mich das übernehmen. Sie hat sich selbst als die Lykaios-Hure bezeichnet und Hagen damit fast um Explodieren gebracht.«

»Das war definitiv keiner meiner besten Momente.« Ich schloss die Augen und hob das Gesicht einige Sekunden lang dem Himmel entgegen. »Meine einzige Ausrede ist, dass ich es satthatte, für hilflos gehalten zu werden und mein Leben von anderen bestimmen zu lassen. Also wollte ich für mich selbst eintreten.«

»Ja. Gegen einen Mann mit Verbindungen zu einem ukrainischen Mafioso. Mit so einem legt man sich nicht allein an, ganz gleich, was der Stolz verlangt.«

»Warte. Den Teil hast du ausgelassen.« Henna und Briana wechselten einen Blick. »Hast du denn gar nichts aus dem Vorfall mit dem Idioten in Indonesien gelernt?«

»Anscheinend nicht«, murmelte Briana. »Ich bin hergekommen, um zu helfen, dich zu beschützen. Dazu gehört, dass du dich an die Regeln hältst, die wir aufgestellt haben. Eine der wichtigsten lautet: keine Mafiosi verärgern.«

»Ehrlich, Penny, du bist so was von dickköpfig.« Henna sah mich finster an. »Bri und die Mädels können nicht alles richten. Dara würde dich nur zu gern von der Bildfläche verschwinden lassen, also musst du gewieft sein und darfst dich nicht von deinen Gefühlen leiten lassen.«

Ich presste mir die Finger auf die Augen. Sie hatten recht. Ich wollte so sehr für mich selbst einstehen, dass ich nicht bedacht hatte, wie viel klüger und sicherer es gewesen wäre, Hagen die Situation regeln zu lassen.

»Ich schulde wohl allen drei Jungs eine Entschuldigung.«

»Pierce und Zack, ja.« Briana bedachte mich mit einem berechnenden Grinsen. »Bei Hagen sollte ein feiner Blowjob genügen.«

Henna schnaubte. »Sehe ich auch so. Schwing den Hintern rauf ins Apartment und geh runter auf die Knie. Hagen mag im Ruf stehen, ein harter Kerl zu sein, aber er wird dir locker verzeihen, wenn du es ihm entsprechend versüßt.«

»Ihr zwei seid unverbesserlich.«

<hr>

Penny

ZEHN MINUTEN, nachdem ich Briana und Henna ihren Cocktails überlassen hatte, betrat ich Hagens Penthouse. Kaum hatte ich die Tür geöffnet, sackte die Erschöpfung des Tags schwer auf meine Schultern. Abgesehen von dem Mann, der meine Welt auf den Kopf gestellt hatte, wollte ich nur noch eine extra große Portion Wein und ein ausgiebiges Bad im Whirlpool.

Aber zuerst würde ich ein wenig kriechen müssen, wie es die Mädels vorgeschlagen hatten.

»Hagen«, rief ich, »bist du da?«

Stille.

»Tja, Scheiße.« Ich streifte die Schuhe ab und ließ meine Clutch auf den Tisch neben der Tür fallen.

Dann blickte ich hinaus auf die Lichter von Las Vegas und schüttelte den Kopf. Ich konnte immer noch nicht fassen, dass ich nun am Strip mit einem Mann zusammenlebte, den so viele als den Gott der Unterwelt bezeichneten. Wenn die Menschen nur wüssten, dass er gar nicht das Schreckgespenst war, für das ihn alle hielten. Nun ja, jedenfalls nicht für mich.

Ein Schauder durchlief mich bei der Erinnerung an die lodernde Wut in Hagens Augen, als Kapok mich als Lykaios-Hure bezeichnet hatte. Und dann an sein Entsetzen, als ich dasselbe von mir gegeben hatte.

Zum Glück hatte Pierce mich weggeschleift, bevor ich meine Emotionen noch freieren Lauf lassen konnte. Nun würde ich mich Hagens Zorn stellen müssen, sobald er nach erledigter Arbeit zurückkäme.

Also sollte ich den kurzen Aufschub am besten genießen.

Ich ging zum Balkon, öffnete die Tür und trat hinaus in die warme Sommerbrise. Der Nachthimmel spiegelte sich im

Swimmingpool, und mir kam der Gedanke, wie überraschend ruhig es hier oben war – eine perfekte Zuflucht vor dem Trubel der Sin City unten.

Ich schnappe mir die Fernbedienung für den Whirlpool und stelle ihn auf angenehme achtunddreißig Grad Celsius ein. Vielleicht würde ich, nachdem ich die müden Muskeln entspannt hätte, zur Abkühlung in den Pool springen.

Als ich die Fernbedienung in ihre Halterung zurücklegte, bemerkte ich eine schemenhafte Gestalt, die in einer Ecke saß. Für den Bruchteil einer Sekunde überkam mich Angst. Dann erkannte ich die Statur des Mannes und das Glas in seiner Hand.

»Hagen?«

»Du bist also meine Hure?«

»Ich ...« Ich wusste nicht, wie ich reagieren sollte. »Manche Leute glauben das.«

»Und was glaubst du?«

Ich stieß den Atem aus. Wie sollte ich seine Frage beantworten?

»Ich bin keine Hure. Aber ich hab kein Problem damit, *deine* Hure zu sein.« Kurz verstummte ich, bevor ich hinzufügte: »Solange ich die Einzige bin.«

Er setzte sich aufrechter hin und stellte seinen Drink auf einem Tisch neben ihm ab. Das Licht erfasste seine saphirblauen Augen und offenbarte darin einen Hunger, der mich einen Schritt zurückweichen ließ.

»Tatsächlich?« Seine Stimme wurde ein wenig belegt, gefärbt von seiner Erregung.

»Ja.«

Ein verruchtes Lächeln umspielte seine Lippen, und meine

Scham zog sich zusammen. »Dann komm her und zeig es mir.«

Ich zögerte den Bruchteil einer Sekunde, bevor ich mich langsam auf ihn zubewegte. Als ich mich keinen halben Meter mehr von ihm entfernt befand, legte er mir die Hände auf die Hüften. Seine Finger bohrten sich außen in meine Oberschenkel. Meine Handflächen senkten sich auf seine Schultern, und ich starrte auf ihn hinab.

Hagen sah mir tief in die Augen, während er meinen Rock hochzog und die Daumen unter den Stoff schob. Er packte die dünnen Träger meines Tangas und zog die Seide nach unten. »Steig raus.«

Ich befolgte seine Anweisung und wartete. Sein Augenmerk richtete sich auf meinen bereits feuchten Schritt. Hagen leckte sich über die Lippen. Gott, wollte ich diesen Mund an mir spüren. Aber ich wusste, so einfach würde es nicht werden. Er war trotz allem noch sauer wegen vorhin, und für mich bestand kein Zweifel daran, dass er es mir nicht einfach machen würde, ihn zu besänftigen.

Er konnte nicht verstehen, dass ich lieber seine Hure als die Geliebte eines anderen sein wollte. Hagen holte eine Seite von mir hervor, die ich nie geglaubt hätte, je zu erkunden. Er dachte, er würde mich verderben. In Wirklichkeit befreite er mich.

»Jetzt will ich, dass du dich ausziehst und nur den BH anlässt. Dann setzt du dich auf den Rand des Whirlpools.«

Ich beobachtete ihn, wusste nicht recht, was er vorhatte.

»Ich habe dir Anweisungen erteilt, Starlight.«

Damit riss er mich aus meinen Gedanken. Ich zog das Kleid aus und bewegte mich zur Travertin-Einfassung des

Whirlpools. Behutsam setzte ich mich und wartete ab, was Hagen als Nächstes tun würde.

Langsam stand er auf. Dabei kam eine kleine Geschenktüte in seiner Hand zum Vorschein. Ich nahm sie von ihm entgegen und war mir nicht sicher, ob ich hineinschauen oder warten sollte.

»Hol heraus, was drin ist«, sagte er, bevor er zu seinem Platz zurückkehrte.

Ich steckte die Hand in die Tüte und legte die Finger um einen kleinen Gegenstand, der sich nach Gummi anfühlte. Die Konturen verrieten mir, worum es sich handelte, bevor ich es sehen konnte.

»Ein Vibrator?«, fragte ich und holte ihn heraus.

Er war schwarz, klein und so gekrümmt, dass er in die Handfläche einer Frau passte.

»Ja. Er heißt Lily – Lilie. Fand ich irgendwie passend, weil ich dich entjungfert habe – defloriert. Daran kannst du damit anknüpfen.«

Ich schluckte. »Du willst, dass ich ihn hier benutze?«

Ich sah mich um, bevor ich zurück zu ihm schaute. Selbstbefriedigung war für mich nicht neu, aber bisher hatte ich es immer ohne jemanden in der Nähe getan und mit Spielzeug, das ich mir selbst gekauft hatte.

»Ja. Ich will sehen, wie du dich selbst aufgeilst, während du von mir fantasierst.«

Mir lag beinah auf der Zunge, ihn zu fragen, wieso er davon ausging, ich würde dabei an ihn denken. Aber seine hochgezogenen Augenbrauen verrieten mir, dass er meine Lüge bemerken würde, wenn ich es abstritte.

Ich leckte mir über die Lippen. »Ich bin mir nicht sicher, ob ich das kann, wenn mir jemand dabei zusieht.«

»Ich bin nicht irgendjemand. Außerdem lasse ich dir keine Wahl.« Er lehnte sich zurück und griff nach seinem Glas. »Du wolltest, dass ich dich verderbe. Das mache ich. Jetzt spreiz die Beine und lass mich sehen, wie du die Pussy verwöhnst, die mir gehört.«

Ich biss mir auf die Unterlippe und drückte den Knopf, um die Vibrationen des Geräts zu starten.

»Stell es auf mittel ein. Ich will nicht, dass es zu intensiv für deinen empfindlichen Kitzler wird.«

Ich befolgte seine Anweisungen und wartete.

»Jetzt leg los.«

Hitze schoss mir ins Gesicht, als ich zaghaft das leise brummende Spielzeug zwischen meine Schenkel schob.

Kaum hatte mich der Vibrator berührt, schnappte ich nach Luft. Erregung und Verlangen erwachten schlagartig und ließen meine Scham triefen. Ich warf den Kopf zurück, schloss die Augen und presste die Beine zusammen.

»Spreiz die Schenkel. Du wirst nichts vor mir verbergen.«

In seinem Befehl schwang eine Schärfe mit, die mich prompt gehorchen ließ.

»Streich mit der Spitze rauf und runter. Mach so weiter, bis ich dir was anderes sage.«

»Hagen«, stieß ich mit einem Stöhnen hervor.

Ein Kribbeln schoss mir das Rückgrat hoch, und alles in mir zog sich zusammen. Wieder biss ich mir auf die Unterlippen, während ich die Lider fest zusammenkniff.

Ich war fast am Ziel.

»Halt.«

»Was?«, stieß ich mit Lily an meiner Lustperle hervor. Das konnte nicht sein Ernst sein.

»Starlight. Ich hab gesagt, du sollst aufhören.«

Ein Wimmern drang mir aus dem Mund. »Ich will kommen.«

»Oh Süße, das darfst du noch eine ganze Weile nicht. Wir fangen gerade erst an.«

»Das versteh ich nicht.«

»Du wolltest mich, wolltest es dunkel und versaut. Jetzt kriegst du es.«

Als er zu mir kam, zeichnete sich seine pralle Härte deutlich in der Hose ab.

Er ging in die Hocke, legte die Hand über meine und bewegte den Vibrator, platzierte ihn auf meinem Oberschenkel. Das Gerät pulsierte an meiner Haut, brachte mich aber dem Höhepunkt nicht näher.

Mit der anderen Hand zog Hagen meinen BH runter und setzte meine sehnsüchtigen Brüste der kühlen Nachtluft aus. Dann beugte er sich vor, blies kurz gegen eine bereits aufgerichtete Spitze – und biss hinein.

»Ahhh!«, schrie ich auf, packte Hagens Schulter und wölbte unter den erlesenen Qualen den Rücken durch.

Der Schmerz war unglaublich, überwältigend, beinah zu viel. Meine Mitte zog sich vor Lustschmerz zusammen, und als das Brennen gerade erträglich wurde, zog sich Hagen zurück und wandte sich der anderen Brust zu.

Fuck. Warum gefiel mir das so sehr?

Mein benebelter Verstand schwankte zwischen dem Bedürfnis, die Flucht zu ergreifen, und dem Verlangen, Hagen näher an mich zu ziehen.

Meine Säfte benetzten meine Schenkel, und meine Pussy geriet in Wallung. Mein Rücken hob sich, als mein Bedürfnis nach Befreiung mit den Qualen seines Bisses verschmolz. Ich war dermaßen erregt, dass ich dachte, ich würde in tausend Scherben zersplittern.

Schließlich gab Hagen meinen Nippel frei und bedachte mich mit einem verruchten Grinsen.

Keuchend brachte ich hervor: »Ich dachte, du stehst nicht auf Perverses.«

»Nein, ich hab gesagt, ich stehe nicht darauf, was Pierce bevorzugt. Ich brauche das Drumherum nicht. Wie du siehst, kann ich mit dem Mund dieselbe Reaktion hervorrufen wie eine Nippelklemme.«

Darauf wusste ich nichts zu erwidern. Er war schon bisher dominant im Bett gewesen, aber nie auch nur annähernd auf diese Weise. In seinem Gebaren lag eine Schärfe, die mich nach mehr verlangen ließ.

Sein Blick wanderte zwischen meine Beine und meine vor Erregung triefende Spalte. »Perfekt.«

Er ergriff meine Hand mit dem Vibrator und drückte ihn gegen meine Schamlippen. Das Gefühl war zu viel – ich bäumte mich auf und versuchte, mich zurückzuziehen. Der Orgasmus raste auf mich zu. Mein Geist und mein Körper schrien nach Erlösung.

»Oh Gott. Oh Gott! Haaa...gen.«

Plötzlich zog er mir den Vibrator aus den Fingern und legte ihn auf die Umrandung des Whirlpools. Nicht schon wieder.

»Nein. Bitte«, flehte ich.

»Willst du kommen, Süße?«

»J-Ja.« Mein Atem ging stoßweise, meine Finger krallten sich in die Umrandung des Whirlpools.

»Dann hättest du auf mich hören sollen, als ich dir gesagt habe, du sollst still sein. Jetzt darfst du erst kommen, wenn ich es dir erlaube.«

»Ich hab keine Kontrolle darüber.«

»Doch, hast du, Süße. Wenn du trotzdem kommst, setzt es Konsequenzen.«

Bevor ich seine Worte verarbeiten konnte, senkte sich sein Mund auf meine pralle Venusperle und stülpte sich darüber.

»Oh fuck, Hagen!«, schrie ich.

Seine Zunge kreiste und leckte über meine empfindliche Knospe. Er labte sich an mir, brachte mich wieder und wieder bis knapp vor die Ziellinie.

Beim letzten Beinah-Orgasmus liefen mir vor Frustration und Bedürftigkeit heiße Tränen über die Wangen. Ich fühlte mich wie von einem Fieber gepackt, feucht vor Schweiß, und ich sehnte mich so sehr nach einer Entladung, von der ich wusste, dass er sie mir verweigern würde.

»Ich hasse dich.«

»Nein, tust du nicht. Du bist nur frustriert.« Er sah mir eindringlich in die Augen. »Was du für mich empfindest, ist mehr, als sich ein Mann wie ich wünschen sollte oder verdient.«

Er küsste mich auf die Stirn, und meine Verärgerung darüber, dass er mich nicht kommen ließ, verflüchtigte sich schlagartig.

Ich hatte mich in diesen Mann verliebt. In diesen unvollkommenen Mann mit seiner befleckten Vergangenheit.

Ich legte die Hand auf seine Wange und hob die Lippen zu

seinen. Unser Kuss begann sanft und zärtlich, bevor er alles verzehrend und verzweifelt wurde. Ich konnte nicht genug von Hagen bekommen.

Meine Finger schoben sich zwischen uns zum offenen Kragen seines Hemds. Ich musste ihn Haut an Haut spüren. Kaum hatte ich den ersten Knopf geöffnet, hielt Hagen meine Hände fest.

Er griff zur Seite und hob Lily auf. »Ich will, dass du kommst, während ich dich beobachte. Ich will sehen, wie deine Augen glasig werden, wenn es so weit ist. Danach will ich dich ausfüllen, bis du noch mal kommst.«

Beim Anblick des rohen Verlangens in seinem Blick wurde mein Mund trocken.

Er legte mir den Vibrator in die Hand, stand auf und kehrte zu seinem Sitz zurück.

Diesmal gab es keine Hemmungen, als ich das Gerät an meine feuchte Spalte führte. Ich begann, es daran zu reiben, ließ es auf und ab gleiten und presste es dann gegen das pralle Nervenbündel am Eingang zu meiner Pforte.

Dabei stellte ich mir vor, es wären Hagens Hände, die mich streichelten, mir Vergnügen bereiteten und die Reaktionen meines Körpers kontrollierten.

Ich fasste mir an die Brüste, als das Verlangen stärker wurde und ich spürte, wie die ersten Beben in meinem Inneren ausbrachen.

Während ich den Vibrator um meinen Kitzler kreisen ließ, kniff ich mir abwechselnd in die Nippel. Aus meiner Scham flossen die Säfte der Lust, während mir Schweiß über den Nacken lief.

»Hagen«, schrie ich. »Darf ich kommen?«

Ich wusste nicht recht, warum ich um Erlaubnis fragte, aber es fühlte sich richtig an.

Ein Anflug von Befriedigung umspielte seine Mundwinkel. »Ja, Süße. Lass los. Komm für mich.«

Sofort flutete mich meine Entladung. »Oh Gott, Hagen.«

Ich bäumte mich auf und wölbte mich meiner Hand entgegen. Meine bebende Mitte zog sich wieder und wieder zusammen, während ich fest die Lider zupresste.

»Scheiße, das war wunderschön.«

Ich schnappte keuchend nach Luft, als ich die Augen aufschlug und Hagen ansah. In seinen Zügen wechselten sich Lust, Verlangen und etwas ab, das ich nicht mit Sicherheit richtig deuten konnte.

Ohne lange nachzudenken, glitt ich vom Rand des Whirlpools zu Boden und kroch zu Hagen hinüber.

Dann richtete ich mich auf die Knie auf und drückte ihn auf dem Stuhl zurück. Als Nächstes ließ ich die Handflächen seine Oberschenkel hinaufgleiten und legte eine Hand langsam über die mächtige Erektion, die den Stoff seiner Hose spannte.

»Ich will ihn im Mund haben.«

»Dann hol ihn raus.« Seine raue Stimme fuhr mir direkt in die sehnsüchtige Mitte und schürte das Verlangen, das mein Orgasmus vor wenigen Sekunden kaum zu stillen vermocht hatte.

Ich leckte mir über die Lippen, als ich seiner Aufforderung nachkam, seinen Gürtel und den Knopf öffnete und den Reißverschluss runterzog. Sofort wippte seine wunderschöne, dicke Länge aus den Boxershorts und klatschte gegen seinen Bauch.

Er legte die Hand um den pulsierenden Ständer und massierte ihn. »Hände hinter den Rücken.«

Ich verflocht die Finger an meiner Wirbelsäule ineinander und wartete. Mir lief das Wasser im Mund nach seinem Geschmack zusammen. An der Eichel glitzerte ein Lusttropfen.

»Nimm mich ganz auf, wie ich's dir beigebracht habe.«

Er hielt mir seinen geäderten Schaft entgegen, und ich senkte den Kopf, nahm ihn tief auf, bis er meine Kehle erreichte. Dann schluckte ich und spannte die Halsmuskeln an, um nicht zu würgen.

Als ich den Kopf hob, leckte ich über die prallen Adern seiner Erektion.

»So ist's gut, Starlight. Lutsch meinen Schwanz.«

Ich begann mit einem langsamen, steten Rhythmus, bewegte den Kopf auf und ab.

Bereits nach wenigen Takten drang ein tiefer, kehliger Laut über Hagens Lippen. Als ich aufschaute, sah ich, dass er den Kopf zurückgelegt und die Augen fest geschlossen hatte.

Bedächtig verwöhnte ich seinen herrlichen, dicken Schwanz weiter und genoss sein tiefes Stöhnen und Keuchen. Seine Atmung wurde abgehackt, seine Finger fädelten sich in mein Haar. Ich spürte das vertraute Anschwellen seiner Härte und bereitete mich auf seine Entladung vor. Ich liebte nicht nur, wie er schmeckte, sondern auch, wie impulsiv er kam.

»Halt«, sagte er und klang dabei fast, als hätte er schier unerträgliche Schmerzen. »Ich will erst kommen, wenn ich tief in deiner Muschi stecke.«

Ohne auf seine Worte zu achten, verschlang ich ihn tief und zog die inneren Halsmuskeln zusammen.

Ein scharfes Brennen raste über meinen Hintern, ließ mich nach Luft schnappen und flutete meine Pussy mit zusätzlicher Erregung.

»Ich hab gesagt, du sollst aufhören.« Er zog meinen Kopf zurück und hob mich auf seinen Schoß.

Dabei spreizte er meine Beine und brachte seine zornig gerötete, pralle Eichel an meiner triefnassen Pforte in Stellung.

»Reite mich.«

Ich senkte mich auf seine Länge und überließ ihm die Kontrolle über das Tempo. Bei jeder Abwärtsbewegung meinerseits stieß er nach oben.

Wir küssten uns und verloren uns ineinander. Es war wild, entfesselt, anders als je zuvor.

Als sich unsere Höhepunkte anbahnten, wurden unsere Bewegungen unsteter und seine Stöße härter. Ich sah ihm tief in die Augen, und ohne nachzudenken, entfuhr mir: »Ich liebe dich.«

Er legte die Hand auf meinen Hinterkopf, dann strich er mit dem Daumen über meine Lippen und meinen Hals hinab. »Ich weiß. Ich hab es immer gewusst.«

»Dann bin ich froh, dass es wenigstens einem von uns klar gewesen ist.«

Er lächelte und zog mich an sich, während er rhythmisch in meine bebende Mitte stieß.

»Hagen, ich bin so kurz davor.«

»Ich weiß. Aber bevor es so weit ist, muss ich noch was klarstellen.«

»Das ist nicht der richtige Zeitpunkt zum Diskutieren.

Jetzt treiben wir es.« Gierig pfählte ich mich auf ihm, während er nach oben stieß.

Dann hob er mich so hoch, dass ich keinen Einfluss mehr auf die Bewegungen hatte.

»Was machst du da?«

Er ignorierte mich und schob sich tief in mich.

»Du wirst dich nie wieder zwischen mich und jemanden stellen, der deine Sicherheit bedroht.«

Stoß.

»Ich beschütze, was mir gehört.«

Stoß.

»Wenn dir was passiert, werde ich zu dem Dämon, für den die Leute mich ohnehin halten.«

Stoß.

»Du gehörst mir.«

Stoß, Stoß.

»Hab ich mich klar ausgedrückt?«

Stoß.

Die Tiefe der Emotionen in seinen Worten benebelte meinen Verstand. Als er mitten in der Bewegung innehielt, schrie ich auf.

»Ich hab deine Antwort nicht gehört.«

Ich umklammerte seine Schultern. »Hagen, bitte. Ich bin fast am Ziel.«

»Nein. Nicht, bevor du mir antwortest.«

»Ja, ich hab dich verstanden. Ich gehöre dir. Ich gehöre dir. Ich hab schon immer dir gehört.«

Und mit dem nächsten Stoß entluden wir aus beide explosiv.

17

Hagen

GEGEN ZWEI UHR morgens gab ich den Versuch auf, Schlaf zu
finden. Starlight döste friedlich an meiner Brust, und zum
ersten Mal in meinem Leben fühlte es sich so an, als gäbe es
tatsächlich einen Menschen, der mir gehörte.

Sie sagen zu hören, dass sie mich liebt, war
unbeschreiblich. Gleichzeitig hatte es mir eine Heidenangst
eingejagt. Ich wusste schon seit Jahren, dass sie Gefühle für
mich hatte. Und genauso hatte ich gewusst, dass ich mich von
ihr fernhalten musste.

Sie stand für alles, was gut und anständig war. Und mich
besudelte ein hartes Leben mit mehr als einer Situation, durch
die ich für den Rest meines Lebens im Gefängnis oder,
schlimmer noch, im Sarg landen könnte, wenn sie ans Licht
käme.

Zwar war ich aus diesem Leben ausgestiegen, aber es hatte die Eigenart, mich zu verfolgen. Der Zwischenfall mit Kapok war nur einer von vielen, bei denen ich auf meine alten Fähigkeiten zurückgreifen musste, um sie zu bewältigen.

Es hatte mich jedes mikroskopische Quäntchen meiner Selbstbeherrschung gekostet, Kapok nicht auf der Stelle umzubringen, als er Starlight eine Hure genannt hatte. Der Drecksack würde meine Frau nicht noch mal belästigen.

Statt ihn abzuknallen und seine Leiche zu entsorgen, wie es meine Instinkte verlangten, hatte ich ein langes Gespräch mit Kapoks Boss Josef Petrow gehabt. Petrow war die russische Version von Draco. Sie waren so weit befreundet, wie es zwei Monster sein konnten. Sie respektierten sich gegenseitig und hielten sich an ihre Territorien – das von Draco war Las Vegas.

Petrow wusste, wie solide meine Verbindung zu Draco nach wie vor war, und mich zu beleidigen, kam einer Beleidigung Dracos gleich. Dass Kapok so eklatant Starlight beleidigt hatte, stellte einen schwerwiegenden Fehltritt dar, vor allem, da Draco außerdem Starlight selbst wie eine Enkeltochter betrachtete. Petrow hatte mir versichert, dass er sich um Kapok kümmern würde. Was bedeutete, dass Kapok entweder nach Sibirien oder ins Jenseits verfrachtet werden würde.

Eigentlich hätte ich Gewissensbisse empfinden sollen, weil ich Kapoks Todesurteil in die Wege geleitet hatte. Aber der Drecksack hatte sich alle Mühe gegeben, Starlight zu verletzen.

Und das würde ich niemandem durchgehen lassen.

Als Nächste stand Dara auf meiner Liste, allerdings brauchte ich für meinen Plan Adrians Mithilfe.

Ich blickte auf Starlights schlaffen, befriedigten Körper hinab, der über meinen geschlungen lag. Dabei spürte ich, wie sich mein ausgelaugtes bestes Stück in stramme Habachtstellung aufrichtete.

Diese Frau gehörte mir.

Mist.

Wann hatte ich angefangen zu glauben, dass sie wirklich mein sein könnte? Sie hatte etwas an sich, das mich auf Trab hielt. Diese Frau war völlig anders, als ich sie eingeschätzt hatte. So viel forscher und wagemutiger, als ich es mir je hätte vorstellen können. Sie verkörperte alles, was ich mir von einer Frau wünschen konnte.

Ich hatte gesagt, nur sie könnte es zwischen uns beenden. Aber das bedeutete nicht, dass ich sie nicht glattweg entführen würde, um sie davon abzubringen.

Sie besaß ein Stück meiner Seele. So war es von jeher gewesen. Ich hatte sie schon gewollt, bevor sie wirklich gewusst hatte, wonach sich ein Mann wie ich sehnte.

Sie weckte in mir den Wunsch, ein besserer Mensch zu sein – jemand, der sie verdiente. Und aus irgendeinem Grund sah sie über meine Fehler hinweg.

Starlight rührte sich, und ich musste ein Stöhnen unterdrücken, als ihr nackter Schenkel meine pralle Härte streifte. Ich bräuchte sie nur herumzudrehen und mich tief in ihrer herrlichen Muschi zu vergraben.

Nein. Ich hatte sie vorhin hart rangenommen. Sie brauchte Erholung.

Behutsam schob ich sie auf das Kissen neben mir und

rollte mich aus dem Bett. Nachdem ich ihren wunderschönen Körper zugedeckt hatte, ging ich ins Wohnzimmer.

Dort griff ich mir mein Handy und überflog die Nachrichten, die in den letzten Stunden eingegangen waren. Bei den meisten handelte es sich um Informationen aus den verschiedenen Clubs. Dann jedoch blieb ich bei einer Nachricht hängen, die mich abrupt innehalten ließ.

Collin Lykaios.

Was zum Teufel wollte der Mann?

Ich hatte seit Jahren nicht mehr mit ihm gesprochen, und auf einmal nahm er Kontakt auf? Ich tippte auf seinen Namen und konnte kaum glauben, was ich las.

COLLIN: Sohn, wir müssen reden, einige Dinge besprechen. Ich habe zu viele Fehler begangen, als dass du mir verzeihen könntest. Trotzdem hoffe ich, du hörst mich an und lässt mich etwas tun, um die Person zu schützen, an der dir am meisten liegt: Starlight.

ICH WÄHLTE COLLINS NUMMER, ohne mich darum zu schweren, dass es zwei Uhr morgens war.

Er meldete sich nach dem ersten Läuten. »Sohn.«

Ich biss die Zähne zusammen. So hatte er mich früher nie genannt – in der Regel eher *Idiot*, *Enttäuschung* und *Platzverschwendung*.

»Was hast du zu sagen?«

Ein Seufzen drang über die Leitung. »Dara hat mich als möglichen Käufer für Kipos kontaktiert.«

»Das ist keine große Neuigkeit. Sie hat sich auch bei uns gemeldet.«

»Kauft die Firma auf keinen Fall. Und lasst Persephone um Himmels willen nichts unterschreiben, was den Verkauf absegnet.«

»Warum nicht?« Frustriert fuhr ich mir mit der Hand übers Gesicht, während ich hinaus in die Nacht starrte.

»Gegen Dara wird unter dem Verdacht ermittelt, die Firma für den Transport illegaler pflanzlicher Produkte – also Drogen – nach Europa und in die USA zu benutzen.«

»Fuck. Also will sie es Starlight anhängen. Deshalb hat Dara sie gefeuert.«

»Ja. Du warst nur ein Vorwand.«

»Woher weißt du das alles?«

»Ich kann meine Quellen nicht preisgeben.«

»Natürlich nicht.«

Seine Stimme wurde ernster. »Sohn. Ich ...«

»Hör auf, mich so zu nennen«, fauchte ich. »Das bin ich schon seit fünfzehn Jahren nicht mehr. Jetzt komm zur Sache. Warum willst du mich und etwas, das mir gehört, auf einmal beschützen?«

»Ich habe bei euch allen dreien Fehler gemacht, vor allem bei dir. Meine einzige Entschuldigung ist, dass ich meine Lebensumstände bestimmen lassen habe, wie ich mit euch umgegangen bin. Ich schäme mich dafür, wie ich dich behandelt habe.«

»Ja, einen rebellischen Siebzehnjährigen auf die Straße zu setzen, weil er minderjährig mit seinen Freunden was getrunken hat, war schon eine echt tolle Reaktion.«

»Ich habe monatelang jeden Tag nach dir gesucht, aber du

warst spurlos verschwunden. Ganz gleich, an wen ich mich gewandt habe, niemand konnte mir weiterhelfen. Ich habe damals vor Sorge fast den Verstand verloren. Was passiert ist, habe ich sofort danach bereut, das schwöre ich dir.«

»Schwachsinn. Ich hab drei Monate lang in Obdachlosenasylen gelebt, bevor Draco mich gefunden hat.«

»Draco hat dich versteckt, bis du verzweifelt genug warst, um für ihn zu arbeiten. Als ich es endlich herausgefunden hatte, habe ich alles in meiner Macht Stehende getan, um dich zurückzuholen. Aber da warst du schon in seiner Welt, und er hat dich als Bezahlung einer Schuld betrachtet, die ich bei ihm hatte. Ich habe dich gehen lassen, weil ich keine andere Wahl hatte. Es war die einzige Möglichkeit, dich und deine Brüder zu schützen.«

»Lass es mich wiederholen: Das ist Schwachsinn. Draco war mir ein besserer Vater, als du es je warst.«

»Frag ihn.« Das Geräusch von Eis, das in einem Glas klirrte, drang über die Leitung. »Draco wird zugeben, was er getan hat.«

»Wenn das stimmt, was hat er dann gegen dich in der Hand, dass er sich mich geholt hat, um sich an dir zu rächen?«

»Das ist nicht mehr wichtig. Ich lasse dich jetzt in Ruhe. Nur etwas sollst du noch wissen: Das Alter hat mich gelehrt, dass die Familie das Wichtigste im Leben eines Mannes ist.«

Damit legte Collin auf.

Was zum Teufel war das gerade?

Ich musste der Sache auf den Grund gehen.

Hagen

EIN PAAR STUNDEN später betrat ich einen von Dracos Privatclubs und ging direkt in den Raum, in dem er Hof hielt. Eine Gruppe von Männern diskutierte angeregt, jeder mit einer spärlich bekleideten Frau auf dem Schoß.

Draco sah mich kommen. »Hagen, war für eine Überraschung.«

»*Oyabun*, wir müssen reden.«

Die Schärfe in meinem Ton ließ ihn eine Augenbraue hochziehen. Aber statt etwas zu erwidern, nickte er und erhob sich ohne ein Wort zu der ihn umgebenden Gruppe.

Nachdem wir ein Büro betreten hatten, drehte er sich um und musterte mich.

»Sag mir, dass es nicht wahr ist.«

»Zuerst musst du mir verraten, wovon wir eigentlich reden.«

»Hat Collin versucht, mich zu finden? Hast du es ihm unmöglich gemacht? Wolltest du mich zu dir holen, sobald du von meinem Streit mit ihm gehört hattest? Hast du ihn dabei manipuliert, wie er mit meinen Brüdern umgegangen ist?«

Draco ging zu einem langen Sofa an der dunklen Mahagoniwand.

»Ja. Du warst die Bezahlung für eine Schuld, die dein Vater nicht begleichen wollte.«

»Und meine Brüder? Hast du Collin dazu gebracht, auch Pierce' und Zacks Kindheit zu zerstören?«

»Zerstören würde ich nicht sagen. Es war eher so, dass ich

ihn beeinflusst habe, damit er die Verbindung zu seinen geliebten Söhnen kappt, um seinen Ältesten zu schützen und die Schuld bei mir zu begleichen.«

Die Antwort traf mich wie ein Schlag, und ich hatte Mühe, nicht zu wanken. »Was war das für eine Schuld?«

»Einer seiner Partner, Victor Anthony, hat mich um fast fünfzig Millionen betrogen. Ich wollte die Bezahlung dieser Schuld, und dein Vater ist mir dabei im Weg gestanden.«

Mich beschlich eine Ahnung, was er mir gleich erzählen würde.

»Du wolltest Anthonys Töchter als Bezahlung. Für Prostitution?«

Der Gedanke, was mit Henna und Anaya passiert wäre, drehte mir den Magen um. Er hätte die schönen, intelligenten Frauen, die sie waren, restlos vernichtet, indem er sie der Welt der Prostitution ausgesetzt hätte.

Es hatte mir noch nie gefallen, mir die dunkleren Seiten von Dracos Geschäften vor Augen zu führen. Prostitution stellte einen wesentlichen Teil davon dar. Ich hatte jahrelang für ihn gearbeitet und mir viel dafür anhören müssen, dass ich diesen Aspekt von Dracos Geschäftsaktivitäten immer gemieden hatte. Nun war ich umso dankbarer für meine Entscheidung.

»Nein, ich hätte mich mit einer der beiden begnügt. Und noch einmal nein – sie wäre eine Gefährtin für meine Enkeltochter geworden, die das einzige Mädchen unter so vielen Jungs war. Irgendwann hätte Anthonys Tochter einen meiner Enkel geheiratet, und die Schuld wäre beglichen gewesen. Das Mädchen hätte kein schweres Leben gehabt. Außerdem hatte ich es nicht als Einziger auf Anthonys Familie als Bezahlung für seinen Betrug abgesehen. Hätten andere eines der Mädchen in die Finger bekommen, wären sie wahrscheinlich tot gewesen. Ich wäre unter dem Strich die bessere Option gewesen.«

»Ich verstehe es immer noch nicht. Wie ist Collin dir dabei im Weg gestanden?«

»Er hat die Mädchen und ihre Mutter versteckt. Sie waren bis vor ein paar Jahren untergetaucht. Ist dir klar, wie anders dein Leben verlaufen wäre, wenn sich Collin nur zwischen dem älteren Mädchen und dem deiner Mutter entschieden hätte?«

Man musste mir meine Verwirrung im Gesicht angesehen haben, denn er fuhr erklärend fort. »Sag bloß, du hattest keine Ahnung, dass deine Mutter eine langjährige Affäre mit Anthony hatte. Zacharias ist nicht Rheas jüngstes Kind. Das ist Anaya Anthony.«

***

Hagen

DIE NÄCHSTEN TAGE lief ich wie benommen herum. Ich mied jeden Kontakt mit Starlight und meinen Brüdern. Stattdessen vertiefte ich mich in die Logistik der letzten Vorbereitungen zur großen Eröffnung des *Ida*.

Dabei war hilfreich, dass Starlights Team inzwischen eingetroffen war und ihr größtenteils Gesellschaft leistete.

Laut Berichten, die ich bekam, hatte sie jede der Frauen zu einer Nebentätigkeit als Laborassistentin vergattert.

Kontakt mit Starlight hatte ich nur, wenn ich es mit ihr trieb, nachdem ich die Arbeit in den Clubs spätnachts beendet hatte. Wenn ich nach Hause kam, lag sie im Bett, immer nackt, immer bereit für mich.

Zack und Pierce zu meiden, gestaltete sich schwieriger. Immerhin leiteten wir mehrere Unternehmen zusammen. Deshalb wich ich auf E-Mails, SMS und darauf aus, meine Manager zu Besprechungen zu schicken.

Mir war bewusst, dass ich mich wie ein Weichei verhielt. Aber wie teilte man seinen Brüdern mit, dass die von uns vergötterte Mutter eine lange Affäre mit dem besten Freund unseres Vaters gehabt hatte? Und dass sie unsere Schwester zur Welt gebracht hatte, während wir für fünf Monate bei *Yia Yia* geparkt wurden, um mit ihr und ihren Freundinnen um die Welt zu reisen?

Für mich bestand kein Zweifel daran, dass Draco mir die Wahrheit gesagt hatte. Er hatte keinen Grund zu lügen. Sein Motto hatte schon immer gelautet, dass die Realität tödlicher war als Lügengespinste.

Dracos Geständnis hatte etwas zwischen uns beschädigt. Collin hatte mich nicht so im Stich gelassen, wie ich gedacht hatte. Und für Draco war ich in Wirklichkeit ein Spielball gewesen. Es war pures Glück, dass ich Draco ans Herz gewachsen war und er entschieden hatte, mich wie seine Kinder und Enkelkinder aufzuziehen.

Und als wäre mein verkorkstes Familienleben nicht schon genug Mist auf meinen Schultern, musste ich Penny auch noch beibringen, dass sie Kipos unter keinen Umständen verkaufen durfte.

Gott, ich hoffte, dass Adrian seine Pläne im Griff hatte. Er musste wissen, was unter der Obhut seiner Mutter vor sich ging. Verrückt daran war, dass er mir überhaupt nicht beunruhigt zu sein schien, als ich ihm erzählte, was Collin entdeckt hatte. Eher verärgert.

»Hier bitte, Mr. Lykaios, Nachschub.« Der Barkeeper schob ein Glas in meine Richtung. Ich saß in einer versteckten Bar im Nachtclub *Nyx*.

Während ich an meinem Drink nippte, beobachtete ich die Tanzwütigen, die sich für den Gast-DJ in Position brachten, der heute Abend für Stimmung im Club sorgen sollte. Das Lokal strotzte vor Promis und High Rollers.

Eine Nachricht traf auf meinem Handy ein.

STARLIGHT: Wenn du nicht raufkommst und mir sagst, was zum Teufel mit dir los ist, gehe ich, das schwör ich dir. Für eine Beziehung braucht es zwei, und so, wie ich das sehe, willst du in keiner sein.

GLEICH DARAUF FOLGTE eine weitere Nachricht.

STARLIGHT: Ich verstehe ja, dass du ausflippst, weil ich gesagt habe, dass ich dich liebe. Aber mich fünf verdammte Tage lang zu meiden, ist nicht der richtige Weg, damit umzugehen. Entweder kommst du sofort rauf, oder ich packe meine

Sachen und fahre zu Henna. Sie ist in ihre neue Eigentumswohnung gezogen und hat reichlich Platz für mich.

Das ließ mich zusammenzucken. Ich war fällig.

Moment, hatte sie angedroht, mich zu verlassen? Den Teufel würde sie tun.

Sie war die eine Frau, die mich herausforderte, mich überraschte und mich mehr fühlen ließ, als ich je für möglich gehalten hätte.

Ich entfernte mich von der Bar und versuchte, mir den Weg vorbei an einigen enthusiastischen Gästen zu bahnen. Eine Frau lächelte in meine Richtung, während ihre Freundinnen den Motto-Cocktail für die Nacht bestellten, der *Fiery Night* hieß.

»Hey, bist du nicht Hagen Lykaios?«

Ich bestätigte es nicht, sondern erwiderte: »Noch eine tolle Nacht, meine Damen.«

Eine andere Frau versperrte mir den Weg und legte mir die Hand auf die Brust. »Erinnerst du dich an mich, Fremder? Ist lange her.«

Innerlich stöhnte ich. Vor fünf Jahren war ich mit Pamala Green zusammen gewesen. Nein, eigentlich hatte ich es nur mit ihr getrieben. Sie war ein bekanntes Fotomodell und regelmäßig in den Schlagzeilen wegen ihrer aufsehenerregenden Affären mit gutbetuchten Männern. Ich war einer davon gewesen.

Sie gehörte zu den wenigen Ex-Geliebten, die ich um jeden Preis mied. Die Frau klammerte nicht nur, sondern war insgesamt eine Nervensäge. Abgesehen davon, dass sie hübsch anzusehen war, konnte man sie nur als totales Flittchen bezeichnen.

Von Starlight dabei ertappt zu werden, wie Pamala an mir hing, war das Letzte, was ich gebrauchen konnte. Dadurch würde die Jauchengrube, in der ich derzeit schwamm, noch zehnmal tiefer werden.

»Komm schon, Süßer. Du weißt doch noch, wie toll es zwischen uns war. Ich kann dafür sorgen, dass du dich richtig gut fühlst.«

Normalerweise wäre ich diplomatischer gewesen, aber im Augenblick hatte ich eindeutige Prioritäten, und sie gehörte nicht dazu.

Mit einem Ruck entfernte ich Pamalas Hand von meinem Körper. »Danke für das Angebot, aber ich bin in festen Händen.«

»Ich hab Fotos von euch in der Zeitung gesehen. Sie ist hübsch, aber nicht dein üblicher Typ. Eher schlicht, keine extrovertierte Frau, wie du sie brauchst.«

Ich starrte sie finster an und musste den Drang unterdrücken, sie aus meinem Club zu werfen. »Gute Nacht, Pamala. Bestimmt findest du jemand anders, der dir Gesellschaft leistet.«

»Sie muss es ja nicht erfahren.« Pamala klimperte mit den Wimpern und stellte sich mir in den Weg.

Was zum Teufel hatte ich bloß je in dieser Frau gesehen?

»Aber ich würde es wissen.« Meine Stimme wurde kalt. »Und ich betrüge nicht. Jetzt schlage ich vor, du hast mit deinen Freundinnen Spaß im Club, während ich mich um andere Angelegenheiten kümmere.«

Damit ging ich um Pamala und ihre Gruppe herum ... bevor ich abrupt stehen blieb.

Starlight stand nur wenige Meter von mir entfernt. Allerdings sah sie nicht mich an, sondern feuerte mit ihrem Blick Dolche auf Pamala hinter mir ab.

»Starlight.« Ich bewegte mich in ihr Blickfeld, legte die Hand an ihre Taille und küsste sie auf die Stirn. »Ich wollte gerade nach oben kommen.«

»Das sehe ich.«

Ich hob ihre geballte Faust an und küsste ihre Knöchel. »Lass uns nach Hause gehen, Süße.«

Sie blieb ruhig, als wir den Club verließen, und schwieg während des gesamten Wegs in unser Zuhause.

Als wir das Penthouse betraten, wusste ich ohne jeden Zweifel, dass der Vorfall im Lokal ihre Wut nicht gerade gelindert hatte.

Ich ging zur Bar, schenkte mir zwei Fingerbreit Firewater Reserve ein und stürzte den Whiskey hinunter. Die seidige Flüssigkeit wärmte meinen Körper.

Dann stellte ich das Glas ab und drehte mich um. »Starlight. Ich hab schon wieder Mist gebaut.«

Sie starrte mich an und kam wortlos auf mich zu, drückte mich mit der Hand an meiner Kehle gegen die Wand und senkte den Mund auf meinen.

Ich reagierte, ohne nachzudenken, und erfüllte ihre Forderungen mit meinen eigenen. Meine Zunge schob sich zwischen ihre Lippen, und ich versank in ihrem süßen Geschmack.

»Du gehörst mir. Hab ich mich klar ausgedrückt? Ich teile nicht«, presste sie hervor und fuhr mit der Wange über meine bartstoppelige Kieferpartie wie eine Katze, die ihren Duft hinterlässt.

»Tatsächlich?«

Sie zog sich zurück. Ihre grünen Augen blitzten und wirkten beinah schwarz. »Stottere ich etwa?«

Wenn sie es so spielen wollte, dann sollte sie es so bekommen. Bevor sie sich bewegen konnte, kehrte ich unsere Positionen um, nahm sie zwischen meinem Körper und der Glaswand mit dem Himmel von Vegas hinter uns gefangen.

Überraschung huschte über ihre Züge, dicht gefolgt von ungezügelter Lust.

»Lass mich dir etwas klar und deutlich sagen. Auch dich rührt niemand an. Du gehörst mir.«

In ihrem Blick flammte Temperament auf, und sie reagierte, indem sie mir so kräftig in die Unterlippe biss, dass ich blutete. »Dann sollte das besser heißen, dass ich die Einzige bin, die dich ficken oder zum Vergnügen mit nach Hause nehmen darf.«

»Ist das ein Ultimatum?«

Meine Frau war eifersüchtig. Wenn sie nur wüsste, dass ich außer ihr gar keine Frauen wahrnahm.

»Ja«, spie sie hervor. »Du bist nicht der Einzige, der besitzergreifend sein kann.«

Ich konnte mir ein Lächeln nicht verkneifen.

Eigentlich hatte ich mich darauf eingestellt, um Vergebung winseln zu müssen. Wie war es davon zu dieser Situation gekommen? Aber ich war schlau genug, Glück nicht zu hinterfragen, wenn ich es hatte.

»Lach nicht über mich. Ich mein's ernst«, stieß sie

knurrend hervor und versuchte erneut, mir in die Lippe zu beißen.

Ich war zu schnell für sie und packte mit unnachgiebigem Griff ihr Haar.

Mit einem Ruck zog ich ihren Kopf zurück. »Wenn du grob spielen willst, Starlight, dann spielen wir grob.«

»Gib dein Bestes«, forderte sie mich heraus. Lust rötete ihre goldene Haut.

»Mit Vergnügen.« Ich hob sie an meinen Körper, ohne den Griff um ihr Haar zu lockern. Wir küssten uns, als wären wir ausgehungert aufeinander.

Verdammt, diese Frau verkörperte alles, was ich mir je wünschen konnte.

Ich trug sie ins Schlafzimmer und ließ sie an mir hinabgleiten, als wir uns dem Bett näherten.

Sie zerrte an meinem Shirt, zog es mir über den Kopf. Ich musste die Hände auf ihre nackte Haut bekommen. Also wartete ich nicht lange, sondern zerriss ihr Kleid die Mitte hinunter. Die zerfetzten Teile fielen zu Boden und enthüllten einen kurvigen Körper, von dem ich nicht genug bekommen konnte.

Ich bewegte mich vorwärts, drängte sie zurück. Kurz, bevor ihre Kniekehlen gegen die Matratze stoßen konnten, drehte ich sie so herum, dass sie auf den Bauch fiel.

Ich zog ihre Hüften hoch und zurück, bis ich sie auf allen vieren hatte. Gott, dieser Hintern. Bald würde ich sie auch dort nehmen.

Ich riss ihr den Tanga vom Leib, kletterte hinter ihr aufs Bett und zog mir die Hose zu den Knien runter. Sofort schob ich mich zwischen die seidige Hitze ihrer feuchten Schamlippen.

Ein tiefes, kehliges Stöhnen entrang sich mir, und es brachte mich beinah um, mich nicht bis zum Anschlag in ihr zu versenken.

»Starlight. Ich bin im Paradies.«

Ich rieb mit der prallen Eichel von ihrer Spalte zu ihrer empfindlichen Lustperle und wieder zurück.

»Hagen, bitte. Fick mich endlich. Ich will es hart. Ich will dich morgen bei jedem Schritt spüren.«

Ihre Worte entfachten eine animalische Begierde, die ich nicht kontrollieren konnte.

Ich griff zum Nachttisch und schnappte mir die Krawatte, die ich vergangene Nacht dort vergessen hatte.

»Du willst es hart?« Ich zog ihre Hände hinter ihren Rücken und fesselte sie mit der Seidenkrawatte. »Du willst es wild?« Wieder fasste ich in ihr Haar und zog ihren Kopf zurück, während ich an ihrer Muschi in Stellung ging. »Du willst mich bei jedem Schritt spüren?«

»Ja. Verdammt. Ja. Ich will alles. Halt dich nicht zurück. Ich werd schon nicht zerbrechen.«

Damit packte ich sie an den Hüften und rammte mich in sie. Die Wucht meines Stoßes trieb uns beide nach vorn.

»Haaa-gen«, entfuhr es ihr stöhnend, während ich ein gnadenloses Tempo vorgab.

Ich besorgte es ihr härter als je einer anderen Frau in meinem Leben.

Mir war bewusst, dass schmerzhaft sein musste, wie ich sie hielt, aber sie schien darauf zu stehen, und mich spornte es an, die harten, fordernden Stöße fortzusetzen.

Ihre Muschi tränte und begann, um meine Härte herum zu beben.

Ich zog Starlight hoch und schmiegte sie an meine Vorderseite, während ich es ihr weiter wuchtig besorgte. Ihre Arme waren zwischen unseren Körpern eingeklemmt. Sie so hilflos meiner Kontrolle ausgeliefert zu haben, fühlte sich berauschend an. Und dass sie mir so vollständig vertraute, schürte mein Verlangen nach ihr zusätzlich.

»Wem gehörst du, Starlight?«

»Dir. Nur dir«, antwortete sie, ohne zu zögern, und ich wusste, mein Schicksal mit dieser Frau hatte sich gerade besiegelt.

»Jetzt bring mich zum Kommen«, befahl sie.

Ich konnte nicht anders, als ihr lachend zu geben, was sie wollte.

18

Penny

»ICH GLAUBE, du hast mich gerade umgebracht«, murmelte
Hagen in mein Haar.

Sein Körpergewicht drückte mich in die Matratze. Seine
Hand umklammerte immer noch meine Strähnen. Ich liebte
es, wie er sich auf mir anfühlte, allerdings schliefen mir
allmählich die gefesselte Arme ein.

»Du bist nicht derjenige, der unter einem fünfundachtzig
Kilo schweren Kerl liegt.«

Er verlagerte das Gewicht und glitt aus meinem Körper.
Fast sofort beschichtete eine Schliere seines heißen Samens
meine Oberschenkel. Hagen griff sich vom Nachttisch ein
Kosmetiktuch und wischte mich ab. Sobald ich sauber war,
befreite er meine Arme und massierte wieder Gefühl in sie,
bevor er mich auf seine harte Brust zog.

Da ich meine Eifersucht mittlerweile überwunden hatte, war es an der Zeit, seiner Stimmung in den letzten Tagen auf den Grund zu gehen.

»Willst du mir erzählen, was passiert ist?«

Seufzend legte er sich einen Arm über die Augen. »Ich hab Neuigkeiten erfahren, die uns alle betreffen. Sagen wir so: Ich hab sie nicht gut aufgenommen.«

Ich rollte mich auf die Seite und beugte mich über ihn. »Das ist noch untertrieben. Du hast uns alle ausgesperrt. Und sag nicht, mich besinnungslos zu ficken, wenn du ins Bett kommst, zählt als Kontakt.«

»Entschuldige.« Kurz verstummte er. »Die Neuigkeit ist ziemlich schockierend.«

»Solange wir nicht verwandt miteinander sind, kann es nicht so schlimm sein.«

Die Vorstellung ließ mich schaudern. Ja, ich war halbe Griechin, trotzdem will im wahren Leben niemand eine griechische Tragödie erleben.

»Du hast keine Ahnung, wie nah dran du damit bist.«

»Was? Ich denke, du musst von vorn anfangen.«

»Das wäre dann wohl die Nachricht von Collin in der Nacht, in der Kapok beschlossen hat, Unruhe zu stiften.«

Hagen schilderte mir sein Gespräch mit Collin, und ich hatte Mühe, meinen Zorn im Griff zu behalten.

»Sie wollte mich in Position bringen, damit ich die Schuld abbekomme, während sie mit Papas Geld abhaut? Ich hasse sie aus so vielen Gründen, aber das schlägt dem Fass den Boden aus. Verdammt, ich hatte mich schon damit abgefunden zu verkaufen. Sogar damit, Dara ihren Anteil zu überlassen. Aber jetzt ... Ich bin so oder so angeschmiert, ob ich es tue oder nicht.«

Hagen rieb mir den nackten Rücken. »Es wird sich alles weisen.«

»Ich muss es Adrian sagen.« Ich warf einen Blick zum Nachttisch. »Scheiße, mein Handy liegt im Wohnzimmer.«

Ich setzte dazu an, aus dem Bett zu rutschen, aber Hagen fing mich um die Taille ab und zog mich schwungvoll zurück zu ihm.

»Er weiß es schon.«

Ich verschränkte die Arme vor der Brust. »Natürlich. Mit ihm redest du, aber nicht mit mir oder deinen Brüdern.«

»Adrian kommt später vorbei und erklärt es dir. Hör ihm zu.«

»Interessantes Timing.«

»Was meinst du?«

»Daras Anwalt hat mir einen Stapel Unterlagen zur Durchsicht geschickt. Sie hat einen Käufer für Kipos. Ich soll am Montag hinkommen, um die Papiere zu unterschreiben.«

»Sie ist verzweifelt, weil Adrian Ende nächster Woche Geburtstag hat und damit die Kontrolle über seinen Anteil an der Firma bekommt.«

»Mein Bauchgefühl hat mir gesagt, nicht zu unterschreiben, auch wenn es für die Firma das Beste wäre. Aber jetzt, nachdem du mir das erzählt hast, bin ich fest entschlossen, den Termin überhaupt sausen zu lassen.«

»Ich finde, du solltest hingehen.« Hagens Hand wanderte meinen Rücken hoch und runter.

Ich schaute finster drein. »Warum?«

»Adrian wird dir alles erklären.«

Ich hasste es zu warten. Verdammt. Ich hasste es, keine Kontrolle zu haben.

Nachdem ich tief durchgeatmet hatte, meinte ich zu Hagen: »Ich schwör dir, eines Tages trete ich dir und Adrian in den Arsch dafür, dass ihr ständig Geheimnisse vor mir habt.«

Er zog eine Braue hoch. »Du hast selbst mehr Geheimnisse als so gut wie jeder, den ich kenne.«

»Egal, halt mich von jetzt an einfach auf dem Laufenden«, murmelte ich. »Und jetzt will ich den wahren Grund hören, warum du mich diese Woche gemieden hast.«

»Hab ich nicht. Wenn ich dich gemieden hätte, wäre ich wohl kaum jede Nacht nach Hause in unser Bett gekommen. Ich hätte auch im Apartment über dem Club übernachten können.«

»Jetzt sag schon, was ist los?«

»Ich habe eine Schwester.« Seine Stimme wurde verbittert, und ein trauriger Ausdruck trat in seine Augen.

»Du hast *was?*« Ich setzte mich auf. »Okay, ich denke, wir müssen noch mal von vorn anfangen.«

»Collin hat noch was zu mir gesagt, das mich die Vergangenheit hinterfragen lassen hat.«

Ich schwieg, ließ ihn in Ruhe seine Gedanken ordnen.

»Collin hat behauptet, er hätte monatelang nach mir gesucht. Er hat gesagt, Draco hätte mich versteckt, um sich an ihm zu rächen. Und er hat mich aufgefordert, Draco nach der Wahrheit zu fragen.«

»Wo kommt dabei die Schwester ins Spiel?«

»Ich hab Draco zur Rede gestellt. Er hat zugegeben, dass er mich von meiner Familie ferngehalten hat. Er hat mich versteckt, weil Collin vor ihm Henna und Anaya versteckt hat. Victor Anthony hatte Draco um Millionen betrogen, und eines der Mädchen sollte die Wiedergutmachung dafür werden, was dein Onkel getan hat.«

Galle stieg mir in die Kehle.

»Collin hat ihnen das Leben gerettet, indem er ihnen neue Identitäten gegeben und sie nach Colorado gebracht hat. Er hat sich geweigert, zwischen seiner Patentochter und der Tochter seiner Frau zu wählen.«

Ich brauchte eine Sekunde, um zu begreifen, was Hagen gerade gesagt hatte. Anaya war Rheas Tochter. Was bedeutete, dass Onkel Victor vor zwanzig Jahren eine Affäre mit ihr gehabt hatte.

Als ich Hagen in die Augen sah, wusste ich auf Anhieb, dass ich richtig gefolgert hatte.

»Wie lange hat die Affäre gedauert?«

»Ich bin mir nicht sicher. Aber Draco zufolge wohl über mehrere Jahre.«

In seiner Stimme schwang Abscheu mit, als er Dracos Namen aussprach. Ich konnte nur versuchen, mir vorzustellen, wie er sich fühlen musste. Der Mann, den er sein halbes Leben lang als Feind betrachtet hatte, mochte Fehler bei ihm begangen haben, aber er hatte ihn nicht so verraten, wie Hagen gedacht hatte. Und der Mann, den er als seinen Ersatzvater geliebt hatte, war der Feind – oder einem Feind sehr ähnlich.

»Draco hat alles inszeniert, was ich auf der Straße durchgemacht habe. Er wollte mich verzweifelt genug haben, dass ich um jeden Knochen betteln würde, den er mir hinwirft. Ich kann die Scheiße gar nicht beschreiben, die mir passiert ist.« Er kniff die Augen zu und fasste sich in die Haare, als er gequält den Atem ausstieß.

Ich nahm sein Gesicht in die Hände. »Du musst nicht darüber reden. Ich versteh das schon.«

»Meinst du, Henna oder Anaya wissen es?«

Ich schüttelte den Kopf. »Das hätten sie mir erzählt. Wir haben noch nie was voreinander verheimlicht. Beide tragen die Schande darüber, was Onkel Victor damals getan hat, wie eine schwere Kette um den Hals. Wenn meine Tante nicht gewesen wäre, hätten sie ihre falschen Namen behalten, statt bei der Rückkehr nach Nevada wieder ihre echten zu benutzen.«

»Verständlich.«

Ein Gedanke ging mir durch den Kopf, als ich Hagens Gesicht musterte und mir das von Anaya ins Gedächtnis rief.

»Warum siehst du mich so an?«

Ich fuhr mit dem Daumen über seinen Nasenrücken und dann über seine Lippen. »Mir ist gerade aufgefallen, wie ähnlich du und Ana euch seht. Ich dachte immer, ihr superheller Teint würde von der nordindischen Seite der Familie von Onkel Victor stammen. Aber jetzt erklärt er sich.«

»Starlight, du darfst es niemandem sagen. Henna und Anaya haben sich ein eigenes Leben aufgebaut und brauchen so einen Skandal nicht. Und meine Brüder.« Hagen seufzte. »Pierce würde es runterschlucken und nach vorn schauen. Aber Zack ... Ich bin mir nicht sicher, wie er es verkraften würde. Gut möglich, dass es ihn umbringen würde zu erfahren, dass Mama nicht der Engel war, für den er sie gehalten hat.«

Ich ließ den Kopf auf seine Brust sinken. »Was sollen wir tun?«

»Wir?«

»Ja, wir.«

Er seufzte tief, und zum ersten Mal seit Beginn der Unterhaltung ließ seine Anspannung nach. »Gefällt mir, wie sich das anhört.«

»Jetzt beantworte die Frage.«

»Zuerst müssen wir uns um die Situation mit Dara kümmern. Dann nehmen wir das andere Thema in Angriff.«

»Und wie gehen wir mit der Dara-Situation so um, dass ich nicht in den Knast muss?«, fragte ich und schaute zu Hagen auf.

»Da kommt dein Bruder ins Spiel. Er arbeitet bis Mitternacht im *Aegis* und schaut nach seiner Schicht vorbei.«

Ich warf einen Blick auf die Uhr. »Das ist in zwei Stunden. Ich bin mir nicht sicher, ob ich so lange warten kann, um euren Plan zu hören.«

»Hast du schon mal den Satz ›Geduld ist eine Tugend‹ gehört?«

»Ist das nicht offensichtlich? Geduld kenne ich nicht. Was soll ich jetzt die nächsten zwei Stunden lang machen? Fernsehen mag ich nicht, und meinen eReader hab ich im Labor gelassen.«

Hagen drückte mich auf den Rücken und zog meine Beine um seine Taille. »Ich bin mir sicher, mir fällt das eine oder andere ein, um dir die Zeit zu vertreiben. Ich hab noch einiges wiedergutzumachen.«

Penny

»MIT DEM MAUERBLÜMCHEN ist es vorbei, Persephone. Du lässt dich jetzt nicht mehr von ihr herumschubsen«, sagte ich zu mir, während ich mein Spiegelbild im Flur von Hagens ... äh ... *unserer* Wohnung betrachtete.

Ich konnte nicht glauben, wie viel sich innerhalb weniger Wochen verändert hatte. Ich war nicht mehr die Kipos-Erbin, sondern die Firewater-Besitzerin. Heute Nacht würde die Welt erfahren, dass ich die Schöpferin des begehrten Whiskeys war.

Das gehörte alles zu Adrians Plan.

Nachdem Adrian vor einigen Tagen ins Penthouse gekommen war, hatten wir uns darauf geeinigt, dass es für mich an der Zeit wäre, mich als Besitzerin von PSK Distilleries zu outen. Dara nutzte nämlich einen potenziellen Vertrag mit PSK als Verkaufsargument für Kipos. Sie musste erkennen, dass es keinen Verkauf von Kipos International an irgendjemanden geben würde, wenn sie nicht ausgesprochen nett zu mir wäre.

Vorläufig würde ich sie in dem Glauben lassen, sie hätte die Oberhand. Adrian und ich wussten beide, dass ihr Stolz und ihr Ego Hand in Hand gingen. Mir ihre illegalen Aktivitäten anzuhängen, betrachtete sie als Bonus bei ihrem Plan.

Am Montag würde ich meinen Trumpf ausspielen und genüsslich mit ansehen, wie ihre Welt um sie herum zusammenbrechen würde.

Mein Herz schmerzte durch das Wissen, dass ich wahrscheinlich nie die Wahrheit über Papas Tod erfahren würde. Hagen meinte, dass keiner seiner Privatdetektive irgendeine Spur hätte. Und seine Beziehung zu Draco war drastisch abgekühlt, deshalb wollte ich Hagen nicht bitten, ihn zu kontaktieren.

Vielleicht wäre es sogar besser, es nicht zu erfahren. Es würde Papa nicht zurückbringen, und sowohl Adrian als auch ich hatten ein Leben abseits von Kipos.

Adrian hatte zugestimmt, das Unternehmen zu verkaufen, sobald wir den von Dara angerichteten Schlamassel geklärt hätten. Aber dazu musste Adrian einundzwanzig sein, und das würde er erst in ein paar Tagen.

»Grübelst du immer noch?«, fragte Adrian, als er hereinkam.

Er trug einen maßgeschneiderten Smoking und hatte sein sonst so struppiges Haar gebändigt. Dadurch sah er aus, als wäre er geradewegs aus den Seiten eines Modemagazins gestiegen.

»Hast dich fein herausgeputzt, kleiner Bruder.«

»Danke. Du siehst selbst wunderschön aus. Obwohl ich mir nicht sicher bin, ob das ein Kleid oder ein Badeanzug mit durchsichtigem Rock sein soll.«

»Ha-ha. Sehr witzig. Henna hat es für mich anfertigen lassen, als sie in Italien war. Das nennt man Haute Couture.«

Als Henna es mir am vergangenen Abend vorbeigebracht hatte, wusste ich auf Anhieb, dass die Männer in meinem Leben etliche Einwände dagegen haben würden. Das Oberteil des Kleids wies den rötlichen Braunton von Firewater auf, der transparente Stoff, aus dem der Rock bestand, hatte helle

Schattierungen von Silber und Roségold. Die vernünftige Persephone Kipos der Vergangenheit hätte etwas Derartiges niemals getragen. Aber dieses Kleid passte besser zu meinem Stil als jedes andere, mit dem ich mich bisher der Öffentlichkeit präsentiert hatte.

»Es würde auch nichts ändern, wenn es ein Klassiker und hundert Riesen wert wäre. Sobald Hagen das sieht, rastet er aus.«

»Er wird heute Abend nicht hier sein, also haben wir nichts zu befürchten.«

Vor etwa zwei Stunden hatte Hagen angerufen und mir mitgeteilt, dass ihn ein schwerer Baumangel in einem neuen Club aufhielt. Er meinte, es könnte praktisch unmöglich rechtzeitig zurück sein, um meine Vorstellung und die Bekanntgabe des Deals mitzuerleben, den ich mit Zack für den exklusiven Vertrieb von Firewater Inkognito über die Gebrüder Lykaios ausgehandelt hatte.

Anfangs hatte ich mich gesträubt, als Adrian die Möglichkeit vorgeschlagen hatte. Aber nachdem ich darüber nachgedacht hatte, wurde mir klar, dass er recht hatte. Zack mit der Vermarktung und dem Vertrieb des neuen Whiskeys zu betrauen, würde mir einige der Aufgaben abnehmen, die ich nicht leiden konnte.

»Darauf würde ich mich nicht verlassen. Früher oder später kreuzt Hagen auf. Und es werden Fotos in den Klatschnachrichten auftauchen. Unten wimmelt es nur so von Prominenz.«

Ich warf Adrian im Spiegel einen finsteren Blick zu. »Hagen hat dabei nichts mitzureden, was ich anziehe. Außerdem finde ich, dass ich ziemlich heiß aussehe.«

»Kein Kommentar dazu. Wir sind zwar Griechen, aber so will ich nicht von meiner Schwester denken.«

Adrian griff sich ein Glas Firewater und stürzte den Whiskey hinunter. Er schloss die Augen, während er das feine Brennen des Alkohols genoss.

Ich drehte mich um. »Entschuldige mal, aber du bist noch keine einundzwanzig. Lass dich bloß nicht in der Öffentlichkeit beim Trinken erwischen. Es werden überall Kameras sein, und wir wollen Dara keine Angriffsfläche gegen dich liefern.«

»Apropos Dara. Bist du mit dem Plan einverstanden?«

»Ich will nicht lügen: Nach allem, was wir getan haben, um Papas Erbe fortzuführen, fühlt es sich an, als hätte Dara gewonnen. Wir haben immer noch keine klare Vorstellung davon, wie sie in Papas Tod verwickelt war.«

»Sieh's doch mal so: Wir kriegen sie auf die eine oder andere Weise dran. Konzentrier dich darauf, dass sie bis Montagabend für immer aus deinem Leben verschwunden sein wird.«

Mit einem Seufzen erwiderte ich: »Das tu ich, aber unterm Strich wird sie immer deine Mutter sein.«

Adrian schüttelte den Kopf. »Dara Kipos hat mich vielleicht geboren, aber sie ist nicht meine Mutter. Das ist die Frau, die ich gerade ansehe.«

Meine Lippen bebten, und Tränen brannten mir in den Augen.

»Du warst selbst noch ein Kind, aber du hast deine Träume beiseitegeschoben, um mich großzuziehen. Auch wenn sonst niemand die Wahrheit kennt, ich schon.« Adrian zog mich in seine Arme und drückte mich fest an sich.

Ich umklammerte ihn und ließ seine Wärme auf mich wirken. Adrian hatte mich all die Jahre durchhalten lassen. Hätte er mich nicht so sehr gebraucht, ich hätte wahrscheinlich längst aufgegeben. Er hatte genauso viel für mich getan wie ich für ihn.

Adrian fasste in seine Gesäßtasche, zog ein Taschentuch heraus und tupfte mir das Gesicht ab.

»Keine Tränen oder Gedanken an die Vergangenheit mehr. Es ist an der Zeit, dass du dich auf dich selbst und die Zukunft konzentrierst, die du gerade erschaffst. Außerdem ruinierst du dir sonst dein Make-up. Und du weißt ja, wie Camellia reagiert, wenn jemand ihre Kreationen verschandelt.«

Ich schniefte. »Ich hab dich lieb, du süßer Junge.«

»Junge?« Mit gespielt gekränkter Miene zog er sich zurück. »Ich bin kein Junge. Ich bin ein Mann.«

Lachend drückte ich ihn ein letztes Mal, bevor ich zum Spiegel zurückkehrte und mich vergewisserte, dass mein Make-up um die Augen nicht verschmiert war.

»Oh, übrigens, ich hab ein Geschenk für dich. Von einem Mann, der es dir eigentlich gern selbst überreichen wollte.«

Mein Herz setzte einen Schlag aus.

Adrian fasste in die Innentasche der Jacke seines Smokings und holte eine längliche, rechteckige Schachtel daraus hervor. Als er sie öffnete, kam darin eine dünne weiße Diamanthalskette mit einem rosa Diamantanhänger in Form einer Holunderblüte zum Vorschein.

»Oh mein Gott.« Behutsam berührte ich die Edelsteine.

»Ich bin froh, dass du endlich einen Mann gefunden hast, der dich genauso liebt wie du ihn.«

»Er liebt mich nicht. Er will mich und kümmert sich um mich, aber Liebe ist es nicht.«

Nur zu gern wollte ich glauben, dass Hagen mich liebte, aber ich scheute mich davor, zu viel zu hoffen. Die Aussagen, er würde mich behalten und nur ich könnte unsere Beziehung beenden, ließen mich glauben, er könnte mich lieben. Aber ich musste die Worte *hören*, die mir noch niemand zuvor geschenkt hatte.

Adrian öffnete den Verschluss und legte mir die Halskette um. »Du siehst es vielleicht nicht, aber ich schon. Er liebt dich. Er ist nicht der Typ Mann, der es mit Worten ausdrückt, aber er liebt dich.«

»Vielleicht.« Die Kette erwies sich als deutlich schwerer, als ich erwartet hatte.

In der Schachtel lag ein Zettel.

STARLIGHT,

Das habe ich für dich anfertigen lassen. Es ist so selten und einzigartig wie du. Kein Verstecken mehr in den Schatten.

Hagen

»WIE GESAGT, der Mann ist dir hoffnungslos verfallen.«

In dem Moment öffneten sich die Türen des Fahrstuhls. Zack stieg aus, dicht gefolgt von Pierce.

»Lass uns gehen, meine Schöne.« Zack nickte Adrian zur Begrüßung zu und hängte mich bei ihm ein. »Zeit, die Leute mit deinem Laborexperiment für tausend Dollar das Glas betrunken zu machen.«

»Ha-ha. Du solltest ernsthaft überlegen, Komiker zu werden, falls es mit den Immobilien nicht mehr klappt.«

Penny

ICH BETRAT Hagens privaten Balkon mit Blick auf den opulenten Ballsaal des *Ida*. Die offizielle Eröffnung des Hotels, bei der ich als die mysteriöse Besitzerin von Firewater präsentiert worden war, lag ungefähr zwei Stunden zurück. Ich suchte mir einen Platz in den Schatten abseits der Lichter des Hotels und atmete beruhigend durch.

Da ich mich ein wenig überwältigt fühlte, hoffte ich auf einige Augenblicke ohne jemanden, der über Firewater schwärmte oder mir Ratschläge für mein Unternehmen erteilen wollte. Ich wusste, dass die Leute es gut meinten. Aber egal, was sie glaubten, ich war nicht das naive Mauerblümchen, als das sie mich kannten.

Die Reaktion der Partygäste und Medien war eine Mischung aus Neugier und Spekulationen. Aus dem, was ich mehrfach aufgeschnappt hatte, ergab sich das Bild, dass man überwiegend glaubte, ich wäre wegen eines Interessenkonflikts aus Kipos gedrängt worden. Andere ließen weniger subtile Äußerungen darüber fallen, dass Daras neidisch auf mich wäre und mich vom Erbe ihres Sohns entfernen musste. Mich überraschte, wie viele Leute Dara nicht leiden konnten, obwohl sie sich mit vielen davon regelmäßig zum Essen traf.

Insgesamt war der Abend besser als erwartet gelaufen – abgesehen von einem Ärgernis.

Dara.

Obwohl Adrian gemeint hatte, es wäre wichtig für uns, dass sie zur Eröffnung kam, hatte ich insgeheim gehofft, sie würde sich weigern. Dara hielt normalerweise an der unumstößlichen Regel fest, nie eine Veranstaltung der Lykaios-Brüder zu besuchen. Aber natürlich hat sie an diesem Abend beschlossen, eine Ausnahme zu machen. Und ich wusste, dass sie meinetwegen aufgekreuzt war.

An diesem Tag hatte ein Klatschmagazin Fotos von Hagen und mir aus der Nacht der Pokerrunde veröffentlicht, als Kapok seinen so unhöflichen Auftritt hingelegt hatte. Die Bilder zeigten Hagen, wie er mich im Casino eng an sich drückte. Auf anderen sah man uns bei Gebäck und Kaffee in der Patisserie des Hotels.

Die Schlagzeile des Artikels lautete: »Der Meister der Sünde und Dekadenz hat seinen Engel gefunden.«

Vermutlich war Dara alles andere als erfreut über die Aufmerksamkeit, die meine Beziehung mit Hagen erregte.

Kaum zehn Minuten, nachdem ich mit Zack den Ballsaal betreten hatte, war Dara auf uns zugesteuert.

Sie schien auf uns gewartet zu haben, um uns schnurstracks anzuvisieren. Ich hatte zwar mit einer Konfrontation gerechnet, allerdings nicht vor der Bekanntgabe.

Ihre Worte hatten vor Gift und Galle gestrotzt, als sie mit mir gesprochen hatte.

»Wie tief bist du eigentlich gesunken? Du bist nicht nur Hagens Hure, jetzt bist du auch noch mit Zacharias zusammen. Dein Vater würde sich für dich schämen. Wenn du den Verkauf durch deine Eskapaden ruinierst, sorge ich dafür, dass du es für den Rest deines Lebens bereust.«

Papa gegen mich zu benutzen, war der ultimative Schlag ins Gesicht gewesen. Diese Frau hasste mich abgrundtief. So hätte sie mich nie beleidigt, wenn Adrian in der Nähe gewesen wäre. Ich musste die Finger in Zacks Arm bohren, um mich von einer Reaktion abzuhalten. Dara hatte gewollt, dass einer von uns ausrastete und eine Szene veranstaltete, die ein gefundenes Fressen für die Presse und die Schlagzeilen am nächsten Morgen gewesen wäre. Stattdessen zog ich nur eine Augenbraue hoch und erwiderte: *»Ich würde dir raten, mich dir nicht zur du Feindin zu machen. Ohne meine Unterschrift kannst du mit Kipos überhaupt nichts machen, außer die Firma an die Wand zu fahren.«*

Damit stolzierte ich hocherhobenen Hauptes davon. Als Zack mich später als Besitzerin von PSK Distilleries und Firewater vorgestellt hatte, verspürte ich ein Triumphgefühl, weil Dara dabei leichenblass geworden war.

Ich stellte mein Champagnerglas auf dem Balkonsims ab und schloss die Augen, als eine Brise aufkam und meine erhitzte Haut kühlte.

»Ich war noch nie so eifersüchtig auf den Wind. Nur mir sollte erlaubt sein, diesen Ausdruck in dein Gesicht zu zaubern.«

19

Hagen

Starlight drehte sich um, und ich verschluckte beinah die Zunge.

Diese Frau war fleischgewordene Perfektion. Von hinten hatte sie auf mich in dem hauchzarten Kleid und mit dem ordentlichen Dutt wie eine zierliche Ballerina gewirkt. Von vorn hingegen erwies sie sich als wandelnder feuchter Traum.

Und was zum Teufel hatte sie da an? Sah wie ein zu tief ausgeschnittener Gymnastikanzug mit einem durchsichtigen Rock aus.

Ich sollte der einzige Mann sein, der diesen Körper sehen durfte.

Auch in ihren Augen flammte Lust auf, als sie mich musterte. Mein bestes Stück schwoll an, mir trieben Visionen durch den Kopf, wie ich sie ans Geländer drückte und um den Verstand vögelte.

Sie legte die Hände auf das Geländer und lehnte sich zurück. »Ich habe nur die Brise. Die letzten zwei Tagen warst du ziemlich beschäftigt. Irgendwie musste ich ja auf meine Kosten kommen.«

Ich zog eine Augenbraue hoch, als ich auf sie zuging. »Tatsächlich?«

Der Duft eines leicht blumigen Parfüms stieg mir vermischt mit ihrem eigenen, einzigartigen Geruch in die Nase und steigerte mein Verlangen schlagartig.

»Ich hab erst viel später mit dir gerechnet.«

»Inzwischen solltest du eigentlich wissen, dass mich nichts von dir fernhalten kann.«

Ich merkte ihr an, dass ihr die Worte gefielen, denn Röte kroch über ihre Haut.

»Wie war die Reise? Hast du das Problem gelöst?«

»Größtenteils. Ich bin nur froh, dass mein Flug aus Arizona keine Verspätung hatte.«

Ich hatte es nur knapp noch in dieser Nacht geschafft. Durch die Gegend um Tucson hatte sich ein Unwetter ausgebreitet. Wir gerade noch rechtzeitig weggekommen, bevor der Flughafen sämtliche Flüge gestrichen hatte.

Ich hätte Vegas gar nicht erst verlassen, wenn nicht ein weiterer unserer Bauleiter gekündigt hätte. Diesmal jedoch nicht, weil er beim Stehlen erwischt worden war. Der schnelle Abgang des Mannes hatte damit zu tun, dass sich Draco einmischte. Draco wollte meine Aufmerksamkeit. Und ein Fünfzig-Millionen-Dollar-Projekt zu stoppen, entsprach seiner Art, sie sich zu sichern.

Ich war mir nicht sicher, ob ich bereit gewesen wäre, je wieder mit ihm zu reden, wenn er mich nicht zu einem Treffen mit ihm gezwungen hätte. Bei Draco hatte ich so manches hingenommen, ohne mit der Wimper zu zucken. Aber diesmal fühlte sich der Verrat schlimmer an als alles, was Collin meinen Brüdern und mir angetan hatte.

Draco war mit fünf seiner Enkel auf der Baustelle eingetroffen, alles Männer, mit denen ich aufgewachsen war. Und alles Männer, die wussten, was Draco getan hatte, während ich ahnungslos gewesen war. Der Mann hatte beim Rundgang durch die Anlage so gebrechlich gewirkt. Dadurch wurde mir klar, dass Draco vielleicht jünger als fünfundsiebzig aussehen mochte, in Wirklichkeit jedoch hochbetagt war.

Ihn zu treffen, erschien mir besser, als sich mit weiteren Problemen für HPZ herumschlagen zu müssen. Zumal ich zweifelsfrei wusste, dass Draco jedes unserer Projekte auf die eine oder andere Weise torpedieren würde, um seinen Willen zu bekommen.

Das Gespräch verlief erstaunlich zivilisiert, und am Ende wurde mir klar, dass Draco mich tatsächlich als einen weiteren seiner Enkel betrachtete. Anfangs hatte er diese Erwartung vielleicht nicht gehabt, aber ich hatte das Gefühl, dass er die Vergangenheit bereute. Nichts konnte ändern, was geschehen war, aber Draco gestand mir volle Offenheit bei allem zu, was mit meiner Familie oder mit Starlight zu tun hatte.

Zwar konnte ich nicht behaupten, dass alles vergeben und vergessen war, aber wir hatten eine Einigung erzielt und konnten nach vorn schauen.

Jetzt musste ich mich zu dem Schritt überwinden, mit Collin zu reden. Das schuldete ich ihm. Wie auch immer er sich seinen Söhnen gegenüber verhalten haben mochte, er hatte zwei unschuldige Mädchen beschützt – eines davon die Folge der Affäre seiner Frau mit seinem besten Freund.

Aber das konnte auf einen anderen Tag warten.

Vorerst galt meine Aufmerksamkeit ausschließlich der natürlichen Göttin vor mir, gehüllt in Stofffetzen, die sich als Kleid ausgaben.

»Nur, damit du's weißt, ich hasse dieses Kleid. Es zeigt zu viel davon, was mir gehört.« Ich legte die Hände um ihre schlanke Taille. »Lass mich nicht vergessen, Henna zu sagen, dass sie keine Kleider mehr für dich aussuchen darf.«

»Das ist Haute Couture. Mir gefällt es.« Sie versuchte, mürrisch dreinzuschauen. Aber die Atemlosigkeit in ihrer Stimme verriet mir die Erregung, die sie durch meine Nähe verspürte.

»Das ist ein kaum vorhandener Gymnastikanzug mit einem total durchsichtigen Rock.«

»Weißt du, was es noch ist?«

Meine Lippen streiften ihr Ohr und entlockten ihr beinah ein Schnurren. »Was?«

Sie näherte mir das Gesicht, bis sich unsere Nasen fast berührten. »Leicht zugänglich.«

Meine Mundwinkel krümmten sich. »Jemand könnte hier rauskommen und uns überraschen.«

»Ich bin bereits gründlich verdorben. Das würde nur die Gerüchte schüren, dass ich vom Meister der Sünde kontrolliert werde.«

»Zum ersten Mal stört mich der dämliche Titel nicht.«

Langsam sank ich auf die Knie. »Halt dich gut fest. Jetzt gönne ich meinem Mund deine wunderschöne Pussy. Und danach gehen wir nach Hause, damit ich dich so hart ficken kann, dass mein Schwanz einen Abdruck an dir hinterlässt.«

Ihr Atem ging in flachen Stößen, und ich konnte beobachten, wie sich ihre Brustwarzen unter der dünnen Seide ihres Kleids aufrichteten.

Mein Augenmerk wanderte zu dem schmalen Stoffstreifen, der ihren Schritt bedeckte. Ich leckte mir über die Lippen und ließ die Hand durch den Schlitz des Rocks hinaufwandern, der sich an einem Bein bis hinauf zu ihrer vom Oberteil bedeckten Pussy erstreckte.

Ich schob den durchsichtigen, elfenbeinfarbenen Stoff beiseite. »Jetzt versteh ich, was du mit leicht zugänglich gemeint hast.«

Ich öffnete die Druckknöpfe im Schritt und legte ihre herrliche, nass glänzende Muschi frei. »Gott, du bist so feucht.«

Ich schob die Finger zwischen ihre unteren Lippen und spreizte sie, bis ich ihre pralle Lustperle entblößt hatte. Kurz blies ich auf das empfindliche Nervenbündel, bevor ich die Lippen darüberstülpte und es mir in den Mund saugte.

Fuck, ich schwebte im Himmel. Nichts schmeckte so gut wie Starlights Erregung. Sie war wie Nektar, von dem man süchtig wurde.

Ihr Körper krümmte sich, als ich die Zunge tief in ihre seidige Spalte stieß.

»Hagen«, presste sie stöhnend hervor und umklammerte das Geländer fester. »Oh Gott, Hagen.«

Ich musste mehr von ihrer Lust hören. Also packte ich

ihre Oberschenkel, spreizte ihre Beine weiter und labte mich genüsslich an ihrer Köstlichkeit. Meine Zunge kreiste, leckte und schnippte über ihre triefende Mitte.

»Ich liebe es, wie du schmeckst«, brummte ich, während ich mich weiter an ihr gütlich tat. »Meine Lippen werden nie aufhören, sich nach dir zu sehnen.«

Als ich einen Finger in ihre Hitze schob, brach ihr Orgasmus aus ihr hervor.

»Oh Gott. Ja.« Sie stöhnte und biss sich auf die Unterlippe, um ihre Ekstase nicht lauthals herauszuschreien.

Meine Frau presste die Lider zu und krümmte sich unter der lustvollen Folter. Ihre inneren Muskeln zuckten und zogen sich um meine zustoßenden Finger zusammen. Gleichzeitig flutete mir ihre Ekstase in den Mund und weckte in mir den Wunsch, sie zu verlängern. Aber ich wusste, dass wir aufhören mussten.

Widerwillig zog ich mich von ihrem Körper zurück, leckte mir die Finger und wischte den triefnassen Mund an ihrem Oberschenkel ab. Dann schloss ich die Druckknöpfe zwischen ihren Beinen wieder. Langsam richtete ich mich auf und zog sie an mich.

Befriedigt erschlafft ließ sie den Kopf auf meine Schulter sinken. »Ich kann nicht glauben, dass wir das gerade getan haben.«

»Wir sind auf einem Balkon, der öffentlich weder zugänglich noch einsehbar ist.« Ich blickte auf ihr benommen wirkendes Gesicht hinab. »Wir hätten noch viel weiter gehen können, und niemand hätte je davon erfahren.«

Gott, war sie schön.

»Wenn das so ist ...« Sie schenkte mir ein verruchtes Lächeln. »Lass es uns bald wiederholen.«

Penny

»DENK EINFACH DRAN, wie sich deine Möse um meinen Schwanz zusammenzieht«, sagte Hagen mit einem Grinsen, als ich am Montagmorgen mit ihm durch die Eingangstüren von Kipos International trat.

Ich stupste ihn mit dem Ellenbogen in den Bauch. »Du bist so derb. Die meisten Frauen würden sich an dem Wort stören.«

»Gut, dass du nicht dazu gehörst.«

Hitze stieg mir in die Wangen. Er wusste genau, dass ich umso erregter wurde, je versauter er mit mir redete.

»Du wolltest doch, dass ich dich verderbe.« Er strich mir mit dem Daumen über die Lippen, womit er mir einen Schauder über den Rücken jagte. »Ich habe vor, jeden Moment zu genießen, den wir zusammen haben.«

In seine Augen trat ein Ausdruck, bei dem sich mein Herz zusammenzog. Es schien, als dächte er, ich würde ihn verlassen.

»Hagen, verschweigst du mir irgendwas?«

»Ich ...« Er zögerte. »Vergiss es. Wir reden nach dem Meeting darüber.«

Bevor ich widersprechen konnte, kam Jeffery auf uns zu,

ein langjähriger leitender Mitarbeiter des Sicherheitspersonals von Kipos. »Penny. Wie schön, Sie zu sehen.« Er küsste mich auf die Wange. »Wollen Sie wirklich zulassen, dass sie die Firma verkauft?«

Mit der Frage hatte ich gerechnet. Ich würde das Unternehmen heute tatsächlich verkaufen, nur nicht an den Bieter, den Dara arrangiert hatte.

»Es ist am besten so«, antwortete ich, bevor ich seufzte, als Papas riesiges Porträt an einer der Wände der Lobby in Sicht geriet.

Es tut mir leid, Papa. Aber Kipos war dein Traum, nicht der deiner Kinder. Ich hoffe, du kannst das verstehen.

»Zumindest kann ich behaupten, dass ich während der gesamten Firmengeschichte an Bord war.« Jeffery schenkte mir ein melancholisches Lächeln und drückte den Knopf, um den Aufzug zu rufen. »Fahren Sie nach oben. Sie sind im großen Besprechungsraum.«

Kaum hatten sich die Türen in der Chefetage geöffnet, erschien Adrian und plapperte drauflos. »Vergiss nicht, dich ans Drehbuch zu halten, wenn wir reingehen.«

»Auch hallo«, entgegnete ich und ging an ihm vorbei. »Ich bin keine Idiotin.«

»Das hab ich nie behauptet.« Sein defensiver, trotziger Ton brachte mich zum Lachen.

Obwohl er mich längst überragte, war er immer noch der kleine Bruder, der bei jeder Kritik rebellierte.

»Weiß sie, dass Hagen mich begleitet? Oder rechnet sie mit mir allein?« Ich schaute in Hagens Richtung, obwohl die Frage Adrian galt.

»Sie weiß, dass ständig einer der Lykaios-Brüder bei dir ist.«

Ich hatte zu Adrian gemeint, es wäre besser, Dara in der Annahme zu lassen, ich hätte etwas mit allen drei Brüdern. Dem mürrischen Blick nach, den Hagen mir gerade zuwarf, war er wegen des Vorschlags immer noch sauer auf mich. Aber er wusste, dass es ein notwendiger Teil des von Adrian ausgeheckten Plans war.

Als wir uns dem verglasten Besprechungsraum näherten, sichtete ich Dara mit ihrem Anwalt Trey Ritchman und der üblichen Entourage von Lakaien an einer Seite des Tischs. Auf der anderen saß Carter Jones, mein Anwalt. Er war zwar nicht erfreut darüber, dass ich verkaufen wollte, akzeptierte meine Entscheidung aber. Aus Carters Sicht zementierte das neu entdeckte Testament meinen und Adrians Anspruch auf die Firma, ohne dass Dara dafür nötig wäre. Er hatte sogar dazu geraten, dass wir uns an den Vorstand wenden und Dara von ihrer Rolle als CEO entbinden lassen sollten.

Ich konnte ihm nicht sagen, dass ich haftbar für den von Dara in der Firma angerichteten Schlamassel wäre, wenn wir sie abservierten.

Kurz bevor wir den Raum betraten, drehte sich Hagen zu mir und sagte: »Ich bin hier, um dich zu unterstützen, aber das ist dein Kampf. Denk dran, ganz gleich, was Dara sagt, bleib ruhig. Sie will dich verletzen und provozieren. Es ist an der Zeit, dass du die Zügel für dein Leben in die Hand nimmst, Starlight.«

Ich nickte und hielt die Tränen zurück, die mir in den Augen brannten. Er akzeptierte mich wirklich. Hagen wusste, dass diese Angelegenheit etwas war, um das ich mich selbst kümmern musste.

Ich streckte mich und küsste ihn auf die Wange. »Ich liebe dich, Hagen Lykaios. Danke für deinen Rückhalt.«

»Gern geschehen.« Er schenkte mir ein geradezu schüchternes Lächeln.

Er hatte mir zwar immer noch nicht gesagt, dass er mich liebte, aber ich wusste, dass es irgendwo in ihm steckte. Für einen Mann mit dem Ruf eines knallharten Mistkerls zeigte er mir diese Seite seiner selbst ausgesprochen selten. Abgesehen davon, dass er im Bett gern das Sagen hatte, war er rücksichtsvoll, witzig und sogar ein Romantiker, auch wenn er es nie zugegeben hätte.

»Gehen wir, Süße. Zeit, sich dem Drachen zu stellen.« Hagen schob die Tür auf.

»Endlich ist sie da. Ich dachte schon, du würdest uns den ganzen Morgen warten lassen. Setz dich, und dann fangen wir an.« Die Häme in Daras Stimme ließ mich beinah zusammenzucken.

Beinah.

»Tut mir leid.« Ich schaute erst in Daras Richtung, dann zu Hagen. »Es war seine Schuld.«

Schmunzelnd zog Hagen eine Augenbraue hoch, als wir zu unseren Plätzen gingen.

»Was hat er hier zu suchen?«

Hagen antwortete: »Du hast es bestimmt schon gehört – wo sie hingeht, dorthin gehe ich auch.«

»Wenn du denkst, du könntest sie umstimmen, würde ich sehr vorsichtig sein. Ich lasse nicht zu, dass jemand die Zukunft meines Sohns ruiniert.«

Ihre geheuchelte elterliche Sorge brachte mich beinah zum Prusten. Wo war diese Sorge gewesen, als Adrian ein Kind war?

»Ich bin nur als moralische Unterstützung hier. Jammerschade, was aus Onkel Jacobs Unternehmen geworden ist. In Stripclubs lernt man wohl nicht, wie man eine multinationale Organisation leitet.« Hagen lehnte sich auf dem Sitz zurück.

Als Hagen mir alles erzählt hatte, was er über Daras Vergangenheit herausgefunden hatte, wäre ich fast vom Stuhl gekippt. Sie hatte sich jahrelang als Stripperin durchgeschlagen, bevor sie ihren ersten Mann geheiratet hatte, einen Autohausbesitzer und ihren besten Kunden. Danach war sie in die Rolle einer ungemein sittsamen, überkorrekten Lady geschlüpft. Vermutlich hatte Papa das an ihr angesprochen.

Überraschung huschte über Daras Züge, bevor sie mich ansah.

Ja, Miststück. Wir kennen alle deine Geheimnisse.

»Fangen wir an«, schlug Trey vor und begann, den Ablauf des Verkaufs zu erläutern, einschließlich der Aufteilung des Vermögens und der an der Transaktion beteiligten Parteien. Viele Male während seiner Ausführungen wollte ich eine Frage einstreuen und den selbstgefälligen Arsch in die Schranken weisen. Aber ich hielt mich zurück.

Das war Adrians Part. Ich musste ihm vertrauen. Ich hatte meine Rolle zu spielen, er seine. Im Augenblick befand ich mich auf der Bühne.

Mein Herz fühlte mit ihm. Er stand kurz davor, seine eigene Mutter zu Fall zu bringen. Wem wollte ich etwas vormachen? Adrian war eher mein Kind als ihres. Der kleine Bruder, den ich großgezogen hatte.

Treys Stimme durchbrach meine Gedanken. »Wie Sie sehen, werden Sie nach Ihrer Unterschrift reicher sein, als Sie es sich je hätten vorstellen können.«

Er legte einen Stapel Papier vor mich hin. Meinte der Typ das ernst? Glaubte er wirklich, ich würde einen hundert Seiten langen Vertrag unterschreiben, ohne ihn zu prüfen?

Ich blätterte durch die Dokumente und runzelte die Stirn. »Das sieht nicht nach den Unterlagen aus, die Sie Carter geschickt haben.« Ich schob die Dokumente in Treys Richtung zurück.

Carter zeigte dieselbe Reaktion wie ich. »Tut mir leid, Mrs. Kipos. Ich kann meiner Mandantin nicht raten, etwas ohne die erforderliche Sorgfaltsprüfung zu unterschreiben.«

Aus dem Augenwinkel bemerkte ich, wie Dara unruhig an ihrem Armband fingerte. Das erste Anzeichen dafür, dass sie verärgert war und jeden Moment explodieren konnte. Im Verlauf der Jahre hatte ich das unzählige Male am eigenen Leib erfahren.

»Es hat ein paar Änderungen in letzter Minute gegeben. Aber ich bin überzeugt davon, dass eine kurze Überprüfung ausreicht«, sagte Trey in widerlich süßlichem, herablassendem Ton, als verstünde Carter nichts von Recht.

Oh Mann, wo hatte Papa diesen Kerl bloß aufgetan? Ich konnte kaum fassen, dass Papa ihm so viele Jahre lang vertraut hatte. Nun, am Ende hatte er das wohl auch nicht mehr. Immerhin hatte er vor seinem Tod Carters Vater mit seiner rechtlichen Vertretung betraut.

»Ich will mir das im Detail ansehen. Ich werde Ms. Kipos

nicht raten, irgendetwas zu unterschreiben, bevor sie über alle Änderungen und Klauseln umfassend aufgeklärt ist.«

Plötzlich brüllte Dara in meine Richtung: »Ich schwöre, wenn du die Papiere nicht unterschreibst, mache ich dir das Leben zur Hölle, Persephone Kipos. Ich sorge dafür, dass niemand mehr mit dir zusammenarbeitet oder deinen billigen Fusel kauft.«

Das reichte. So würde ich sie nie wieder mit mir reden lassen.

Ich bedachte Adrian mit einem entschuldigenden Schulterzucken und stand auf. »Drohst du mir etwa? Ich unterschreibe gar nichts, bevor ich über sämtliche Änderungen Bescheid weiß. Ich traue dir nicht.«

»Und was habe ich getan, um dieses Misstrauen zu rechtfertigen? Ich bin hier nicht die Hure dreier Männer.«

Ich sah, wie Hagen sich rührte, und schüttelte den Kopf. Wie er gesagt hatte, das war mein Kampf. Er nickte mir zu und lehnte sich auf dem Stuhl zurück. Die Haltung seiner Schultern jedoch verriet mir, dass er sofort eingreifen würde, wenn er glaubte, ich wäre in Gefahr.

»Lass mich etwas klarstellen: Du brauchst mich mehr als ich dich. Ohne meine Zustimmung zerfällt dein Deal zu Staub.«

»Das Einzige, was ich brauche, ist deine Unterschrift«, konterte Dara und stand ebenfalls auf.

»Mutter, was machst du denn?« Adrian setzte sich in Bewegung, hielt aber inne, als Trey die Hand hob, Daras Arm packte und sie zurück auf ihren Stuhl zog.

»Halt dich da raus, Adrian. Glaub bloß nicht, ich hätte keine Ahnung, dass deine Loyalität ihr gilt. Ich habe Berichte, die mir verraten, dass du deine gesamte Freizeit mit ihr und in seinem Gebäude verbringst.« Ihre Augen feuerten Dolche auf Hagen ab, der sich völlig unbeeindruckt zeigte. »Ich bin deine Mutter. Deine Loyalität sollte mir gelten.«

Wut flammte in Adrians Augen auf, und er presste zwischen zusammengebissenen Zähnen hervor: »Ich bin loyal zu meiner Mutter. Nur ist sie zufällig meine Schwester, nicht die Frau, die mich geboren hat.«

»Du undankbarer Rotzlöffel. Komm bloß nicht heulend bei mir angerannt, wenn dir das Geld ausgeht.«

»Beruhigen Sie sich, Dara.« Trey hielt Daras Arm weiter fest, als fürchtete er, sie könnte erneut aufspringen. »Diese Sitzung wird auf Wunsch des Vorstands aufgezeichnet.«

Mit einem Ruck befreite sie ihre Hand. »Ist mir scheißegal. Ich habe diese Gören schon zu lange ertragen. Persephone, unterschreib jetzt die Dokumente, dann sind wir einander los.«

»Hängt der Verkauf nicht an dem neuen lukrativen Vertrag mit PSK Distilleries?«, fragte ich.

Alle Farbe wich aus Daras Gesicht, und sie sah Trey an. Offenbar hatte sie vergessen, dass PSK mir gehörte und sie nett zu mir sein sollte, um zu bekommen, was sie wollte.

»Die Details der Vereinbarung sind vertraulich. Du gehst von Gerüchten aus. Du weißt gar nichts.«

»Ich weiß eine ganze Menge.« Lächelnd zog ich einen eigenen Packen Papier aus meiner Umhängetasche. »Siehst du das?« Ich schob die Dokumente in Daras Richtung. »Das ist Papas Testament. Die Fassung, die du bedauerlicherweise vergessen hast, zu veröffentlichen. Die Fassung, die Papa kurz vor seinem Tod aufgesetzt hat. Die eigenen Kinder über ihr

Erbe im Unklaren zu lassen, entspricht definitiv nicht dem Vorgehen einer moralisch überlegenen Frau. Meinen Sie nicht auch, Mr. Ritchman?«

Dara schwieg und versuchte, sich ihre Verblüffung nicht anmerken zu lassen.

»Das ist eine Fälschung. Jacob Kipos hat kein solches revidiertes Testament aufgesetzt. Ich war über fünfzehn Jahre lang sein Rechtsberater.« Trey sprach mit zorniger Stimme und sah aus, als wollte er mich erwürgen.

Ja, Arschloch. Du bist aufgeflogen.

»Da bin ich anderer Meinung, Mr. Ritchman«, warf Carter ein. »Mein Vater war zum Zeitpunkt von Jacob Kipos' Tod sein eingetragener Anwalt. Tatsächlich ist dieses Testament absolut gültig und wurde ordnungsgemäß eingereicht.«

»Das bedeutet gar nichts. Ich werde es vor Gericht anfechten.«

»Mit wessen Geld?« Hagen ergriff das Wort. »Adrian, hast du nicht etwas, das du deiner Genspenderin zeigen willst?«

Ich runzelte die Stirn. Okay, das gehörte nicht zum Plan. Was wollte Adrian ihr vor versammelter Runde zeigen? Und warum wusste Hagen darüber Bescheid und ich nicht?

Ich funkelte die beiden Männer an, aber sie ignorierten mich und konzentrierten sich auf Dara.

»Mutter« – in Adrians Stimme schwang ein Hauch von Gift und Galle mit – »ich habe ein Video, das ich dir zeigen möchte. Unser Freund Josef Petrow hat es den Lykaios-Brüdern als Wiedergutmachung für die Unannehmlichkeiten überlassen, die dein Freund Erin Kapok ihnen in ihrem Hotel bereitet hat. Ich denke, du wirst es sehr interessant finden.

Anscheinend hat Erin eure gemeinsamen Zeiten gern aufgenommen.«

Adrian ließ das Video ablaufen.

Meine Hände fingen zu zittern an. Das Video zeigte, wie Kapok und Dara detaillierte Pläne schmiedeten, um Papa loszuwerden.

Ich hatte die ganze Zeit recht gehabt.

Oh Papa ... Übelkeit breitete sich in meinem Magen aus, und bevor ich wusste, wie mir geschah, befand ich mich auf Hagen Armen. Er trug mich aus dem Besprechungsraum in ein verwaistes Büro.

»Ich muss es sehen. Ich muss es sehen!«, rief ich und trommelte dabei auf seine Brust.

»Nein, Schatz, musst du nicht. Die Behörden sind gleich da, um Dara zu verhaften.«

»Wie konntest du das vor mir verheimlichen? Ich hab dir vertraut.«

»Das war zu deinem Schutz.«

Ich konnte das nicht von ihm hören. Schutz bedeutete nicht, mich ahnungslos in eine Situation wie die gerade eben laufen zu lassen.

»Nein, verdammt noch mal. Du hast die Abmachung mit mir getroffen, nicht mit Adrian. Du solltest das Eine in meinem Leben sein, das wirklich mir gehört. Aber ich hab mir bloß etwas vorgemacht.«

»Starlight. Hör mir zu.«

»Nein.« Ich befreite mich aus seinem Griff und stürmte zur Tür. »Im Moment kann ich euch beide nicht sehen.«

20

Penny

»Komm her, Mädel.« Amelia Nephus Thanos schlang die
Arme um mich, nur kurz, nachdem ich auf dem Rollfeld ihrer
Privatinsel eine Stunde vor der Küste des griechischen
Festlands gelandet war.

Unmittelbar nach dem Verlassen der Zentrale von Kipos
hatte ich Amelia angerufen und ihr in Kurzzusammenfassung
von den Ereignissen in den letzten paar Wochen erzählt.
Prompt hatte sie einen ihrer Piloten losgeschickt, um mich
abzuholen. Und nun, nur einen Tag später, befand ich mich in
Griechenland. Ich kam mir schäbig dafür vor, dass ich einfach
geflüchtet war. Aber im Augenblick konnte ich weder Hagen
noch Adrian sehen. Sie hatten sich verschworen und mich im
Dunklen über Papas Tod gelassen. Auf logischer Ebene wusste
ich, dass sie nur die Absicht hatten, mich damit zu

beschützen. Aber ich musste nicht die ganze verdammte Zeit beschützt werden.

Adrian hatte gewollt, dass ich ihm vertraute und die Führung überließ. Allerdings fühlte es sich so an, als hätte er mir nicht vertraut. Und Hagen. Er war eine andere Geschichte. Hagen musste gewusst haben, wie aufgebracht ich sein würde. Vielleicht hatte ich mir mit dem Glauben, meine Beziehung mit ihm könnte mehr als nur Sex sein, bloß etwas vorgemacht. Ich wusste, dass er mich wollte, aber er hatte mir nie gesagt, dass er mich liebte. War die Hoffnung auf mehr vergeblich?

Jedenfalls wollte ich nicht in einer Beziehung sein, in der ich nicht als gleichgestellt angesehen wurde.

»Hör auf damit. Du bist wohl kaum vor deinem Leben davongelaufen, um hier die ganze Zeit darüber zu brüten.« Amelia ließ mich los, hängte sich bei mir ein und zog mich zu einem wartenden Auto.

»Nein, eigentlich will ich eine Zeit lang alles vergessen. PSK ist auf kaufmännischer Seite abgedeckt, und das Labor hat Ana im Griff. Man könnte also sagen, ich kann ungezwungen tun, was immer ich will.«

Ein Grinsen trat in Amelias Züge. »In den nächsten Tagen zeige ich dir, wie die Witwe Thanos ihre Tage verbringt. Nachdem ich dich in Form gebracht habe, liefern wir vielleicht den Klatschblättern etwas, worüber sie schreiben können.«

»Ich bin eher auf Training als auf Clubbing aus. Du solltest mich mit einem deiner Boxer in den Ring steigen lassen.«

»Ist eine Möglichkeit. Jedenfalls solltest du auf deine

Gesundheit achten und ein gutes Beispiel für dein Patenkind sein.«

»Apropos. Wie geht es ihm? Hat ihm sein Geburtstagsgeschenk von seiner *Theia* Penny gefallen?«

Sie bedachte mich mit einem verzwickten Seitenblick. »War's wirklich nötig, einem Zehnjährigen ein Schlagzeug mit allem Drum und Dran zu schicken? Zu Hause scheppert und wummert es nur noch.«

»Hey, sei froh, dass ich auch einen Lehrer engagiert habe. Sonst wäre es noch schlimmer.«

»Auch wieder wahr.«

———

Penny

»ICH KANN NICHT GLAUBEN, dass du das getan hast. Mir hätte es vollauf genügt, bei dir zu Hause zu sitzen, Wein zu schlürfen und mich ins Koma zu essen«, sagte ich, als Amelia und ich aus ihrem Mercedes in die abendliche Wärme an der Küste von Ibiza in Spanien ausstiegen.

»Beruhig dich. Ist ja nicht so, als wäre es eine Weltreise. War nur ein kurzer Flug von der Insel und eine zehnminütige Autofahrt nach der Landung. Und wir haben das ja auch schon gemacht. Außerdem brauche ich das genauso sehr wie du.«

Mein Herz fühlte mit Amelia. Trotz ihres Geredes über die Boulevardpresse war sie ziemlich konservativ. Und meines

Wissens hatte sie es nur mit ihrem verstorbenen Ehemann Stavros je krachen lassen. Ich hatte sie um ihre so viele Jahre während Beziehung beneidet. Er war der griechische Milliardär gewesen, der die Frau aus der Welt des Boxens nach ihrer niederschmetternden Trennung von Pierce umgehauen hatte.

Erst Jahre später erfuhr ich, dass ihre Ehe ein Arrangement gewesen war. Obwohl sie die besten Freunde waren und sich innig liebten, waren sie nicht *verliebt* gewesen. Nach Stavros' unerwartetem Tod bei einem Bootsunfall vor fast zwei Jahren war Amelia ins Straucheln geraten. Stavros war ihr Anker gewesen, der auf einmal fehlte.

Sie war praktisch untergetaucht, hatte sich nur noch auf ihren Sohn und das von Stavros geerbte Unternehmen konzentriert.

Erst in den letzten Monaten war sie wieder in die Welt zurückgekehrt. Ich hatte das Gefühl, dass sie diesen Abend zur Entspannung genauso sehr brauchte wie ich.

Wir schlenderten zu dem Club am Strand, von dem Amelia gemeint hatte, er wäre das angesagteste Lokal auf Ibiza.

»Das kann jetzt nur ein Scherz sein.« Ich seufzte tief, als ich das Schild des Clubs las. Musste mich wirklich alles an ihn erinnern? Er hatte zwar alles getan, um Dara nicht gewinnen zu lassen, aber er hatte keine Ahnung, dass ich nur ihn wollte. Und ich wollte von ihm als gleichwertig behandelt werden.

»Was?«, fragte Amelia. »Das *Luz de las Estrellas* ist der beste Club auf der Insel. Das bedeutet ...«

»Starlight«, fiel ich ihr ins Wort.

»Hey, ist das nicht dein zweiter Vorname?«, fragte sie mit

einem Funkeln in den Augen. Sie wusste sehr genau, dass es mein Name war.

»Ja.«

Amelia lachte. »Der ist halb so schlimm. Wenigstens bist du nicht mit Moonbeam oder etwas noch mehr nach Hippie Klingendem geschlagen.«

»Komm, zeig mir jetzt das Nachtleben, für das Ibiza so bekannt ist.«

Sie nahm mich an der Hand und führte mich geradewegs zu einem mit Kordeln abgesperrten Bereich. Wir näherten uns einer Gruppe von Türstehern, die Amelia anlächelten.

»Hallo, Carlos«, grüßte sie einen großen, massigen Kerl, der wie ein Sumo-Ringer aussah.

Er bückte sich und küsste Amelia auf beide Wangen. *»Buenas noches, Amelia.«*

»Wir sind für ausgelassene Nacht hier, um unsere Sorgen zu vergessen. Ist mein Tisch fertig?«, fragte sie auf Spanisch.

»Natürlich. Ich hab mich persönlich darum gekümmert, als ich erfahren hab, dass mein Boss herkommt.«

Er zwinkerte.

»Glaub bloß nicht, ich würde Gustav sagen, er soll dich mit Samthandschuhen anfassen.«

»Fiele mir nicht im Traum ein.« Grinsend drehte er sich in meine Richtung. *»Wen haben Sie denn dabei ...«* Er verstummte und starrte mich an, als hätte ich zwei Köpfe.

»Was ist? Stimmt was nicht mit mir?«, fragte ich Carlos.

»Sie sprechen Spanisch? Ich dachte, Sie wären Inderin.«

Ich zog eine Augenbraue hoch, als wäre es eine dumme Frage. Ich meine, immerhin hatte ich ihn auf Spanisch angeredet. *»Ja, ich spreche Spanisch. Und Englisch, Griechisch,*

Hindi und Niederländisch. Ich bin eine Migas, wie Amelia es gern auf Griechisch ausdrückt.«

Seine Wangen röteten sich und verrieten seine Verlegenheit wegen seiner Reaktion auf mich.

Nach einigen Augenblicken schüttelte er den Kopf, als wollte er ihn frei bekommen. Dann schaute er zu den anderen Türstehern hinter ihm, die genauso fassungslos wirkten. Schließlich fragte er: *»Sind Sie allein?«* Gleichzeitig spähte er suchend an mir vorbei.

»Gibt es ein Problem?« Ein Anflug von Verärgerung regte sich in mir.

»Nein. Nichts weiter. Bitte gehen Sie rein.« Carlos deutete auf die Tür. *»Nur zu.«*

Mit hochgezogener Augenbraue sah ich Amelia an. Meine Lippen bildeten die Frage: *Was war das denn?*

Sie grinste und zuckte mit den Schultern. »Ich hab nicht die geringste Ahnung, was das eben sollte.«

Warum hatte ich das Gefühl, dass Amelia haargenau wusste, was vor sich ging?

»Komm.« Sie zog mich in die Masse der sich verrenkenden Körper und schwingenden Hüften.

Wir tanzten uns durch das Gedränge, berauscht von der energiegeladenen Atmosphäre, die genau das vermittelte, wofür man Ibiza kannte. Eine Kellnerin erschien, als wir den Lounge-Bereich erreichten. Sie bot uns langstielige Champagnergläser an, und als wir uns jeweils eines nahmen, fügte sie noch einen Schuss Firewater hinzu.

»Mädel, solche Lokale als Kunden werden dich stinkreich machen. Vielleicht sogar reicher als die Lykaios-Brüder.«

Sofort wurde Amelia klar, was sie gerade gesagt hatte, und

sie berührte mich am Arm. »Tut mir leid, Süße. Da versuche ich, dich von ihm abzulenken, und dann erwähne ich die Brüder erst wieder.«

»Schon okay.« Ich stieß den Atem aus und steuerte auf eine Gruppe von Tischen zu. »Traurig ist, dass ich ohne Hagen nicht mal halb so viel hätte.«

Mittlerweile sah es so aus, als würden alle angesagten Clubs seinem Beispiel folgen und Firewater als Aufhänger benutzen, um hochkarätige Kundschaft anzulocken.

»Die Welt weiß, dass ihr zwei ein Paar wart. Vor allem, nachdem die Boulevardpresse die letzten Bilder von dir und ihm gepostet hat, wie ihr bei der Eröffnung des *Ida* den Ballsaal betreten habt. Die Fotos haben zwar unschuldig ausgesehen, da hatte er nur den Arm um deine Taille gelegt. Aber irgendwie habe ich das Gefühl, die Röte in deinem Gesicht hatte eine Vorgeschichte.«

Bei der Erinnerung an Hagens Mund an mir, während ich mich am Geländer des Balkons festklammerte, zog sich mein Innerstes zusammen. Zum Glück wurden wir erst danach fotografiert, nicht währenddessen.

»Wer weiß, ob das je wieder vorkommen wird. Ich bin mir nicht sicher, ob mich in der Richtung eine Zukunft erwartet. Und wenn ich es noch so sehr möchte.«

»Weiß er das? Aus meiner Sicht wirkt er wie ein Mann, der fest entschlossen ist, dich zu behalten.« Amelia setzte sich auf eine lange, weiche, blutrote Couch. Das Möbelstück bildete einen scharfen Kontrast zum vorherrschenden schlichten Weiß der Innenausstattung.

»Ich brauche mehr als hemmungslosen Sex. Er hat mir nicht ein einziges Mal gesagt, dass er mich liebt. Verdammt, er hat mir überhaupt nie gesagt, was er für mich empfindet. Und ich hab weder die Zeit noch die Lust zu warten, bis er sich über seine Gefühle klar wird.«

»Lügnerin. Du würdest selbst in der Hölle auf ihn warten. Was dir so zusetzt, ist vielmehr, dass du keine Kontrolle über die Situation hast.«

»Ich bin kein Kontrollfreak. Ich musste lernen, mir das abzugewöhnen, während ich unter Dara bei Kipos gearbeitet habe.«

»Apropos Kipos, was habt ihr jetzt mit dem Unternehmen vor?«

»Wir verkaufen es. Der meiste Papierkram ist schon erledigt und unterzeichnet. Als Nächstes steht die Planung der Übergabe an. In der Zwischenzeit leitet ein Übergangsteam das Unternehmen. Die Käufer sind wahrscheinlich der einzige Grund, warum die Firma noch Betriebskapital hat.«

»Lass mich raten: Hagen hat die Käufer gefunden.«

»Genaugenommen war es Zack.«

»Interessant.«

»Was soll das heißen?«

Amelia reichte mir einen weiteren Drink. »Denk mal nach. Ohne Hagen wäre das alles wahrscheinlich nicht passiert. Der Mann schreit geradezu heraus, was er für dich empfindet, auch wenn er es nicht ausspricht.«

Ich ignorierte die Wahrheit in den Worten meiner Freundin, trank die Hälfte meines Drinks in einem Zug und starrte Amelia an. »Ich brauche die Worte.«

»Warum, wenn es seine Taten doch jedem mitteilen? Du bist einer meiner engsten Freundinnen, also kann ich dir das sagen: Du bist eine sture Idiotin. Nicht alle Männer sind fähig, die Worte auszusprechen. Sie zeigen sie durch Taten. Verdammt, ohne Taten bedeuten die Worte ohnehin nichts.«

Ich schloss die Augen.

»Penny, er hat sich weit aus dem Fenster gelehnt, um die Wahrheit über deinen Papa herauszufinden. Ja, er hat dich darüber im Dunkeln gelassen und dich dann damit überrascht, aber er ist bloß ein dummer Kerl. Er hat gedacht, er würde dich beschützen. Es gibt kein Heilmittel dagegen, ein typischer Mann zu sein, und wahrscheinlich wird er künftig wieder Mist bauen.

Verzeih ihm. Immerhin hat er deine böse Stiefmutter davon abgehalten, das Erbe deines Vaters zu zerstören. Er passt auf deinen Bruder auf, damit du es nicht tun musst. Er hat Clubs um ein von dir geschaffenes Produkt herum entworfen. Und vor allem hat er dabei nicht wirklich eine Gegenleistung verlangt. Nach dem, was du mir erzählst, denke ich sogar, dass er glaubt, dich nicht zu verdienen. Der Mann liebt dich.«

Ich wischte mir über das Gesicht, als eine Träne über meine Wange kullerte.

Mein Gott. Er *hatte* mir gesagt, dass er mich liebt. Seine besitzergreifenden Worte waren seine Art, sich vor der falschen Überzeugung zu schützen, er wäre meiner nicht würdig.

Ich blickte in Amelias wissendes Gesicht und verkündete: »Ich muss nach Hause.«

»Verbring die Nacht bei mir. Bis um acht morgen früh habe ich den Jet für dich bereit.«

»Weiß Christopher, dass seine Mutter eine hoffnungslose Romantikerin ist?«

Ihr Lächeln wurde wehmütig. »Wenigstens eine von uns bekommt ein Happy End mit einem der Lykaios-Brüder.«

»Wirst du Pierce je sagen, dass Christopher sein Sohn ist?«

Ihrem erschrockenen Gesichtsausdruck nach hatte sie nicht gewusst, dass ich es mir zusammengereimt hatte.

»Nicht, wenn es sich vermeiden lässt. Ich will Stavros' Andenken nicht beeinträchtigen.«

Ich nickte.

»Wie lange weißt du es schon?«

»Seit Christopher drei war. Vergiss nicht, ich bin mit den Brüdern aufgewachsen. Er ist Pierce wie aus dem Gesicht geschnitten. Na ja, bis auf den Schmollmund. Den hat er von dir.«

Amelia starrte mich mit großen Augen an. »Warum hast du nie etwas gesagt?«

»Weil Stavros ein toller Vater war und du ihn geliebt hast.«

»Danke.« Ihre Lippen bebten. »Wirst du es Hagen erzählen?«

»Nein. Ich weiß, dass du deine Gründe hast. Mit den Lykaios-Brüdern ist nun mal nie etwas einfach. Außerdem bist du meine beste Freundin, und wir haben uns immer vertraut und die Geheimnisse der anderen bewahrt.«

»So ist es.« Sie griff sich ihren Drink und leerte das Glas mit wenigen Schlucken.

Ich entschied, es wäre an der Zeit, das Thema zu wechseln. Also stand ich auf und streckte Amelia die Hand entgegen. »Komm. Zeit, die Hüften zu schwingen.«

Amelia stellte das Glas auf den Tisch und erhob sich.

Bevor wir den Lounge-Bereich verlassen konnten, kam ein umwerfender Adonis auf Amelia zu und forderte sie zum Tanz auf. Sie schenkte ihm ein strahlendes Lächeln und nickte. Innerhalb von Sekunden war sie in der Menge verschwunden.

Ich trat den Weg zur Tanzfläche an. Dabei erhaschte ich einen flüchtigen Blick auf Amelia. Sie lachte über etwas, das der Mann sagte. Die Melancholie, die sie vor wenigen Minuten ausgestrahlt hatte, schien verschwunden zu sein.

Ich hatte so eine Ahnung, dass sie sich mit einer Lawine an Chaos auseinandersetzen müsste, wenn Pierce je von Christopher erführe. Aber wenigstens konnte sie nun mal aus sich herausgehen.

Ich nahm mir ein Beispiel an ihr, ließ mich von der Musik mitreißen und begann zu tanzen. Um mich herum befanden sich zu viele Menschen, um sich allein zu fühlen. Problematisch war nur, dass mich überall, wo ich hinschaute, etwas an Hagen erinnerte. Von den Schlangenmustern um die Säulen des Clubs, die der Tätowierung auf Hagens Arm ähnelten, bis hin zum weißen Dekor mit vereinzelten roten Akzenten, die eine Illusion von Feuer erschufen.

Der Club strahlte alles aus, wofür Hagen stand – Luxus, Dekadenz und berauschende Sinnlichkeit.

Traurigkeit nistete sich in mein Herz ein. Ich sah noch die Resignation in seinen Augen vor mir, als ich gegangen war. Er hatte so viel für mich getan, und ich konnte nicht darüber hinwegsehen, was passiert war.

Amelia hatte recht. Zwischen den Zeilen hatte Hagen mir wieder und wieder gesagt, was er für mich empfand, und ich hatte es ignoriert. In wenigen Stunden würde ich abfliegen und versuchen, es in Ordnung zu bringen. Ich wollte mir gar nicht vorstellen, wie verletzt er sich gefühlt haben musste, als er festgestellt hatte, dass ich verschwunden war. Vermutlich hatte er ganz Las Vegas auf den Kopf gestellt, vor allem, da ich diesmal keiner meiner Freundinnen gesagt hatte, dass ich außer Landes reisen würde.

Tja, dagegen konnte ich nichts mehr unternehmen.

Ich ließ den Blick durch den Club wandern und beobachte, wie all die schönen Menschen auf Ibiza das Nachtleben genossen. Eine bunte Mischung von Menschen tanzte, lachte und erfreute sich an den Kreationen des prominenten DJs.

Ein attraktiver blonder Mann mit dem Körperbau eines von Amelias Kämpfern kam auf mich zu und begann zu tanzen. Ich spähte in die Richtung meiner Freundin. Ihr breites Grinsen verriet mir, dass sie den attraktiven Kerl in meine Richtung geschickt hatte.

Ich zögerte kurz, bevor ich beschloss, Spaß zu haben. Immerhin hatte ich ja nicht vor, mit ihm nach Hause zu gehen. Es drehte sich nur um einen Tanz. Darauf könnte Hagen unmöglich eifersüchtig sein.

Aber wem wollte ich etwas vormachen? Hagen würde wahrscheinlich durchdrehen, wenn er davon erführe. Andererseits: Wer sollte es ihm sagen?

Ich näherte mich dem Burschen und streckte ihm die Hand entgegen. »Ich bin Penny.«

»Ich bin David. Amelia hat gemeint, du würdest dich über Gesellschaft freuen.«

Damit erschöpfte sich unser Gespräch, und die Musik

wechselte zu einer einzigartigen Mischung aus Trance, Hip-Hop und Electro.

Der Unbekannte zog mich zu sich. Beinah hätte ich gezögert, bevor ich entschied, ich könnte ruhig für ein paar Minuten aus mir herausgehen. Also tanzen wir, und ich verlor mich in dem stampfenden Rhythmus.

Nach zwei Nummern lief mir Schweiß von der sommerlichen Hitze und vom Tanzen über den Körper. Ich beschloss, eine Pause einzulegen. Zumal ich mir nicht endlos vorgaukeln konnte, es wäre Hagen, der mich hielt und sich an meinem Körper bewegte. Obwohl mir die Energie um mich herum das Gefühl vermittelte, er wäre hier.

Als ich mich von David löste, drehte ich mich um und prallte direkt auf eine breite Brust, die ich sehr gut kannte.

Was mein Gefühl erklärte. Jedes Mal, wenn sich dieser Mann in der Nähe aufhielt, wurde ich geiler als ein hormongesteuerter Teenager.

Der Blick in seinen Augen teilte mir mit, dass ich tief in der Tinte steckte.

Er krallte eine Hand mit festem Griff in mein schweißnasses Haar. Die andere legte er um meine Taille und zog mich an sich.

»Was machst du denn hier?«, stieß ich ein bisschen zu atemlos hervor.

Er ignorierte meine Frage und begann, unsere Körper im Rhythmus der nächsten vom DJ gemixten Nummer zu bewegen. Ich packte seine Schultern, kam der Forderung seiner Hüften nach und wiegte das Becken in seinem Takt.

Erregung breitete sich kribbelnd durch meinen Körper aus und richtete meine Brustwarzen zu empfindlichen, harten

Spitzen auf. Verdammt, jede Berührung seines Körpers trieb mich beinah dazu, ihn anzuflehen, es mir zu besorgen.

Nachdem wir ein paar Minuten getanzt hatten, knabberte er an meinem Ohrläppchen und warf mir vor: »Du hast zugelassen, dass ein anderer Mann angefasst hat, was mir gehört.«

»Es war nur ein Tanz.« Meine Finger wanderten in seinen Nacken, und ich beugte mich vor, um seinen frischen, sauberen Duft einzuatmen.

Gott, roch er gut.

Er zog meinen Kopf zurück und blickte finster zu mir herab. »Nein, es waren zwei.«

»Stalkst du mich etwa?«

»Ja.« Sein Griff in meinem Haar verstärkte sich. »Du hast mich verlassen. Du hast mir nicht mal Bescheid gegeben, dass du das Land verlässt. Ich wäre fast ausgerastet, verdammt.«

Mir entging nicht, dass er mir offensichtlich hinterhergereist war.

»Du hast mich stinksauer gemacht. Im Schlafzimmer überlasse ich dir die Kontrolle vielleicht, aber damit hat es sich.«

»Tatsächlich?« Während wir tanzten, rieb er seine harte Männlichkeit an meinem Venushügel. Geradezu verzweifeltes Verlangen brach in meiner sehnsüchtigen Pussy aus.

Ein Stöhnen drang aus mir hervor, bevor ich es zurückhalten konnte.

Um seine Lippen spielte ein verruchtes Lächeln, das in mir den Drang auslöste, ihn zu besteigen. Er wusste, welche Wirkung er auf mich hatte, und er kannte keine Skrupel, es zu seinem Vorteil zu nutzen. Als ich trotzig versuchte, mich aus seinem Griff zu befreien, gab er nicht nach.

»Du hast einem Tanz mit dem Teufel zugestimmt, Starlight. Jetzt gehörst du ihm.«

»Was ist mit mir? Gehörst du umgekehrt mir?«

Er begegnete meinem Blick, und ich sah widerstreitende Gefühle in den Tiefen seiner blauen Augen. »Es hat nie eine Zeit gegeben, in der ich dir nicht gehört habe.«

Mein Herz setzte einen Schlag aus. So verzweifelt wollte ich, dass er mir sagte, was er für mich empfand, und auf einmal tat er es.

Ich legte die Hand auf seine Wange, stemmte mich auf die Zehenspitzen und küsste ihn mitten auf der Tanzfläche, ohne mich darum zu scheren, dass Kameras und jeder mit einem Handy den Moment festhalten könnten und Bilder davon vielleicht in Klatschblättern landen würden.

»Was hast du mit mir gemacht?«, murmelte er an meinen Lippen.

»Nichts, was du nicht schon mit mir gemacht hast.«

Er zog sich ein Stück zurück, um mich von oben bis unten zu betrachten. »Der Rock ist unanständig.«

Schulterzuckend drehte ich mich um und rieb den Hintern an seiner harten Länge.

Er legte eine Hand um meine nackte Taille, während die andere meinen Bauch hinaufwanderte, bis in die Vertiefung zwischen meinen Brüsten und weiter um meinen Hals. Ich schaute auf, blickte tief in seine blauen Augen und bewegte mich seinem Mund entgegen, der sich meinen entgegensenkte.

»Ich liebe dich«, murmelte ich an seinen Lippen.

Er schloss kurz die Augen. »Nur damit wir uns verstehen: Auch wenn du stinksauer auf mich bist, ich werd dich niemals gehen lassen. Du gehörst für immer mir.«

»Und wenn ich gar nicht will, dass du mich je gehen lässt?«

»Dann fände ich das völlig in Ordnung«, sagte er in mein Haar. »Aber etwas muss ich sofort tun.«

»Und was?«

»Ich muss es dir besorgen.«

21

Hagen

UND WENN ICH gar nicht will, dass du mich je gehen lässt?

Starlights Worte hallten in meinem Kopf wider, als ich mich mit ihr an der Hand durch die dicht gedrängte Masse schlängelte. Mein Verlangen nach ihr äußerte sich als wilde Mischung aus Begierde und Zorn. Wenn sie nicht wollte, dass ich sie gehen ließ, warum war sie dann gegangen?

Ich wäre beinah durchgedreht, als ich erfahren musste, dass sie nicht mal Adrian verraten hatte, wohin sie wollte. Hätte Collin mich nicht angerufen und mir gesagt, einer seiner Leute hätte sie in ein gechartertes Flugzeug steigen gesehen, ich hätte immer noch keine Ahnung, wo sie war.

Der Mann schien fest entschlossen zu sein, unsere Beziehung zu kitten, und ein Teil von mir wollte das auch. Es würde Zeit brauchen, den angerichteten Schaden zu beheben, doch die Tür stand offen.

Aber das konnte warten. Vorerst wollte ich nur Starlight ficken, bis sie mich bei jedem Schritt spüren und sich genauso sehr nach mir vergehen würde wie ich mich nach ihr.

Als ich mich den Türen näherte, die zu den VIP-Bereichen des Clubs führten, strafften die Türsteher davor die Schultern. Mit großen Augen schauten sie zwischen Starlight und mir hin und her.

»Sie ist echt?«, rutschte einem erstaunt und ein wenig zu aufgeregt heraus. Es kostete mich einiges an Selbstbeherrschung, den Trottel nicht zu schlagen. Stattdessen starrte ich ihn finster an.

Er zuckte zusammen und entschuldigte sich. »Tut mir leid, Boss. Mr. Lykaios, meine ich.« Der Türsteher trat zur Seite.

»Wie war das? Boss? Sag bloß, das Lokal gehört dir auch. Dann herrschen die Lykaios-Brüder wohl nicht nur über Las Vegas, sondern haben die Finger längst international ausgestreckt. Beim Namen des Clubs hätte ich es ahnen müssen.«

Schweigend führte ich Starlight zu den Büroräumlichkeiten des Lokals. Bald würde sie erfahren, wie besessen ich von der Frau war, die ich nie erwartet hatte zu bekommen.

»Ignorierst du mich jetzt, *Boss*?«

Ich warf ihr über die Schulter einen mürrischen Blick zu. »Erklärungen gibt's später. Vorerst will ich mich nur tief in dir versenken.«

»Damit hab ich kein Problem.« Röte breitete sich in ihrem Gesicht aus, und ihre Nippel wurden noch härter.

Kaum hatten wir die VIP-Lounge betreten, blieb Starlight abrupt stehen.

Ihr Blick ruhte auf einer Collage von Fotos, die Supermodels und Prominente zeigten, hochkarätige Gäste. Und in der Mitte ein Bild von ihr.

Darauf starrte sie in die Ferne, während sie einen Drink umrührte. Vor ihr stand eine Flasche Firewater. Sie saß an einer Bar. Im Hintergrund zeichnete sich eine ihrer indischen Brennereien ab. Sie trug ein weites Shirt und einen Hut, um sich vor der prallen Sonne in Indien zu schützen. Da sie kein bisschen Make-up im atemberaubenden Gesicht hatte, kam die natürliche Schönheit zur Geltung, mit der sie gesegnet war.

Es handelte sich um mein uneingeschränktes Lieblingsfoto von ihr. Sie sah darauf aus wie ein Supermodel in einer Werbekampagne für ihren Whiskey, allerdings war es eine ehrliche, ungestellte Aufnahme.

Sie würde mich für verrückt halten, wenn sie wüsste, wie oft ich mir einen runtergeholt hatte, während ich mir ausgemalt hatte, sie würde aus dem Foto steigen, auf mich zukommen, vor mir auf die Knie gehen und mir einen blasen.

Starlight drehte sich mir zu. Unwillkürlich verspürte ich einen Anflug von Besorgnis. »Dann weiß ich jetzt wohl, wie du mein Geheimnis herausgefunden hast.«

Ich schwieg, wusste nicht recht, was ich sagen sollte.

»Hast du mich beschatten lassen?«

Ich schüttelte den Kopf, als ich die Hände instinktiv auf ihre Taille legte und sie zu mir zog. Ich lehnte die Stirn an ihre und beschloss, ihr die Details zu verraten. »Ich hab es zufällig herausgefunden. Ich habe dich nicht beschatten lassen. Einer meiner Rechercheure war in Indien auf Urlaub und hat dort eine örtliche Kneipe besucht. Dabei ist ihm eine wunderschöne Einheimische aufgefallen, von der er den Blick nicht lassen konnte. Er hat ein paar Fotos von ihr geschossen. Erst später, als er sie genauer angesehen hat, ist ihm klar geworden, dass du es warst. Also hat er mir eines der Bilder geschickt.« Ich deutete auf das Foto an der Wand. »Als ich festgestellt habe, dass du es wirklich warst, hab ich die Flasche auf dem Tisch bemerkt.«

»Die Aufnahme ist vor drei Jahren entstanden.«

»Ja.«

»Wie lange gibt es diesen Club hier schon?«

»Etwas mehr als zwei Jahre.«

»Also hast du den Club nach mir benannt.«

Es war keine Frage, trotzdem antwortete ich. »Ja.«

Etwas Verruchtes stahl sich in ihren Blick. Sie richtete sich auf die Zehenspitzen auf, legte mir die Hand in den Nacken und sah mir tief in die Augen. »Wie lange bist du schon in mich verliebt?«

»Starlight.« Ihr Name drang rauer als beabsichtigt von meinen Lippen. Wie sollte ich ihr beibringen, dass weit über Liebe hinausging, was ich für sie empfand? Sie wollte wissen, was sie mir bedeutete. Nur gab es keine Worte, um es zu beschreiben.

Der Flug hierher hatte mich davon überzeugt, dass ich ohne sie nicht leben könnte. Ich wollte ihr die Worte sagen, wenn sie dann bei mir bliebe. Aber je näher ich Spanien kam, desto klarer wurde mir, dass ich sie nicht an mich binden würde, egal was ich sagte. Ich konnte ihr nur mitteilen, was sie mir bedeutete, und hoffen, dass sie es akzeptierte. Dann hatte ich sie mit diesem Penner tanzen gesehen und hatte prompt nur noch Rot vor Augen.

Nun wartete sie auf eine Antwort von mir, und mir fehlten die Worte.

»Ich glaube, es hat nie eine Zeit gegeben, in der ich dich nicht geliebt habe«, stieß ich hastig hervor und fühlte mich leicht schwindlig.

Tränen traten in ihre grünen Augen. »Und war das jetzt so schwer?«

Sie vergrub das Gesicht an meiner Brust und legte die Hände um meine Taille.

»Du hast ja keine Ahnung.« Ich zog sie fest an mich.

»Tja, es gibt für alles ein erstes Mal.«

Ich hob ihr Kinn an und sah ihr in die Augen. »Das kannst du laut sagen. Ich bin noch nie einer Frau nachgerannt. Du bringst eine Seite von mir zum Vorschein, von der ich nicht mal wusste, dass es sie gibt.«

»Zack sagt, ich treibe dich in den Wahnsinn, weil du dich nicht von mir abschotten kannst. Das gefällt mir.«

»Zack redet zu viel«, brummelte ich, konnte ihm aber nicht wirklich böse sein, da meine Starlight mich anlächelte. »Ich weiß nicht, wie's jetzt weitergeht, Starlight.«

»Ich schlage vor, wir fliegen nach Hause.«

»Was meinst du mit Zuhause? Das Haus deiner Familie? Es gehört jetzt uneingeschränkt dir und Adrian.«

»Nein, es ist ein Penthouse in den Wolken mit Blick auf den Strip. Dort lebt ein Meister der Sünde, von dem ich nicht genug bekommen kann.«

Meine Finger verstärkten den Griff um sie. »Bist du sicher, dass du dorthin willst? Vielleicht kommst du dort nie wieder weg. Außerdem wird er wahrscheinlich deine Unschuld verderben.«

»Zu spät. Ich gehöre ihm bereits. Er besitzt mich. Und weißt du was?«

»Was?«

»Ich besitze ihn.«

Ich bückte mich, um sie zu küssen. »Damit hast du recht. So recht.«

Lesen Sie das nächste Buch in der Reihe –
Meister Der Spiele

Meister Der Spiele

Ich war besessen von ihm. Er hat mich in meinen Träumen verfolgt, mich an die Vergangenheit erinnert.

Dabei habe ich ihm das Herz gebrochen.

Pierce Lykaios war alles, was ich mir wünschen konnte: faszinierend, gerissen, kontrolliert. Er verstand meine dunkelsten Begierden und erfüllte hingebungsvoll jede meiner Sehnsüchte.

Und als ich in seine Welt zurückkehrte, war ich selbst schuld, dass ich die erste Berührung zu einer zweiten führen ließ. Und einer dritten. Ich hätte nicht zulassen dürfen, dass er mein Verlangen wiedererweckt.

Jetzt bin ich in seinem Bann gefangen, ohne Hoffnung auf Flucht, kann nicht vergessen, kann nicht aufhören.

Er sagt, diesmal werde ich ihn nicht verlassen, ihn nicht vergessen. Und ich fürchte, er hat recht.

https://geni.us/meisterderspiele

ÜBER SIENNA

Inspiriert durch ihre Jahre im amerikanischen Wirtschaftsleben erzählt Sienna mit Vorliebe Geschichten, die sich um selbstbewusste, erfolgreiche Frauen drehen, die wissen, was sie wollen und wie sie es bekommen – und nicht nur im Schlafzimmer.

Ihre Heldinnen sind modern, gebildet und finden Liebe und Romantik oft unter ungewöhnlichen Umständen. Sienna verwöhnt ihre Leserinnen und Leser mit verführerischer, heißer Romantik, gepaart mit Machtspielen und lustvoller Befriedigung.

Sienna reist sehr gern und ist abenteuerlustig. Sie hat vor, selbst die entferntesten Winkel der Welt zu besuchen, und freut sich darauf, unterwegs die Vielfalt der Kulturen zu erleben. Wenn sie nicht gerade schreibt oder reist, arbeitet Sienna mit ihrem Mann und ihren Kindern an ihrem persönlichen Happy End.

www.siennasnow.com

<u>Die Götter von Vegas</u>

Meister der Sünde

Meister der Spiele

Meister der Rache

Meister der Geheimnisse

Meister der Kontrolle

Meister der Schicksals